J. KENNER

Sexy Security (1)

Betörendes Feuer

J. KENNER

SEXY SECURITY

Betörendes Feuer

Roman

Band 1

Aus dem Amerikanischen von Emma Ohlsen

DIANA

FSC
www.fsc.org
MIX
Papier aus verantwortungsvollen Quellen
FSC® C014496

Verlagsgruppe Random House FSC®-N001967

Deutsche Erstausgabe 02/2020

Die Originalausgabe erschien 2019 unter dem Titel *Shattered With You. Stark Security 1* bei Martini & Olive.

Redaktion: Anita Hirtreiter
Umschlaggestaltung: zero-media.net, München
Covermotiv: © Finepic ®, München
Herstellung: Helga Schörnig
Satz: Christine Roithner Verlagsservice, Breitenaich
Druck und Bindung: GGP Media GmbH, Pößneck

Printed in Germany
ISBN 978-3-453-36027-3

www.diana-verlag.de
Dieses Buch ist auch als E-Book lieferbar.

PROLOG

Ich weiß, dass ich ihn nicht begehren sollte.

Ich wünschte, ich würde mich nicht nach ihm verzehren.

Mit jedem Tag, der verstreicht, bete ich, dass meine Sehnsucht nachlässt, aber das tut sie nicht.

Im Wachzustand kann ich den Schmerz schüren. Mich auf das konzentrieren, was tiefe Wunden gerissen hat. Leidenschaft, die ausgelöscht, Liebe, die vernichtet wurde.

Einst hatte es einen Mann gegeben, der mich begehrte. Danach blieb nur noch ein dunkler Schemen, wie ein verkohlter Schatten in der Erde nach einer nuklearen Explosion.

Im Wachzustand kann ich mich an meinen Zorn klammern.

Doch im Schlaf bin ich verloren.

Ich rede mir ein, dass mein Leben ohne ihn besser ist. Aber ich brauche ihn. Seine Fähigkeiten. Seine Hilfe.

Für mich gibt es nichts mehr. Er vereint für mich Verlangen und Furcht. Und ich kann bloß noch beten, dass ich unter der Last meiner Trauer nicht zerberste wie Glas.

KAPITEL 1

Das historische Hollywood Terrace Hotel, gebaut im Jahre 1931, war einst unangefochten die erste Adresse auf dem berühmten Boulevard. Doch wie überall forderte die Zeit ihren Tribut, und wie die Schönheit der Stars von Hollywoods goldener Ära verblasste, so verfiel auch der Art-déco-Palast zusehends, während die Backfische den Hippies und die Hippies den Babyboomern Platz machten, bis die Millennials alle überrannten und das zwanzigste Jahrhundert unweigerlich ins einundzwanzigste überging.

Auch in den ersten zehn Jahren des neuen Jahrtausends erging es dem einstigen Prachtbau nicht besser. Die bröckelnde Stuckfassade hatte ein stumpfes Grau angenommen, die Fenster waren blind und gesprungen, und im ehemals berühmten Garten wucherte das Unkraut.

Im Inneren sah es ähnlich trostlos aus. Um die leckenden Rohre wuchs der Schimmel, Ratten huschten durch die Flure und versteckten sich allenfalls vor den verwilderten Katzen, die die dunklen Winkel für sich selbst beanspruchten. Die Teppiche verrotteten, die Tapeten lösten sich, und über allem lag eine Staubschicht wie eine Decke des Verfalls.

Mit der Entschlossenheit eines bedrängten Preisboxers wehrte das Gebäude sich dagegen, zu Boden zu gehen, obwohl Wetterkapriolen, Erdbeben und die monotone Parade des Fortschritts mit ihren polierten neuen Geschäftsfronten ihm immer härter zusetzten. Als eines Tages gelbes Flatterband mit der Aufschrift *Nicht betreten – Lebensgefahr!* die kostbaren Ätzglastüren verunzierten, waren die Anwohner sicher, dass dem Hotel das letzte Stündlein geschlagen hatte.

Aber dann eilte die Rettung in Gestalt Scott Lassiters herbei, und es stellte sich heraus, dass die Geschichte des Hollywood Terrace doch kein Boxfilm war. Es war die Story von Aschenputtel, dem hässlichen Entlein, ein *My Fair Lady* für ein verwahrlostes Hotel.

Der Bauunternehmer zog alle Register und machte aus dem Hotel das Schmuckstück, das es fast ein Jahrhundert zuvor gewesen war. Er baute das Zwischengeschoss mit den ehemaligen Konferenzräumen zu seiner Büroflucht um und machte aus der kompletten obersten Etage eine Privatresidenz, in der weder Schwimmbad noch Ballsaal fehlten.

Alles, was Rang und Namen hatte, nahm an der großen Wiedereröffnungsfeier fünf Jahre zuvor teil, und Lassiter wurde von den Machern der Stadt als Held gefeiert, der sich der Erhaltung eines Denkmals aus jener Zeit verschrieben hatte, als die Filmpioniere in Südkalifornien einfielen und den Sunshine State berühmt machten. Die Party hatte weltweit Schlagzeilen gemacht; die illustre Gästeliste aus Hollywood-Stars und internationalen VIPs ergab eine Story, die sich die Medien nicht entgehen lassen konnten.

Die Party des heutigen Abends war sogar noch rauschender. Zahlreiche gutbetuchte internationale Gäste füllten den mit starken Farben und geometrischen Stilelementen penibel restaurierten Art-déco-Ballsaal; gegen die hier versammelte Finanzkraft wirkte die Gage eines Hollywood-Superstars wie ein Taschengeld. Champagner seltener Jahrgänge sprudelte aus silbernen Brunnen. Die Frauen schwebten über den Marmorboden in edlen Roben, die herzeigten, was sie an nicht materialistischen Aktivposten zu bieten hatten, und jeder Mann in einem Anzug, der weniger als 25.000 Dollar gekostet hatte, war offensichtlich ein Blender.

Doch trotz der enormen Jetset-Dichte war an diesem Abend keinerlei Presse anwesend. Keine Fotografen, die eifrig die aufregendsten Bilder schossen, um sie in der Klatschspalte unterzubringen oder auf Instagram zu posten. Nein, dies war ein intimes Get-together, das sich ausschließlich in Lassiters privatem Machtbereich abspielte.

Und die geladene Klientel war nicht nur ausgesprochen exklusiv, sondern auch handverlesen.

Quincy Radcliffe von Stark Security stand nicht auf der Gästeliste. Nicht offiziell jedenfalls. Was ihn allerdings nicht davon abhielt, dem Kellner zu winken und sich vom Tablett einen Whisky Soda zu nehmen.

Gemächlich nippte er daran, während er unbeeindruckt die Schar von Männern in Maßanzügen und teuer frisierten Frauen beobachtete, die durch Lassiters Umlaufbahn zogen, als sei er ihre Sonne.

Wir kurzsichtig sie doch waren!

Im Grunde sahen sie bloß Lassiters Macht und sein Vermögen. Sie hatten keine Ahnung, dass das enorme Bankkonto ihres Gastgebers sich weniger durch Immobiliengeschäfte gefüllt hatte, sondern vielmehr durch den Prozentsatz, den er aus Geldwäscherei und anderen dubiosen Finanzgeschäften generierte.

Scott Lassiter war ein manipulativer Mistkerl, und noch dazu kriminell. Eines Tages würde Quincy das Vergnügen haben, dafür zu sorgen, dass Lassiter die spektakuläre Aussicht aus seinem Penthouse gegen eine andere eintauschte, die jedoch durch Eisenstäbe eingeschränkt wurde.

Allerdings war das nichts, was heute Abend auf dem Programm stand. Im Augenblick war Lassiter das geringere von zwei Übeln, und wenn alles lief wie geplant, würde dieser Flachwichser ihm unwissentlich jenen Menschenhändler ans Messer liefern, um den es bei der heutigen Mission ging. Corbu. Marius Corbu.

»Er ist unglaublich, nicht wahr?«

Die gehauchte Stimme gehörte zu einer Blondine mit braunen Augen, deren glattes Haar ihr bis zur Mitte des

Rückens reichte. Der sorgfältig geschnittene Pony stieß auf makellos gezupfte Brauen. Sie trug ein hauchdünnes goldfarbenes Kleid und hatte so ein gekonntes Make-up, dass sie wie ungeschminkt ausgesehen hätte, wären da nicht der schwarze Lidstrich und der dunkelrote Lippenstift gewesen, bei dem er in der Tat an reife Kirschen denken musste.

»Reden Sie von unserem Gastgeber, Mr. Lassiter?«

Sie kicherte, und der Champagner schwappte in ihrem Glas, als sie so tat, als würde sie in die Hände klatschen. »O.M.G.« – Sie sagte tatsächlich *O.M.G.* –, »Sie sind Brite.«

»Na, so was. Bin ich das?«

Sie lachte wieder. »Und auch noch witzig. Nein. Wie heißt das Wort? Drollig. Sie sind ja richtig drollig.« Sie legte den Kopf schief und musterte ihn. Er wusste natürlich, was sie sah. Dunkles Haar, ein schmales Gesicht, tief liegende graue Augen. Er trug einen maßgeschneiderten Anzug von Ermenegildo Zegna, der mehr gekostet hatte als sein Auto, und sah laut seiner Partnerin Denise »unwahrscheinlich geil« aus.

Die Blondine schien die Meinung zu teilen, denn er konnte sehen, wie der amüsierte Blick plötzlich einem raubtierhaften Ausdruck wich. »Ich mag witzige Männer«, sagte sie. Ihre Stimme klang nun tief, rauchig. »Ein Mann, der viel lacht, macht wahrscheinlich auch andere interessante Dinge mit seinem Mund.« Sie neigte provozierend den Kopf. »Desiree. Wie heißen Sie?«

»Canton«, nannte er ihr den Namen seiner Tarnexistenz als Hedgefondsmanager aus Hongkong. »Robert Canton.«

Sie rückte näher an ihn heran, und ihr Kleid, das eben noch blickdicht war, wurde im Licht durchsichtig. Darunter trug sie nichts, und er spürte, wie sein Körper sich reflexartig anspannte, doch mit echtem Verlangen hatte das nichts zu tun. Langsam fuhr sie mit den Fingern über das Revers seines Jacketts abwärts und setzte den Weg fort, bis ihre Hand sich auf seine Erektion legte – tot war er ja schließlich nicht. Überrascht natürlich auch nicht. Auf dieser Party ging es schließlich um Sex. Bezahlten, abseitigen, anonymen Sex. Und gegen den Charme einer schönen Frau war er weiß Gott nicht immun.

Sie legte ihm die andere Hand an die Schulter und beugte sich vor, um ihm ins Ohr zu flüstern. »Tja, ich gehöre ganz Ihnen, Mr. Canton. Wie immer es Ihnen beliebt und bis die Sonne wieder aufgeht.« Sie knabberte an seinem Ohrläppchen, und flüchtig kam ihm in den Sinn, wie einfach es doch wäre. Sie war gewillt, ihm jeden Wunsch zu erfüllen – das war schließlich der Sinn des Ganzen. Und ein wenig Entspannung hätte er bitter nötig gehabt.

Manche Operationen waren härter als andere, und diese war besonders übel. Sie beherrschte sein Denken. Ließ ihn nicht mehr los. Brannte in ihm wie ein langsam wirkendes Gift. Oder eher wie eine Lunte. Brannte sie zu lange, würde er explodieren. Die finsteren Erinnerungen würden Oberwasser bekommen, das Monster konnte übernehmen, und dann …

Verdammt!

»Oh, das fühlt sich an wie ein Ja.« Sie hatte angefangen, ihn zu streicheln. »Ich war noch nie mit einem Engländer im Bett, und ich kann dir versprechen, dass ich es wert bin. Bitte sag mir nicht, dass du deinen Schlüssel schon einer anderen gegeben hast.«

Er brachte ein dünnes Lächeln zustande und entfernte behutsam ihre Hand aus seinem Schritt. »Tut mir leid, Süße. Ich bin sicher, dass du mir viel Aufregendes zu bieten hast, aber mein Schlüssel ist tatsächlich bereits einer anderen versprochen.«

»*Oder auch nicht*«, sagte eine weibliche Stimme in seinem Ohr. Es war die von Denise, die sich in diesem Augenblick auf dem Dach des Gebäudes auf der anderen Straßenseite befand. Und gleichzeitig in seinem Ohr. Sie hörte jedes einzelne Wort, da ihr Kommunikationssystem auf Sprechfunk geschaltet war. »*Ich kann den Transmitter nicht richtig befestigen. Ich werde hier oben bleiben und ihn manuell ausrichten müssen.*«

»Verdammt.«

»Was ist?«, fragte Desiree.

»Ärgerlich, dass du heute nicht in meinem Bett landest. Aber so sind die Regeln nun einmal.« Und die Regeln dieser Party wollten es, dass ein Mann seiner Erwählten den Schlüssel gab, sie in sein Zimmer ging und er die ganze Nacht mit ihr Spaß haben konnte, wie auch immer es ihm beliebte und bis die Sonne wieder aufging, wie Desiree es so treffend ausgedrückt hatte.

Aus der Perspektive der Männer war das Schöne an dieser Party, dass sie keine Niete ziehen konnten: Alle anwesenden Frauen waren hochpreisige Callgirls, die für ihre Teilnahme von Lassiter fürstlich entlohnt wurden. Denise übrigens eingeschlossen, obwohl es natürlich ihr Alter Ego Candy war, die die offizielle Gage erhielt.

Die anwesenden Herren dagegen hatten Lassiter bereits eine stattliche Summe gezahlt – vorgeblich für das Hotelzimmer. In Wirklichkeit jedoch hatten sie sich das Privileg erkauft, unter den anwesenden Damen eine Favoritin für den Abend zu finden, die anschließend jede Vorliebe, jeden Wunsch und jede Perversion befriedigte. Der Bonus dabei war die Genugtuung, Sex zu kaufen, ohne tatsächlich dafür zu bezahlen.

Quince brauchte kein Callgirl in seinem Zimmer. Er brauchte eine Partnerin, die nicht nur Wache stand, sondern auch dafür sorgte, dass der Transmitter und Lassiters Computer über einen gewissen Zeitraum miteinander verbunden blieben. Der Transmitter, mit dem Denny gegenwärtig auf dem Hausdach gegenüber zu kämpfen hatte, hatte keinerlei Nutzen, wenn der Repeater in seinem Zimmer im vierten Stock das Signal nicht auffangen und in die Büroetage weiterleiten konnte, wo Quince Lassiters Computer hacken würde.

Und obwohl Desiree vermutlich ohne Bedenken seine abartigsten Fantasien umsetzen würde, hatte er starke Zweifel, dass er ihr den Datenklau als schmutzig-schöne Perversion verkaufen konnte. Im Übrigen war sie auf der

Suche nach einem anderen Schlüsselmeister bereits weitergezogen.

Wie gewonnen, so zerronnen.

»Du bist dir schon darüber im Klaren, dass das ein Problem ist, oder?«, murmelte er an seinem Glasrand, damit niemand seine Lippenbewegung sah. Dann nahm er einen tiefen Schluck, denn er hatte ihn verdammt noch mal nötig.

»Nein! Im Ernst jetzt? Bin ich froh, dass du an meiner Seite bist, um mir die Welt zu erklären.«

Er verbiss sich ein Lachen. »Ist da jemand etwas gereizt?«

»Leider siehst du's gerade nicht, aber ich zeige dir den Stinkefinger.«

»Irgendwie habe ich nichts anderes erwartet.« Er schlenderte zum Fenster, wo es sich unauffälliger sprechen ließ, tat, als würde er Hollywood bei Nacht betrachten, und beobachtete derweil die Gäste in der Spiegelung der Scheibe. Denny hockte da draußen auf dem Dach eines alten Kaufhauses, das zu einer Bürofläche umgebaut worden war.

»Ach, was soll's. Ich versuch's nun einfach mit Klebeband, um das Ding so exakt wie möglich auszurichten. Ich kann gleich wieder bei dir sein. Du brauchst mich dort unten.«

Das tat er, verdammt, aber er brauchte auch die Gewissheit in Bezug auf den Transmitter. Diese Mission war Dreh- und Angelpunkt einer von der EU gesteuerten Gemeinschaftsoperation mit dem Ziel, Corbu und seinem

Mädchenhändlerring das Handwerk zu legen. Stark Security hatte den Auftrag bekommen, dieses eine entscheidende Puzzleteil beizusteuern: Sie mussten sich Lassiters Kontaktdaten verschaffen, sie entschlüsseln und das Kommunikationsprotokoll an die EU-Taskforce weiterleiten.

Verpatzten sie es, würde der Ruf von Stark Security in der internationalen Geheimdienstbranche Schaden nehmen, noch ehe sie sich dort richtig etabliert hatten. Wichtiger noch aber war das Leben der vielen unschuldigen Opfer, und der Spielraum dieser einmalig günstigen Gelegenheit war ausgesprochen gering. Wie man so schön bei der amerikanischen NASA sagte: Scheitern war keine Option.

»Ich komme zu dir.« Er wusste sehr gut, dass sie mehr als kompetent war, aber er musste es wenigstens versuchen. »Vielleicht kann ich den Transmitter ja irgendwie sichern.«

»Dazu ist nicht mehr genug Zeit. Ich muss das Signal in fünfzehn Minuten auffangen und du in zwanzig in Stellung gehen. Wenn wir das Zeitfenster sprengen, können wir einpacken.«

Er zog die antike Patek-Philippe-Taschenuhr hervor, ein Erbe seines Vaters, den er kaum gekannt hatte. Da sie meisterhaft angefertigt worden war, funktionierte sie immer noch tadellos, aber es lag nicht an ihrer Genauigkeit, dass Quince sie stets wie einen Talisman mit sich führte.

Die Patek Philippe war eine Erinnerung an die Vergangenheit und eine Warnung für die Zukunft.

Sie würde ihn niemals irreleiten, und genau jetzt sagte sie ihm, dass Denny recht hatte.

Verdammter Mist.

»Also schön«, sagte er, »dann komm her.« Es war ein gewaltiges Risiko, doch der kraftvolle Transmitter war in der Lage, die riesigen Datenmengen, die die innovative Dekodierungssoftware drüben bei der SSA bedurfte, zu übermitteln und zu empfangen. Mit etwas Glück würde Dennys zurechtgebastelte Halterung dafür sorgen, dass der Transmitter genug von dem Signal auffing und an den Booster in Quincys Zimmer weiterleitete. Das Gerät funktionierte ähnlich wie ein WLAN-Router und schickte das Signal ins Innere des Hotels, wo es in die Technik eingespeist werden sollte, mit der Quince sich in Lassiters System hacken würde.

Damit das funktionierte, musste das Transmittersignal den Booster jedoch mit hundertprozentiger Genauigkeit treffen.

Wenn nicht, würde Quince statt der Top-Hacker-Software, die von Stark Applied Technology entwickelt worden war, nur Schrott empfangen.

Er wandte sich wieder dem Ballsaal zu. Er musste wissen, wo Lassiter war, damit er unbemerkt zu seinem ihm zugewiesenen Hotelzimmer im vierten Stock verschwinden konnte, ohne dass es auffiel. Da war er.

Lassiter stand in einem Grüppchen von Gästen; eine Hand lag auf dem unteren Rücken einer schlanken Frau mit langem kastanienbraunen Haar, deren Kleid hinten so tief ausgeschnitten war, dass man beinahe den Spalt am Ansatz ihres apfelförmigen Hinterteils sehen konnte. Irgendetwas kam ihm vertraut an ihr vor, aber …

Er verwarf den Gedanken als lächerlich. »Okay, ich habe Lassiter ausgemacht. Jetzt mache ich mich auf …«

Und dann drehte sie sich um, und er sah ihr Gesicht.

Und erstarrte. Erstarrte vollkommen.

Eliza? Unmöglich. Das konnte nicht sein.

»Quince?« Dennys Stimme klang alarmiert. *»Was ist los? Ist was mit Lassiter? Oder hast du jemanden gesehen?«*

»Ja, einen Geist.«

»Was?«

Sie musste ein Geist sein, diese Frau mit dem kastanienbraunen Haar, den himmelblauen Augen und den süßen Grübchen. Die Frau, bei deren Anblick ihm einst das Herz aufgegangen war.

Die Frau, die er auf Händen getragen hatte. Deren Duft er in seinen Träumen noch immer wahrnahm.

Jene Frau, die er mit mehr Leidenschaft geliebt hatte, als er es je für möglich gehalten hätte. Und die ihn nun mit Sicherheit mehr hasste, als er es sich vorstellen konnte.

Nie und immer konnte diese Frau an einer solchen Party teilnehmen. Niemals.

Oder doch?

Lieber Gott, in was war sie da bloß hineingeraten?

Ehe er noch eine bewusste Entscheidung treffen konnte, hatte er sich schon in Bewegung gesetzt und ging mit ausgreifenden Schritten auf sie zu.

»Was ist los? Verdammt noch mal, Quince. Ich bin auf dem Weg. Wir treffen uns in vier Minuten am Zimmer.«

Er wusste, dass er umkehren sollte. Zu viel hing von dieser Mission ab. Leben und Freiheit vieler Tausend unschuldiger in die Prostitution gezwungener Opfer, die in die Fänge der rumänischen Menschenhandelsorganisation geraten waren, standen auf dem Spiel, und das verängstigte, erst dreizehnjährige Mädchen, dessen Entführung die Taskforce zu sofortigem Handeln bewegt hatte, war vermutlich nicht das einzige Kind, das Corbu in seiner Gewalt hatte.

Das Mädchen, die Tochter des Regenten einer kleinen europäischen Monarchie, war auf einem Schulausflug gekidnappt worden. Ihr Vater hatte sich umgehend zur Leitung der Einsatzgruppe begeben und die gut gefüllten Schatztruhen des Reichs geöffnet, um die notwendigen Mittel zur Verfügung zu stellen, seine Tochter zurückzuholen und Corbus Organisation das Handwerk zu legen.

Quince schauderte, als er das Bild eines anderen jungen Mädchens vor seinem geistigen Auge sah. Shelley. Das grenzenlose Vertrauen in ihren Augen. Das erstickte Schluchzen. Und seine eigenen hilflosen Schreie, als der reißende Schmerz ihn durchfuhr und die Welt um ihn herum zusammenbrach.

Und in diesem Moment wusste er, was er zu tun hatte.

»Bleib auf dem Dach«, befahl er Denny.

»Was? Aber …«

»Vertrau mir. Ich weiß, was ich tue.«

Er war damals zu schwach gewesen, um Shelley zu retten.

Er hatte sie im Stich gelassen. Ja, verflucht, er hatte auch sich selbst im Stich gelassen.

Noch einmal würde das nicht geschehen.

Selbst wenn das bedeutete, Eliza Tucker in diesen wahnwitzigen Plan mit hineinzuziehen.

KAPITEL 2

Er fasst mich an.

Dieser schmierige, schleimige Fiesling hat es tatsächlich gewagt, mir die Hand auf den unteren Rücken zu legen und mit dem Daumen über meine Haut zu streichen. Unverschämt und übergriffig. Einfach widerlich.

Und meine eigene Schuld.

Ich musste meinen Busen ja in dieses viel zu enge Kleid zwängen. Und Scott Lassiters Aufmerksamkeit auf mich ziehen. Und jetzt sieht es so aus, als müsste ich auch noch eine Nacht mit ihm ertragen, wenn ich nicht riskieren will, dass meine Deckung auffliegt.

Meine Deckung.

Die Ironie der Sache entgeht mir nicht. Mein ganzes bisheriges Leben lang ist meine Schwester Emma meine Beschützerin gewesen. Wie ein Schutzengel stand sie stets zwischen mir und den Gefahren dieser Welt, ob es sich um gemeine Lehrer, Kleinkriminelle auf der Straße oder unseren eigenen Dreckskerl von Vater handelte. Sie war stets zur Stelle und tat, was immer nötig war, um mich zu beschützen.

Und nun bin ich hier inmitten einer Situation, die ich

nicht ganz durchschaue, und gebe vor, meine Schwester zu sein. Oder genauer: Ich gebe vor, meine Schwester zu sein, die vorgibt, ein Callgirl zu sein.

Zum Glück schlage ich mich schon mein halbes Leben lang mehr oder weniger erfolgreich als Schauspielerin durch. Mit ganz unterschiedlichen Engagements. Werbung, Laientheater, hier und da mal eine Soap für eine längere Zeitspanne oder kleine Casts in Kinofilmen, die in New York gedreht werden.

Ich habe noch nie versucht, eine Serienrolle oder einen Langzeitvertrag an einem Theater zu ergattern. Das reizt mich nicht. Ich will Erfolg, klar. Aber ich finde die Vielfalt faszinierend. Denn je öfter ich mich im Leben einer anderen Person zurechtfinden muss, umso weniger muss ich mich mit meinem eigenen beschäftigen.

Weswegen ich als Chamäleon verdammt gut bin. Was wahrscheinlich der einzige Grund dafür ist, dass noch niemand wie in *Die Körperfresser kommen* mit dem Finger auf mich gezeigt und gekreischt hat, dass ich eine Betrügerin sei, die hier nichts zu suchen hat.

Obwohl es ja stimmt. Absolut.

Und wenn Emma herausfindet, dass ich mich nicht nur als sie ausgebe, sondern auch noch in Gefahr gebracht habe, wird sie fuchsteufelswild werden. Doch das stört mich gar nicht. Denn fuchsteufelswild bedeutet, dass sie noch am Leben ist. Ja, ich will, dass sie tobt, mich anbrüllt, mit mir schimpft. Denn die Alternative ist zu schrecklich, als dass ich auch nur daran denken will.

Ich hole tief Luft. Seit exakt vierundzwanzig Stunden – seit ich kapiert habe, dass sie verschwunden ist – beherrscht meine Sorge um Emma mein Denken, aber ich muss mich zusammenreißen, da ich momentan sehr viel unmittelbarere Probleme habe. Zum Beispiel muss ich mich von diesem Perversling befreien, der beschlossen hat, dass ich heute Nacht ihm gehöre. Schließlich ist jede Minute, die ich an Scott Lassiter verschwende, eine, die ich nicht nach Antworten suchen kann.

Ich trete vorsichtig von einem Fuß auf den anderen, um mich im Saal umzusehen. Ich habe keine Ahnung, wie meine Kontaktperson aussieht.

Laut Emmas Partner hat sich ein anonymer Informant ein paar Tage vor ihrem Verschwinden bei ihr gemeldet. Er habe sich Mr. X genannt und ihr brisantes Material zu einem Fall versprochen, an dem sie gerade arbeitet, sofern sie sich mit ihm hier auf dieser Party träfe.

»Hätte eine Ecknische bei McDonald's es denn nicht auch getan?«, hatte ich gefragt.

Ein breites Grinsen hatte sich auf Lorenzos rotem Gesicht ausgebreitet. Er fuhr sich mit der Hand über den Kopf, schob ein Büschel Haar zur Seite und enthüllte dabei versehentlich die immer größer werdende kahle Stelle. »Ich bin mir ziemlich sicher, dass das nicht zur Debatte stand, Kleines.«

Bei dem Kosenamen verschränkte ich die Arme vor der Brust, aber so brauchte ich Lorenzo natürlich nicht zu kommen. Wir kennen uns, seit ich neun Jahre alt gewesen und er in Venice Beach auf Streife gegangen war und bereitwillig weggeschaut hatte, wenn er Emma und mich wieder einmal schlafend in einem verlassenen Auto ertappt hatte.

Jedenfalls wusste Lorenzo nicht viel mehr, als dass Emma an einem ihrer Pro-bono-Fälle arbeitete. Nach fast zehn Jahren im Dienst der Regierung ist sie vor wenigen Jahren ausgestiegen, um als Privatermittlerin weiterzumachen. Ihr Hauptanliegen ist es, Ausreißern oder gefährdeten Kindern zu helfen, und Lorenzo wusste zu berichten, dass sie über irgendeine groß angelegte Ausbeutungsgeschichte gestolpert ist, die in Foren des Darknet organisiert wird.

»Ich vermute, dass Mr. X irgendwie beteiligt ist, aber aussteigen will«, hatte Lorenzo gesagt.

»Und deshalb hat er Emma kontaktiert und ein Treffen arrangiert«, folgerte ich. »Aber bevor es geschehen konnte, haben die echten Schurken erkannt, dass sie in den Foren herumschnüffelte. Sie haben irgendwie herausgefunden, wer sie ist, und sie sich geschnappt.«

»Genau. So sieht es für mich auch aus.«

Es schnürte mir die Kehle zu, als ich mich zwang, die nächsten Worte auszusprechen. »Denkst du, dass … glaubst du, sie haben sie getötet?«

Er blickte mich traurig an. »Ich hoffe nicht.«

»Ich muss zur Polizei.«

»Und was sollen die tun? Zuerst wird es heißen, dass

du warten sollst. Ihre Wohnung sieht ziemlich ordentlich aus …«

»Jemand war dort!«, sagte ich im Brustton der Überzeugung.

»Das sagst du. Es ist nichts durchwühlt worden. Du behauptest, dass ihre Sachen anders angeordnet sind, aber das muss ja nicht unbedingt etwas Schlimmes heißen. Letztendlich weißt du nur, dass sie weg ist und dir nicht Bescheid gesagt hat. Aber sie ist erwachsen. Sie kann sich einfach eine Auszeit genommen haben. Mit einem Mann verreist sein. Beschlossen haben, endlich mal Angeln zu fahren.«

»Sie sagt mir immer, wohin sie geht. Wir haben keine Geheimnisse voreinander.« Sie hat mir so vieles erzählt, was sie eigentlich für sich hätte behalten müssen. Mir Informationen gegeben, die gefährlich werden könnten, wenn jemand davon erführe.

Nein. So etwas Wichtiges würde sie mir nicht vorenthalten.

»Soweit ich weiß, solltest du eigentlich gerade auf irgendeinem Kreuzfahrtschiff sein«, sagte Lorenzo, als ich ihn darauf hinwies. »Emma meinte, du hättest ihr gesagt, sie solle nicht versuchen, dich anzurufen, aber du würdest dich in regelmäßigen Abständen melden.«

Ich schnitt eine Grimasse. Er hatte natürlich recht. So war es geplant gewesen, nur war nichts daraus geworden.

Ich hatte eine Rolle in einem Bordmusical ergattert.

Ein Vierteljahr auf See, Stopps in unterschiedlichen Hafenstädten, drei Monate gestaffelt in ein- bis zweiwöchige Fahrten mit jeweils neuen Passagieren. Ganze drei Monate ohne Menschen aus meiner Vergangenheit, stattdessen unterwegs mit Fremden, die kein Teil meiner Zukunft werden würden. Es hatte sich himmlisch angehört, und ich hatte das Angebot sofort angenommen.

Doch dann cancelte die Reederei das Musical und ersetzte die Show durch einen einzelnen Komiker. Budgetkürzungen. Und ich war nicht nur plötzlich arbeitslos, sondern wusste auch nichts mit meiner Zeit anzufangen.

Weswegen ich beschlossen hatte, nach L. A. zu fliegen, um meine Schwester zu besuchen.

Doch Emma war nicht da.

»Sie hätte wenigstens eine Mail geschickt, wenn sie kurzfristig Urlaub genommen hätte«, sagte ich. »Das weißt du.« Emma und ich sind mehr als bloß Schwestern. Sie hat mich praktisch aufgezogen. Und seit jenem schrecklichen Tag, an dem sie mich aus dem Haus gezerrt hat, das wirklich niemals ein richtiges Zuhause für uns gewesen war, verbündeten wir uns stets gemeinsam gegen den Rest der Welt.

Lorenzo nickte traurig. »Ich weiß es. Du weißt es. Die Polizei aber nicht. Wenn du Hilfe bekommen willst, musst du schon mehr in der Hand haben. Müssen wir schon mehr in der Hand haben. Meinst du etwa, ich mache mir keine Sorgen? Hier geht es ja schließlich um Emma. Die wie eine Tochter für mich ist. Genau wie du.«

»Und du glaubst, dieser Mr. X weiß etwas?«

»Zumindest ist er die einzige Spur, die wir haben. Ich würde ja auf diese Party gehen, aber ich fürchte, in einem tief ausgeschnittenen Ballkleid will mich keiner sehen.«

Er hatte ja recht. Und nicht nur, was seine Erscheinung im Fummel betraf.

Entweder ging ich zu dieser Party oder ich vergeudete möglicherweise wertvolle Zeit, bis die Cops bereit waren, etwas zu unternehmen.

So betrachtet hatte ich gar keine Wahl. Emma steckte offensichtlich in Schwierigkeiten, und das war alles, was im Augenblick zählte. Denn das Einzige, was für mich zählt, ist sie. Nun, sie und Lorenzo. Die beiden sind alles, was ich habe. Was ich je hatte.

Es hat eine Zeit gegeben, als ich glaubte, es gäbe noch jemand anderen. Quincy Radcliffe, finster und exzentrisch, zärtlich und sinnlich, strahlte eine Intensität aus, die mich wie ein Magnet anzog, und seine Stärke faszinierte mich. So sicher wie in seinen Armen hatte ich mich nicht mehr gefühlt, seit ich Emma und Los Angeles verlassen hatte. Und aus diesen Gründen schloss ich den Stahlkäfig um mein Herz auf und ließ ihn ein.

Wir waren fast drei Monate zusammen, und in dieser Zeit öffnete ich mich ihm vollkommen. Ich erlaubte mir, ihn mit allem, was ich hatte, zu lieben, und ich war sicher, dass auch er mich liebte.

Was ein schwerer Fehler war.

Denn am Ende war ich im wahrsten Sinne des Wortes am Boden zerstört.

Und das werde ich ihm niemals verzeihen.

Aber ich muss ihm tatsächlich auch dankbar sein. Da ich in jenem Frühling in London eines begriffen habe. Ich hatte damals gedacht, dass ich mich vielleicht ändern konnte. Dass der Schutzwall, den ich um mich herum errichtet hatte, nicht für ewig dort bleiben musste. Dass ich ihn Stück für Stück abtragen konnte, um einen anderen Menschen in mein Herz zu lassen.

Durch Quince wollte ich es versuchen. Durch ihn schöpfte ich Hoffnung.

Doch sein Verrat hat mich gelehrt, dass ich den Schutzwall brauche. Weil ich darin in Sicherheit bin.

In diesen Mauern lebt außer mir nur Emma. Und Lorenzo.

Bloß die beiden.

Sie sind alles, was ich habe.

Deswegen befinde ich mich hier in dem Art-déco-Ballsaal des restaurierten Hollywood Terrace Hotel.

Deswegen habe ich Mr. X' Anweisungen für dieses Treffen minutiös befolgt. Und deswegen tue ich so, als gehörte ich zu den vielen Callgirls, die für diesen Abend engagiert worden sind. Wie abgesprochen trage ich das äußerst knappe schwarze Kleid und ein rotes Band ums Handgelenk, damit Mr. X weiß, wer jene Frau ist, die im Netz unter dem Spitznamen BAB firmiert. Nur dass es sich statt Emma um mich handelt.

BAB steht für *Bad Ass Bitch*, obwohl ich vermutlich die Einzige bin, die das weiß. Und leider fühle ich mich im Augenblick ganz und gar nicht nach dem, was der Name suggeriert. Denn ein knallhartes Miststück wüsste wahrscheinlich, wie man einen Kerl loswird, der wie eine Klette an einem klebt. Ich dagegen bin ratlos.

Andererseits sollte ich wohl in meiner Rolle bleiben. Immerhin heiße ich Bunny, und wer Bunny heißt, ist nicht knallhart. Im Gegenteil: Bunnys lassen sich auf Kommando auf die Knie sinken oder spreizen die Beine. Ich weiß, was Bunnys sind, weswegen ich nicht scharf darauf bin, heute Abend mein Schauspieltalent auszureizen.

Vielleicht wäre das anders, wenn ich als Amber oder Domino oder Serena hier wäre und eine Reitgerte schwingen würde. Ja, ich könnte mir vorstellen, dann ganz in meiner Rolle aufzugehen und die knallharte Schlampe herauszukehren. Aber so ist es nicht – ich bin Bunny, und basta!

Schon okay, denn so, wie es hier aussieht, herrschen die Bunnys vor. Weit und breit keine Serena.

Mit anderen Worten: Ich habe eine Welt betreten, die ganz und gar von Männern regiert wird. Reiche, mächtige, herrische Männer mit finsteren Vorlieben und gefährlichen Wünschen.

Oh, Emma, in was bist du da bloß hineingeraten?

Diese Frage stelle ich mir schon, seit Lassiter ein Auge auf mich geworfen hat, was prompt geschah, als ich das

Penthouse betrat. Zuerst dachte ich, er habe mich durchschaut, doch als er später eine Bemerkung zu meinem ungewöhnlichen Armschmuck – das rote Band – machte, war ich unendlich erleichtert, nahm ich doch an, dass er der mysteriöse Mr. X war. Dummerweise musste ich bald erkennen, dass er mich einfach nur in seinem Bett haben wollte.

Und jetzt hänge ich hier fest, obwohl ich mich unter die Gäste mischen muss. Ich muss nach Gläsern auf den Tabletts der Kellner greifen, damit Mr. X genügend Möglichkeiten hat, das rote Band zu sehen. Leider Gottes ist weibliche Autonomie heute nicht das Gebot der Stunde, und wenn Lassiter mich an seiner Seite will, werde ich dort wohl bleiben müssen, bis er geruht, mich gehen zu lassen.

Verdammt.

»Tatsächlich entwickeln wir gerade ähnliche Restaurierungsprojekte in Chicago, Houston und Manhattan«, sagt Lassiter gerade zu irgendeinem milliardenschweren Kerl mit starkem italienischem Akzent, der wissen wollte, ob Lassiter vorhat, mit seinem »Geschäftsmodell« zu expandieren. Da mich das ganze Szenario hier anwidert, blende ich die Stimme aus, nur um zusammenzuzucken, als ich meinen Namen höre. Oder besser, meinen Nuttennamen.

»... wie Bunny hier.«

»Verzeihung – wie bitte?«

Lassiter lächelt nachsichtig und drückt meinen Hintern. Leider darf ich ihm keine scheuern, denn das entspräche definitiv nicht meiner Rolle. »Ich sagte Mr. Scutari gerade, dass alle Frauen auf meinen Soirées entzückend sind. Aber einige von ihnen haben etwas Besonderes, eine seltene Ausstrahlung.« Er schiebt mir eine Strähne hinter das Ohr, und ich muss mich zusammenreißen, um zu lächeln statt zurückzufahren. Nicht dass ich rein und brav wie ein Engel wäre – weit davon entfernt. Schließlich gehe ich mit manchen Männern ins Bett, mit anderen dagegen nicht.

Lassiter gehört in die »Nicht«-Kategorie. Ich kann nur beten, dass Mr. X mich bald findet. Ich hätte sogar nichts dagegen, wenn eines dieser verheerenden Erdbeben sich ereignen würde, vor denen in dieser Gegend immer gewarnt wird, solange es Lassiter davon abhält, mir seinen Schlüssel in die Hand zu drücken und mich Richtung Zimmer zu schicken. Denn ich bin ziemlich sicher, dass der Kerl es bisher nur deshalb noch nicht getan hat, weil er der Gastgeber ist und aus Höflichkeit wartet, bis jeder Gast sich eine Frau ausgesucht hat.

Ich erwarte, dass Lassiter weiterhin von der Qualität seiner Ware schwärmt, doch tatsächlich wendet sich das Gespräch dem internationalen Finanzmarkt zu, als sei das hier eine x-beliebige Cocktailparty und ich bloß seine pflichtbewusste Freundin.

Die ganze Situation hat etwas höchst Surreales, und mir drängt sich langsam der Verdacht auf, dass es ein Fehler war herzukommen. Ich weiß noch immer nicht mehr über Emmas Verbleib, und mit jeder Minute, die verstreicht, wächst das Risiko, in Lassiters Bett zu landen. Mir war natürlich von vornherein klar, dass die Gefahr bestand. Aber ich bin davon ausgegangen, dass Mr. X mich vorher abfangen und vermeintlich zu einem mehr oder weniger ausgedehnten Techtelmechtel mit in sein Zimmer nehmen würde, um dann aber in Wirklichkeit mit mir darüber zu reden, wo meine Schwester sich aufhält und wie wir ihr helfen können.

Wo in aller Welt ist dieser Kerl also?

Um dem Gedanken mehr Nachdruck zu verleihen, wende ich mich um, um den Saal zu überblicken. Lassiters Hand bleibt auf meinem Rücken, und ich muss mich beherrschen, um keine Grimasse zu schneiden. Ich bin so sehr darauf konzentriert, mich nicht aus seinem Griff zu befreien, dass ich kaum wahrnehme, was um mich herum geschieht.

Was erklärt, warum ich nicht sofort realisiere, wer da mit ausgreifenden Schritten quer durch den Raum auf uns zukommt.

Quincy Radcliffe.

Der Mann, der mich verlassen und mir das Herz gebrochen hat.

Plötzlich ist mein Mund wie ausgetrocknet, und ich habe Herzklopfen.

Meine Hand prickelt; am liebsten würde ich zuschlagen. Doch als unsere Blicke sich begegnen, flehe ich ihn nur stumm an, nicht meinen Namen auszusprechen.

Und dann begreife ich.

Mit einem Schlag wird mir alles klar.

Quincy Radcliffe ist der Grund, warum ich hier bin. Mein Quincy ist Mr. X.

Und jetzt?

KAPITEL 3

Während er sich nähert, mustere ich sein Gesicht. Suche nach einem Anzeichen von Schuld. Einem Hauch von Reue.

Aber da ist nichts. Er könnte auch eine Statue sein, denn seine Miene ist vollkommen ausdruckslos. Wenn ich es nicht besser wüsste, müsste ich annehmen, dass er mich nicht erkannt hat.

Doch das hat er.

Drei wundervolle Monate lang war Quincy Radcliffe mein Ein und Alles. Mein Held. Mein Ritter. Er war an meiner Seite, focht mit meinen Dämonen und rang mit meinen Ängsten, und ich gab mich ihm mit Haut und Haaren hin. Ich ließ sogar eine gewisse Hoffnung zu.

Er war die Liebe meines Lebens. Mein Herz und meine Seele.

Der Mann, der mich zum Lachen brachte, mein Verlangen weckte, mein Vertrauen hatte und meine Geheimnisse teilte.

Er kannte mich besser als jeder andere Mann zuvor und danach und schlug mir eine tiefere Wunde, als es ein anderer jemals tun könnte.

Am liebsten würde ich Lassiter meinen Arm entreißen. Auf den Stilettos aus dem Ballsaal laufen und alles vergessen – Quincy, Mr. X, Emma, mich selbst.

Aber das geht nicht. Und während ich diesem verdammt attraktiven Mistkerl, der auf mich zukommt, entgegenblicke, tut sich der Boden unter mir auf und ich stürze vier Jahre zurück in die Vergangenheit ... und mitten hinein in die Zeit, die ich so gerne vergessen möchte.

Als mein Flug in Heathrow landete, war ich so aufgeregt gewesen über die Aussicht, ein halbes Jahr in England zu leben. Ich war Teil einer einzigartigen Impro-Company, die moderne Versionen klassischer Shakespeare-Stücke aufführte. Bei dem Gedanken daran, jeden Abend eine andere Rolle zu spielen und mich kreativ austoben zu können, war mir das Herz aufgegangen. Das Engagement sollte fünf Monate dauern, danach wollte ich mir die restliche Zeit alles ansehen, ehe ich nach Manhattan zurückkehren und dort im Anschluss eine kleine Rolle als Mordopfer in einer beliebten TV-Serie übernehmen würde.

Tja, wie so oft im Leben kam es anders. Unsere Vorführung wurde schon nach einer Woche eingestellt, wodurch ich plötzlich ohne Einkommen in einem fremden Land hockte. Ich überlegte, wieder nach Hause zu fliegen; zwar hatte ich auch da nicht sofort wieder Arbeit, aber wenigstens wusste ich, wie Casting-Termine in New York abliefen, und kannte die besten Zeitarbeitsfirmen.

Emma war wie immer meine Rettung in der Not. Sie rief mir in Erinnerung, dass ich meine Wohnung für das halbe Jahr schließlich mit einem britischen Autor getauscht hatte, der in New York sein gegenwärtiges Projekt beendete, was bedeutete, dass ich zu Hause kein Dach über den Kopf hatte. »Du hast die Wohnung in London doch schon. Das Einzige, was dir fehlt, ist eine Finanzspritze, um über die Runden zu kommen.«

Da sie aber genau wusste, dass ich kein Geld von ihr nehmen würde, bot sie mir an, aus der Ferne für Lorenzo und sie das Backoffice zu organisieren. Es war natürlich fast geschenktes Geld, aber eben doch nicht ganz, denn den beiden fehlte es an strukturellem Talent. Sie hatten keine Probleme damit, Informationen aller Art zu scannen, runterzuladen, abzufotografieren oder einzutippen, aber dann blieb das ganze Zeug einfach auf der Festplatte liegen. Mein Job war es nun, aus dem ganzen Durcheinander Wichtiges zu extrahieren und in verschiedene Ordner zu archivieren. Mir machte es Spaß, und Lorenzo und Emma war ich eine echte Hilfe.

Folglich lebte ich erwerbstätig in der britischen Metropole und hatte genügend Freizeit, um die Stadt zu erkunden und so zu tun, als sei ich Londonerin oder eine entlaufene Millionenerbin – oder eine Reisefotografin, denn ich knipste mit meiner uralten Canon, was das Zeug hielt.

Und tatsächlich war es auch meine Kamera, die mich mit Quincy bekannt machte.

Es war ein ungewöhnlich warmer Tag im März, der zehnte Tag, den ich in England war, und außerdem mein vierundzwanzigster Geburtstag. Da ich niemanden vor Ort kannte, mit dem ich ihn hätte feiern können, wanderte ich auf der Suche nach schönen Motiven mit meiner Kamera durch London. Gegen Mittag fotografierte ich die Enten im Hyde Park – niedliche Tierfotos konnte man schließlich nie genug haben –, und wich gerade, die Linse vor dem Auge, langsam zurück, um den richtigen Rahmen zu finden. Gleichzeitig ging Quincy telefonierend hinter mir den Weg entlang und nippte an seinem Kaffee. Er blickte zu Boden, ich ging rückwärts und – Bumm! – war sein gestärktes weißes Hemd mit Kaffee durchtränkt.

»Was soll das?!«, brüllte er, blickte aber sofort zerknirscht drein, als ich mich umdrehte und total verlegen auf sein Hemd starrte. »Oh, verdammter Mist, es tut mir leid.«

»Nein, nein. Es war mein Fehler. Ich … na ja, ich fürchte, die Enten sind schuld.«

»Ah. Ich hab mir schon immer gedacht, dass sie etwas im Schilde führen. Sie haben so einen komischen Zug um den Schnabel.«

Ich nickte weise und freute mich, dass ein derart attraktiver Kerl meinen Sinn für Humor teilte. »Genau. Sehen Sie nur, wie sie da auf dem Teich herumtreiben und total unschuldig tun. Aber wir beide wissen Bescheid. Wir durchschauen die Fassade aus kuschelweichen Daunen und lustigem Quaken und erkennen das verschlagene Entenwesen dahinter.«

Natürlich war das als Scherz gemeint. Aber vielleicht nicht nur. Hinter dem, was das Auge sah, verbarg sich oftmals ein dunkler Abgrund, und ich hatte mehr Erfahrungen mit den Schatten gemacht, als mir lieb war.

Ich wollte gerade noch etwas Locker-Flockiges hinzufügen, um ihm nicht versehentlich Einblick in etwas Tieferes zu gewähren, als ich ihm in die Augen sah. Und beinahe zurücktaumelte. Denn ich begriff sofort, dass er mich verstanden hatte. Vor mir stand ein Mann, der ebenfalls in den Abgrund geschaut hatte.

Ich schüttelte mich – was für ein alberner Gedanke. »Na ja, wie auch immer. Sie sollten jetzt besser gehen. Ich meine, Sie müssen sich wahrscheinlich umziehen. Und, Gott, ich sollte Ihnen die Reinigung bezahlen.«

»Dann soll ich das Hemd jetzt ausziehen und Ihnen geben? Und wir treffen uns morgen wieder hier?«

»Ich …« Er meinte es nicht ernst, das war mir klar. Dennoch begann plötzlich mein Puls zu jagen, als ich mir vorstellte, wie er sein Hemd aufknöpfte und näher trat, um es mir zu geben. Wie er wohl riechen mochte? Ich würde schaudern, wenn wir uns versehentlich berührten, und vielleicht würde er sich vorbeugen, mir die Hand an die Wange legen und … Hastig trat ich einen Schritt zurück. »Wie wär's, wenn ich Ihnen meine Nummer gebe und Sie mir sagen, was Sie bezahlen mussten?«

»Wie wär's, wenn Sie mit mir zu Mittag essen? Dann wären wir quitt.«

»Oh. Oh, Moment. Irgendwas stimmt da an Ihrer Logik nicht.«

Sein Lächeln durchfuhr mich regelrecht und wärmte mich von innen. »Nicht?«, fragte er. »Nun, das sehe ich anders.«

»Oh.«

Ich verabredete mich nicht oft. Klar, ich hatte meinen Anteil an One-Night-Stands, gelegentlichen Quickies und Zufallsbekanntschaften hinter mir. Und meistens waren diese Begegnungen ganz okay. Nichts Besonderes vielleicht, aber immer noch unterhaltsamer als ein Abend mit meinem batteriebetriebenen Freund.

Es war der folgende Morgen, der mich immer wieder auf den Boden der Tatsachen zurückholte. Denn egal wie sehr wir uns im Bett ins Zeug gelegt hatten, es war nie wirklich das Richtige. Nie wirklich das, was ich brauchte. Nach dem ich mich sehnte.

Und was ich nicht begehren sollte, wie ich genau wusste.

Der nächste Morgen bestand unweigerlich aus unbeholfenem Schweigen oder gestelzter Unterhaltung und jener ach so vertrauten Enge in der Brust, weil ich nicht wusste, wie ich meinem Lover für eine Nacht sagen sollte, dass er sein Soll leider doch nicht erfüllt hatte.

Nicht dass dieser kaffeegetränkte Fremde mit mir

schlafen wollte. Jedenfalls sendete er nicht ausdrücklich solche Signale. Aber es bestand eine elektrische Spannung zwischen uns, die bereits zu knistern begonnen hatte. Wenn ich mit ihm ginge, würde der Nachmittag in den Abend übergehen und der Abend im Bett enden, dessen war ich mir sicher.

Wollte ich das? Wollte ich erneut versuchen, jemanden zu finden, der die Leere in mir ausfüllte? Einen weiteren sinnlosen Fick und die Enttäuschung riskieren, sich unbefriedigt am Morgen davonstehlen zu müssen? Denn das war ich wirklich jedes Mal.

Andererseits hatte es auch so seine Vorteile. Wenn ich je auf einen Kerl stieße, der meine geheimsten Wünsche erahnte, müsste ich selbst jene düstere Seite in mir anerkennen, die mich seit der Pubertät plagte. Dem wollte ich mich nicht wirklich aussetzen. Denn das würde mich nur an *ihn* erinnern und an die bedauerliche Tatsache, dass sein Blut in meinen Adern floss und auch in meinem Innersten etwas sehr, sehr Schlechtes lauerte.

Ich unterdrückte ein Schaudern und schlang die Arme um mich, als ich zu dem lächelnden Fremden mit den grauen Augen aufblickte. Es war besser, ihm direkt einen Korb zu geben. Lieber nach Hause gehen und köstliche Fantasien mit ihm in der Hauptrolle genießen, als eine enttäuschende Wirklichkeit zu erleben.

Das zumindest war der Plan. Ihn auszuführen war allerdings nicht ganz so einfach.

Der Mann sah mich noch immer unverwandt an. »Ich

bin mir nicht sicher, ob ich Ihr Schweigen als Ja oder Nein werten soll.«

»Entschuldigung.« Ich musste eine Grimasse unterdrücken. »Ich weiß Ihr Angebot zu schätzen. Wirklich. Aber lieber nicht.«

Einen Moment lang sagte er nichts, sondern blickte mich nur weiterhin mit diesen durchdringenden dunklen Augen an. Dann trat er einen einzelnen Schritt näher, sodass ich ihn hätte berühren können, hätte ich die Hand ausgestreckt, und seinen männlichen Duft sogar über dem übermächtigen Kaffeegeruch wahrnahm.

Das Quaken der Enten untermalte das angespannte Schweigen zwischen uns. Ich atmete plötzlich flach und spürte den Puls an meinem Hals. Und je länger er mich betrachtete, umso stärker entwickelte sich eine Wärme zwischen meinen Schenkeln, mit der ich nicht gerechnet hatte.

Ich sollte den Rückzug antreten, dachte ich. Am besten jetzt sofort.

Als er endlich wieder sprach, schwang keinerlei Enttäuschung in seiner Stimme mit. Anscheinend konnte ihn nichts aus der Bahn werfen. Oder bekam er vielleicht am Ende immer das, was er haben wollte?

»Sagen Sie aus Angst, was zwischen uns passieren könnte, Nein? Oder befürchten Sie eher, dass überhaupt nichts geschieht?«

Plötzlich bekam ich kein Wort mehr heraus. Mein Verstand setzte total aus, und ich war nicht mehr Herr meiner Sinne. Bei mir schrillten die Alarmglocken: Hier stand ein Mann, der mir Schwierigkeiten bereiten konnte und vor dem ich besser schleunigst wegrennen sollte.

Ich konnte mich gerade genug sammeln, um ihm zu antworten. »Als gäbe es nur diese beiden Möglichkeiten.« Ich zog die Brauen hoch und hoffte, dass ich so hochnäsig wirkte, wie ich es beabsichtigte. »Finden Sie das nicht reichlich vermessen?«

»Nein. Aber ich habe meine Prinzipien, und dazu gehört, eine Frau niemals überreden zu wollen, wenn Sie Nein sagt. Also, Eliza, lehnen Sie meine Einladung zum Lunch ab?«

»Ich … Moment mal. Woher wissen Sie meinen Namen?«

Sein Blick richtete sich betont zu Boden, wo meine Kameratasche lag. Eliza T. mitsamt der E-Mail-Adresse, um der Tasche den Nachhauseweg zu erleichtern, falls sie verloren gehen sollte.

»Na gut.« Ich schob die Hände in die Hosentaschen. Warum war ich eigentlich noch hier? Hatte ich den Kerl nicht schon begutachtet, abgeschätzt und für gefährlich befunden?

Aber vielleicht brauchte ich jetzt gerade ein wenig Gefahr.

Nein, Eliza, tu das nicht. Das bekommt dir nicht, und du weißt es.

»Und wie heißen Sie?«, fragte ich, womit ich mental den ersten kleinen Schritt in die absolut falsche Richtung tat.

»Wenn unsere Wege sich gleich wieder trennen, spielt das doch eine untergeordnete Rolle, oder?« Er streckte mir die Hand entgegen, und ich überraschte mich selbst, in dem ich ihm meine gab. »Würden Sie mir etwas verraten?«

»Kommt drauf an.«

Sein Daumen strich leicht über meine Hand, und Schockwellen jagten durch meinen Körper, um zu befeuern, was sich bereits nach handfestem Verlangen anfühlte. »Warum zögern Sie, wenn Sie's doch eindeutig wollen …«

Ich schnappte nach Luft. Wie anmaßend von ihm!

Und wie wahr.

»… dass ich Sie zum Lunch einlade.«

»Oh.«

Er legte den Kopf schief, und seine Mundwinkel zuckten. Mir stieg das Blut in die Wangen. Er wusste genau, was ich gedacht hatte. »Versagen Sie sich nicht das, was Sie wollen«, sagte er, und es klang sanft, aber auch wie ein Befehl, und irgendetwas lag in seinem Tonfall, das mich anmachte, selbst wenn ich es nicht klar definieren konnte.

»Sagen Sie Ja«, fuhr er fort. »Sie werden es nicht bereuen.«

»Ich gehe normalerweise nicht mit Fremden essen, die mir im Park begegnen.« Mein ausgedörrter Mund machte meine Stimme seltsam rau.

»Ich bin gerne die Ausnahme.«

Ich betrachtete ihn von Kopf bis Fuß und musste grinsen. »Das glaube ich Ihnen aufs Wort. Also schön, Mr. Geheimnisvoll. Aber ich zahle das Mittagessen.«

»Kein Problem«, erwiderte er mit einem sexy Grinsen, bei dem wohl jede Frau weiche Knie bekommen hätte, »dann übernehme ich das Frühstück.«

Ich neigte den Kopf und betrachtete ihn vom Scheitel bis zur Sohle. »In diesem Fall sollten Sie mir vielleicht doch Ihren Namen sagen.«

KAPITEL 4

Er hieß Quincy. Quincy Radcliffe, was in meinen Ohren ungeheuer britisch klang. Jedoch nicht verstaubt oder klischeehaft. Quincy hatte die sexy Ausstrahlung eines James Bond.

»Gefällt mir«, sagte ich. »Passt zu Ihnen.«

»Die meisten nennen mich Quince.«

»Wirklich? Dabei hätte ich gedacht, dass Sie ein Typ für zwei Silben sind.«

Er warf mir aus dem Augenwinkel einen Blick zu, als wir durch den Park auf die Straße zugingen, obwohl ich nicht hätte sagen können, wo wir uns befanden. Der Hyde Park war riesig, und während wir uns unterhielten, hatte ich komplett die Orientierung verloren.

Nachdem wir die ruhige Oase inmitten des Großstadtlärms schließlich hinter uns gelassen hatten und wieder das Verkehrschaos um uns herum beobachteten, blieb ich stehen, drehte mich langsam um meine eigene Achse und versuchte, irgendetwas zu erkennen. Leider hatte ich kein Glück. »Falls es Ihnen noch nicht aufgefallen sein sollte, ich bin nicht von hier. Haben Sie irgendeinen Vorschlag, wohin ich Sie ausführen kann? Und versuchen Sie ja nicht, mir auszureden, dass ich für uns beide bezahle.«

»Wie kommen Sie darauf, dass ich das vorhabe?«

»Sie haben so einen ritterlichen Zug um den Mund.«

»Haben Sie was gegen Ritterlichkeit?«

»Ach, sagen wir einfach, ich stehe durchaus auf Bad Boys.« O Gott, wo kam das denn jetzt her? Das stimmte doch überhaupt nicht. Mein Beuteschema waren die netten Kerle, und ich war sicher, dass ich irgendwann einen fand, der es verstand, mich zu befriedigen, ohne an den dunklen Schatten in meiner Seele zu rühren.

Unterm Strich brauchte ich also einen Kerl, der sich absolut und in jeder Hinsicht von meinem Vater unterschied. Was definitiv bedeutete, dass ich keinen Bad Boy suchte.

Er blieb stehen, und ich wandte mich fragend zu ihm um. Er sah mich an.

»Was?«, fragte ich gereizt, weil seine Aufmerksamkeit mich plötzlich schrecklich verunsicherte.

Sein Lächeln war träge und nicht zu durchschauen.

»Quincy«, sagte ich barsch, »was?«

»Nichts«, erwiderte er, doch so hörte es sich nicht an. »Ich dachte nur gerade, dass Sie eine vielschichtige Frau sind, Eliza T. Und es wird mir großes Vergnügen bereiten, eine Schicht nach der anderen abzutragen.«

»Doch ein bisschen anmaßend, hm?«, erwiderte ich mit einer gehörigen Portion Hochmut, die allerdings reine Show war. Das Knistern und Prickeln hatte ordentlich zugenommen, und eine Gänsehaut überzog meinen Körper, obwohl mir ganz heiß war. Im Augenblick hätte ich ganz und gar nichts dagegen gehabt, die eine oder andere Schicht abzutragen.

Einen Moment lang sahen wir einander nur an, bis ich mich schließlich räusperte und den Blick abwandte.

»Nein«, sagte er.

Ich wandte mich wieder um. »Nein?«

Er streckte die Hand aus, und mir stockte der Atem, als er mit dem Daumen sanft meinen Kiefer entlangstrich. »Nein, ich bin nicht anmaßend.«

»Oh.« Meine Wangen glühten, und es lag nicht am sonnigen Frühlingstag. »Ich, ähm … hab noch immer absolut keine Ahnung, wo man hier in der Gegend gut essen kann.«

Er nahm die Hand von meiner Wange, und die warme Stelle, die sie hinterließ, forderte unversehens meine volle Aufmerksamkeit ein. Bis ich dieselbe Hand an meinem unteren Rücken spürte, wo sie leichten Druck ausübte, um mich den Gehweg entlangzuführen. Sobald mir bewusst wurde, dass ich grinste wie jemand, der nicht alle Tassen im Schrank hatte, blickte ich zu Boden, um meinen dämlichen Gesichtsausdruck zu verbergen. Ich wusste nicht genau, was hier abging, aber ich konnte nicht leugnen, dass es mir gefiel.

Und ja, tatsächlich war ich diejenige, die das Mittagessen bezahlte, und obwohl ich nicht vorgehabt hatte, ihn zu einem mehrgängigem Mittagsmenü in Londons

Edelrestaurant einzuladen, war der hübsche kleine Pub in Mayfair, zu dem er mich führte, dann doch bedeutend weniger chic, als es mir vorgeschwebt hatte – vor allem da wir am To-go-Fenster landeten.

»War Ihr Hemd so billig, dass Sie meinen, es wäre mir gegenüber unfair, mich für eine richtige Mahlzeit zahlen zu lassen?« Selbstverständlich wusste ich, dass sein Hemd alles andere als billig war. Wenn man seine halbe Kindheit damit verbracht hat, der großen Schwester zuzusehen, wie sie uns mit komplizierten Betrügereien einen Schlafplatz für die Nacht verschaffte, weiß man ein bisschen über die textilen Gepflogenheiten der Reichen und Erfolgreichen. Nach dem, was ich bisher von Mr. Quincy Radcliffe gesehen hatte, war er entweder ein ausgesprochen guter Hochstapler oder er entstammte altem Geld.

Richtig gehört, altes Geld. Der Unterschied ist beträchtlich. Ein Neureicher hätte das Missgeschick mit dem Hemd vielleicht aus Höflichkeit heruntergespielt, wäre aber trotzdem verärgert gewesen. Und selbstverständlich hätte er es längst gewechselt, da es mit den hässlichen Kaffeeflecken doch jeden, der uns begegnete, auf die vermeintlich eigene Tollpatschigkeit hinwies.

»Erstens«, begann Quincy, »haben viele Londoner Pubs hervorragendes Essen zu bieten. Und zweitens haben Sie bestimmt noch nie Schottische Eier probiert.«

Ich zog die Nase kraus. »Klingt nicht gerade spektakulär.«

Er lachte nur leise und zeigte dem Angestellten hinter der Theke zwei Finger. »Vertrauen Sie mir«, sagte er, während ich für zwei Pappschälchen bezahlte. In jedem befand sich etwas, das wie eine große Krokette aussah und von Süßkartoffel-Pommes-Frites umgeben war.

Ich betrachtete das Ding misstrauisch und folgte ihm zu einem der Stehtische. »Kriege ich einen Tipp?«

»Ein hartgekochtes Ei, Wurstbrät, Brotkrumen. Frittiert. Muss ich noch mehr sagen?«

»Auf keinen Fall.« Ich würde mich zwar nicht gerade als Gourmet bezeichnen, aber ich esse definitiv gerne, was wahrscheinlich erklärt, warum ich auch gerne Sport mache. Obwohl *gerne* vielleicht ein klein wenig zu viel gesagt ist.

Ich benutzte das kleine Plastikmesser, schnitt in die Panade und fand genau das vor, was er beschrieben hatte: ein Ei, das in einem köstlichen Nest aus etwas Wurstigem steckte. Ich schnitt ein Stück ab, spießte es mit der Einweggabel auf und probierte.

»Hmmm … wow!« Ich hielt mir die Serviette vor den Mund – ja, auch ich weiß mich zu benehmen – und blickte ihn glücklich an. »Sie sind wirklich ein guter Mensch. Was für eine Großtat, mir ein solches Geschmackserlebnis zu verschaffen.«

»Gerne.« Seine Lippen zuckten.

»Sagen Sie es gar nicht erst«, warnte ich ihn und verkniff mir das Lachen; ich wusste genau, was ihm im Kopf herumging.

»Was? Dass ich Ihnen noch ganz andere Vergnügen bereiten könnte? So ordinär würde ich doch niemals sein.«

»Hmmm.« Ich nahm einen weiteren Bissen und war klug genug, mir eine Antwort zu sparen. Was sich anbot, weil das Essen wirklich köstlich schmeckte und man mit vollem Mund schließlich nicht sprach.

Trotz seiner frechen Bemerkung von vorhin, er würde fürs Frühstück zahlen, ging ich davon aus, dass sich unsere Wege nun trennten. Vermutlich würde er mir sagen, dass er sich zu einem Meeting umziehen müsse, denn dass er in der Privatwirtschaft arbeitete, stand für mich fest. Doch von Abschiednehmen war keine Rede. Im Gegenteil: Als ich ihm gestand, dass ich noch keine zwei Wochen in London weilte, schlug er mir eine Sightseeing-Tour mit einem der Hop-on/Hop-off-Doppeldecker vor, und weil ich solche Stadtrundfahrten liebe, sagte ich begeistert zu.

Erst als wir nebeneinander oben im Bus auf dem schmalen Bänkchen saßen, wurde mir bewusst, dass sich unsere zufällige Begegnung in eine echte Verabredung verwandelt hatte.

Ich durfte auf keinen Fall vergessen, mich bei den Enten persönlich dafür zu bedanken.

Obwohl vorne im Bus ein Fremdenführer saß, der ziemlich viel erklärte, erfuhr ich tatsächlich nichts über die Stadt. Stattdessen flirteten der Mann neben mir und ich hemmungslos, erzählten uns gegenseitig Geschichten aus unserem Leben und neckten uns.

»Schauspielerin«, sagte er, nachdem ich mich geweigert hatte, ihm zu sagen, was ich beruflich machte, und ihn raten ließ.

»Nicht schlecht. Die meisten Leute, mit denen ich mich unterhalten habe, tippen auf Studentin.«

»Ich verbringe viel Zeit damit, andere Menschen zu beobachten.«

»Gehört das in die Stellenbeschreibung eines internationalen Finanzberaters?« Ich war die Erste beim heiteren Beruferaten gewesen. Ich hatte auf etwas in der Geschäftswelt getippt, aber er hatte die Auswahl für mich eingeengt.

Er schüttelte den Kopf. »Nein, das gehört zu meinen besonderen Fähigkeiten.«

»Na, dann erzähl's mir. Was verrät mich als Frau dieses Gewerbes?«

»Die Requisiten zum Beispiel.« Er schaute hinab auf meine Kameratasche, und die Gewissheit in seiner Miene, als er wieder aufblickte, beeindruckte und beängstigte mich gleichermaßen.

»Requisiten?« Ich versuchte, nonchalant zu klingen, hatte aber das dumpfe Gefühl, dass es mir nicht gelang. »Ich fotografiere gerne, das ist alles.« Er nickte, als wolle er mich zum Weiterreden animieren, und obwohl ich mich ermahnte, das Gespräch auf ihn zu lenken, hörte ich mich sagen: »Ich kann's allerdings nicht. Klar, hier und da einen Schnappschuss. Aber Fotos, die etwas genau in Szene setzen? Oder etwa gar künstlerisch sind? Leider nicht meins.«

»Aber es macht dir Spaß.«

Ich schüttelte bedächtig den Kopf und suchte nach den richtigen Worten. »Mir gefällt eher das Konzept. Die Kamera bietet mir eine Ausrede, überall hinzugehen und einfach nur zu schauen.«

»Wozu brauchst du dazu eine Ausrede?«

Ich setzte mich anders hin. »Tja, wahrscheinlich brauche ich keine. Ich bin gerne jemand.«

Er zog die Mundwinkel herunter, während er über meine Worte nachdachte. Mir drängte sich immer stärker der Eindruck auf, dass er mehr sah, als ich ihn sehen lassen wollte.

Dennoch erwartete ich, irgendeine Plattitüde serviert zu bekommen, etwas wie »Jeder ist jemand« oder einen ähnlichen Schwachsinn.

Doch ich hatte mich geirrt. »Ist es denn wirklich so viel besser, in eine Rolle zu schlüpfen, als du selbst zu sein?«

Verdammt. »Ich …« Ich lehnte mich zurück und konzentrierte mich auf den Guide vorne.

»Eliza?«

Ich wollte nicht antworten. Für jemanden, den ich gerade erst kennengelernt hatte, begriff er viel zu viel. Dumm nur, dass ich das Gefühl hatte, ihn schon lange zu kennen, und ehe ich mich noch davon abhalten konnte, hörte ich mich bereits sagen: »Vermutlich war ich nie besonders gut darin, ich selbst zu sein.«

In Anbetracht dieser lächerlich kryptischen Antwort

erwartete ich spätestens jetzt einen abrupten Themenwechsel. Doch wieder täuschte ich mich in ihm. Nach einem Moment der Stille fragte er: »Wovor versteckst du dich?«

Die Frage überraschte mich derart, dass es mir einen Moment lang die Sprache verschlug, und so saß ich bloß stumm da und staunte über diesen rätselhaften Mann, der so viel mehr erkannte, als ich eigentlich zulassen wollte.

Eine unbehagliche Stille breitete sich zwischen uns aus, und ich erwog, gar nicht zu antworten. Doch andererseits war es schön, mit ihm hier im Bus zu sitzen, und ich wollte ihn nicht vor den Kopf stoßen. Die Wahrheit sagen wollte ich ihm allerdings auch nicht – oder vielleicht kannte ich sie ja gar nicht wirklich.

Also zuckte ich schließlich die Schultern. »Versteckt sich nicht jeder vor irgendetwas?«

Er schürzte die Lippen, als dächte er ernsthaft über die Frage nach. Dann nickte er. »Meiner Erfahrung nach schon. Ja, ich denke, es ist so.«

Ich stieß ihn spielerisch mit der Schulter an. »Die ganzen Kunden, die ihre Gewinne auf Geheimkonten lagern? Die unergründliche, schmutzige Welt der Hochfinanz?«

»So ungefähr«, antwortete er so ernst, dass ich den Verdacht hatte, mein Scherz hätte den Nagel exakter auf den Kopf getroffen, als ich es beabsichtigt hatte.

Ich hätte gerne nachgehakt, doch ich war mir nicht

sicher, ob es schlau war. Ich fühlte mich mit diesem Mann verbunden, das schon, aber ich traute dem Gefühl nicht. Noch nicht. Vielleicht handelte es sich ja bloß um die Euphorie, an einem schönen Frühlingstag einen netten, attraktiven Kerl kennenzulernen, und vielleicht empfand er selbst diese Verbindung nicht.

Es schien mir zwar so, aber …

Eine grässliche Rückkoppelung im Mikrofon unseres Fremdenführers riss mich aus meinen Gedanken. »Entschuldigen Sie«, sagte der Guide, »aber wenigstens sind Sie alle wieder wach, denn wir fahren jetzt in eine der schicksten Gegenden Londons. Selbst wenn Ihnen die Namen der Politiker und Wirtschaftsbosse nichts sagen, dürften Sie wohl schon alle von Madonna gehört haben, die hier eine Weile gewohnt hat. Weiß jemand noch andere?«

Während diverse Fahrgäste prominente Namen in den Bus riefen, wandte ich mich wieder Quincy zu. »Und wie oft machst du so was hier?«

»So was hier?«

»Touristinnen, denen du zufällig über den Weg gelaufen bist, zu einer Hop-on/Hop-off-Tour einladen.«

»Würdest du mir denn glauben, wenn ich dir sage, dass es das erste Mal ist?«

Ich begann zu lachen, verstummte aber wieder. »Ich denke schon«, sagte ich und schenkte ihm ein schüchternes Lächeln. »Erstaunlicherweise ja.«

Unsere Blicke trafen sich, und wenn wir in einem

Kinofilm gewesen wären, hätte nun Musik eingesetzt, leise zunächst, doch dann immer lauter und stärker, bis es zum Kuss vor dem Hintergrund mit Big Ben und einem dramatischen Sonnenuntergang gekommen wäre.

Ich malte es mir so lebhaft aus, dass ich überrascht aufschreckte, als er den Bann brach. »Hier bin ich aufgewachsen.«

»In London? Ja, das dachte ich mir bereits, obwohl anderswo in England für mich wahrscheinlich nicht … Oh, Moment.« Ich neigte den Kopf und blickte hinaus, um die edlen Stadthäuser vorüberziehen zu sehen, die mir selbst wie aus einem Kinofilm vorkamen. »Du meinst *hier* hier?«

»Sogar nur ein Stück weiter die Straße entlang.«

»Wow.« Ich grinste. Zumindest schien ich mit dem alten Geld recht gehabt zu haben. »Welches Haus?«

Er zögerte, setzte dann aber an, in Richtung einer stattlichen Villa zu zeigen, als unser Guide wieder zu sprechen begann. »Dennoch besteht dieses Viertel nicht nur aus Prominenz und Superreichen. Es hat auch eine finstere Seite.«

»Ooohh«, sagte ich in dem Tonfall, den ich sonst für Horrorgeschichten reservierte, »jetzt wird es interessant.« Natürlich erwartete ich ein Grinsen von Quincy, doch als er keine Miene verzog, setzte ich mich peinlich berührt wieder zurück. Okay, manchmal ist mein Humor etwas schräg, aber … na ja.

»Zum Beispiel das Haus zur Linken, Nummer 806. Wunderschön, nicht wahr? Chic, edel, Luxusklasse, das

Sinnbild für eine sorglose, glückliche Kindheit, sollte man meinen.«

Ich runzelte die Stirn, denn ich hatte gedacht, dass die Nummer 806 das Haus gewesen war, auf das Quincy eben gezeigt hatte.

»Doch dieses Haus, das durch den Mord an der Erbin Emily Radcliffe traurige Berühmtheit erlangte, hat eine dunkle Geschichte voller bemitleidenswerter Figuren. Ein kleiner verängstigter Junge. Eine Mutter, die bei dem Versuch, ihr Kind zu beschützen, getötet wurde. Ein Vater, der abtauchte, bloß um innerhalb desselben Jahres ebenfalls ermordet aufgefunden zu werden, woraufhin sich herausstellte, dass er als Doppelagent nicht nur England verraten hatte, sondern auch jene andere Macht, der er heimlich und völlig unbekümmert diente.«

Neben mir versteifte sich Quincy. Seine Miene war ausdruckslos. Ich wusste nicht, ob es klug war, aber ich konnte nicht anders und griff nach seiner Hand. Einen Moment lang geschah nichts, doch dann umfassten seine Finger behutsam meine.

»Es ist ein Hop-on/Hop-off-Bus«, sagte ich leise. »Warum sind wir nicht ausgestiegen, ehe wir hier eingebogen sind? Du musst doch gewusst haben, dass die Sache erwähnt wird.«

»Jeder hat eine Geschichte, Eliza. Als Schauspielerin wirst du das wissen.«

»Vielleicht«, antwortete ich. »Aber nicht jeder kann seine so einfach preisgeben.«

»Du bist der erste Mensch seit Langem, der das über mich erfährt«, erklärte er. »Bisher habe ich das nur meinem Freund Dallas erzählt, aber das ist schon eine Ewigkeit her.«

»Oh.« Aber ich verstand nicht recht, warum er es mich hatte wissen lassen. Sicher, der Guide hätte die Familie Radcliffe in jedem Fall erwähnt, doch der Name war nicht besonders ungewöhnlich, und hätte Quincy nicht auf das Haus gedeutet – und reagiert, als der Mann am Mikrofon die Geschichte erzählt hatte –, wäre mir vermutlich gar nichts aufgefallen.

Dennoch fragte ich ihn nicht. »Das mit deinem Vater tut mir leid«, hörte ich mich stattdessen sagen. »Mein Vater … na ja, er war auch kein besonders guter Mann.« Und wenn das nicht die Untertreibung des Jahrhunderts war.

»Das tut mir leid.«

»Ich wollte damit nicht sagen, dass es bei mir dasselbe war. Es war schlimm.« Ich fuhr mir mit der Zunge über die Lippen und ermahnte mich, bloß zu reden und keine Bilder heraufzubeschwören. »Aber es war etwas anderes. Er … na ja, spielt keine Rolle. Ich wollte nur … ich wollte dir wohl lediglich klarmachen, dass ich dich in gewisser Hinsicht verstehen kann.«

Der Bus hatte inzwischen gehalten, und einige Fahrgäste stiegen aus. Quince warf mir einen Blick zu, und obwohl er nichts sagte, erhoben wir uns beide und gingen auf die Treppe vorne zu. Auch als wir unten auf dem

Gehweg standen, schnitt keiner von uns das Thema Väter wieder an, doch das war auch nicht nötig. Etwas Grundlegendes hatte sich verändert. Zuerst war die Verbindung zwischen uns wie ein Blitzschlag gewesen. Unmittelbar und überraschend und mit einem Hauch Gefahr durchzogen. Nun fühlte sie sich warm und gefestigt an wie eine sanfte Glut, die die Kraft hatte, zu einem Feuer entfacht zu werden.

Wortlos nahm er meine Hand, und ich passte mich seinem Tempo an. Wir wanderten durch das Wohngebiet, bogen auf enge Straßen mit kleinen Läden ab und schlenderten an eingezäunten Gärten entlang. Die Sonne hatte zu sinken begonnen, und die Schatten der Bäume, die die hübschen Straßen säumten, wurden größer.

Eine gute Stunde spazierten wir herum und sprachen über Gott und die Welt wie gute alte Freunde. Und tatsächlich war mir, als würden wir uns schon ewig kennen, als hätte der Schmerz unserer jeweiligen Vergangenheit einen Bund geschmiedet und als sei ich nicht wegen eines Engagements nach London gekommen, sondern um diesem Mann zu begegnen.

Nach einer Weile wurden wir uns bewusst, dass es Stunden her war, dass wir zu Mittag gegessen hatten – sofern ein einziges Schottisches Ei mit Pommes Frites als Lunch durchgehen konnte. Ich hatte keine Ahnung, wo wir waren, aber Quince sah sich um und erklärte mir, dass wir am Marble Arch seien, was bedeutete, dass wir auf unserer Wanderung beinahe wieder dort angekommen waren, wo wir den Park verlassen hatten. »Ich kenne da ein großartiges indisches Restaurant, das nicht besonders weit von hier entfernt ist. Ein Stückchen müssten wir allerdings schon noch zu Fuß gehen.«

»Für großartiges indisches Essen würde ich fast alles tun«, antwortete ich.

»Das merke ich mir«, konterte er grinsend, und der leicht anzügliche Tonfall war nicht zu überhören.

»Gut«, sagte ich forsch. Denn dieser ganze Tag war gut gewesen. Er war ein guter Kerl. Und, verdammt, was das anging, waren wir beide zusammen auch eine gute Kombination.

Das Essen war auch gut. Wir bestellten praktisch jedes Curry auf der Karte und teilten uns alles. Auch eine Flasche Wein. Na gut, zwei. Und wenn ich ehrlich war, trank ich das meiste davon. Denn ich wusste, was geschehen würde. Er würde mit zu mir kommen. Wir würden im Bett landen. Und es würde großartig werden.

Und am nächsten Morgen würde es vorbei sein. Wie immer.

»Du guckst so böse. Hast du etwa genug von mir?«

Ich musste lachen. Bloß ein selbstbewusster Mann würde eine solche Frage stellen, und dass er selbstbewusst war, hatte ich bereits begriffen. Und es gefiel mir. Es sprach mich an. Verdammt, es machte mich an.

Aber ich wusste nur allzu gut, dass es nicht reichen würde, um mich zufriedenzustellen, obwohl ich es mir von ganzem Herzen wünschte. Ich wollte ihn. In diesem

Augenblick sehnte ich mich nach ihm. Allein ihn essen zu sehen: wie er das Besteck handhabte, die zufriedenen Laute, die er von sich gab, wenn ihm etwas besonders gut schmeckte. Die Glut in seinen Augen, wenn er mir seine Gabel mit einer Köstlichkeit hinhielt und ich meine Lippen darum schloss, als handele es sich nicht nur um eine Gabel mit einer Köstlichkeit, sondern um etwas sehr viel Intimeres.

O ja.

Ich begehrte ihn.

Aber gleichzeitig wollte ich nicht, dass es aufhörte. Ich befand mich wirklich in einem Dilemma. Doch wie sollte ich ihm das sagen? Das Gespräch konnte ich mir lebhaft vorstellen: *Hör mal, Quincy, ich bin momentan so was von scharf auf dich, dass ich zu allem bereit wäre. Der Haken daran ist allerdings, dass alles vorbei ist, sobald wir es tun, deshalb würde ich es lieber gleich ganz lassen. Hast du nicht Lust auf eine Partie Schach*?

Tja. Eher nicht.

Er lachte leise, und mir wurde jäh bewusst, dass ich nach der Frage, ob ich seiner überdrüssig wäre, ungebührlich lange geschwiegen hatte. Autsch. Ich zog mental den Kopf ein. So macht man sich beim ersten Date wahrlich beliebt!

»Entschuldige. Ich glaube, ich bin einfach ein bisschen erledigt. Oder betrunken. Oder beides. Nach so viel Lauferei war das ziemlich viel Wein.«

Er streckte den Arm über den Tisch aus und nahm

meine Hand, und die Vorfreude durchfuhr mich wie ein Stromstoß. Mir war klar, dass ich mich für den Titel *Schlampe des Jahres* qualifizierte, weil ich ihn so dringend wollte, obwohl ich doch wusste, dass danach alles vorbei sein würde. Aber ich konnte es nicht ändern. Ich wollte seine Lippen auf meiner Haut spüren, seinen Schwanz in mir, und ich wollte seinen Duft einatmen und mich dem wunderbaren Weindunst hingeben, wenn er mir Unartiges ins Ohr flüsterte und den Worten anschließend Taten folgen ließ. Ich wollte in seinen Armen einschlafen und neben ihm aufwachen. Ich wollte eine Nacht der Leidenschaft. Der Glückseligkeit.

Eine Nacht, die so überirdisch war, dass ich noch lange, lange, lange von ihr zehren und mich an ihr wärmen konnte, selbst wenn es bei diesem einen Mal bliebe.

Er hob die Hand, um der Bedienung zu signalisieren, dass er zahlen wollte. »Es ist Zeit, dich nach Hause zu bringen.«

»Ja, bitte.« Mein Puls pochte in meiner Kehle. Verdammt, er pochte zwischen meinen Beinen! Ich wurde von Minute zu Minute schärfer, und ich gab dem Wein die Schuld, doch im Grunde wusste ich, dass meine Sehnsucht nicht nur im Alkohol begründet lag. Im Gegenteil: Es war der Mann, der mich anzog, und nichts sonst.

Und dieser Mann nahm mich jetzt an die Hand und half mir die Treppe zur Straße hinab, wo er ein Taxi anhielt. »Ich werde mir merken, dass du preiswert betrunken zu machen bist«, sagte er, während seine Hand abwärtsglitt und auf meinem Hintern liegen blieb. Ich biss mir auf die Unterlippe und schmiegte mich dagegen, dann seufzte ich zufrieden, als er mit Nase und Lippen meinen Hals liebkoste. »Wer weiß, wann man eine solche Information gebrauchen kann.«

»Wenn das die Art von Information ist, die du brauchst, sage ich dir alles, was du hören willst. Hauptsache, du hörst nicht auf.«

»Aber das muss ich leider. Deine Kutsche wartet.«

Er trat um mich herum, und ich war plötzlich seiner Wärme beraubt. Wie ein Gentleman öffnete er mir die Tür des Taxis und trat dann zurück.

»Soll ich rutschen oder steigst du auf der anderen Seite ein?«

»Du fährst allein nach Hause«, sagte er, und mein ganzer Körper erstarrte angesichts seiner ausdrücklichen Zurückweisung.

»Ich … was? Warum?« Ich runzelte die Stirn. »Du wolltest mich zum Frühstück einladen. Ich dachte, wir …« Ich klappte den Mund zu. Unter diesen Umständen wollte ich kein Wort mehr dazu sagen.

»Du dachtest, ich komme mit dir nach Hause. Wo ich dich küssen, deinen Hintern packen und so fest an mich ziehen würde, dass deine Brüste sich an mich pressen.«

»Ich … Quincy …« Tödlich verlegen blickte ich zum Fahrer, der stur geradeaus sah und das Lenkrad umklammerte, als existierten wir gar nicht.

Quincy, der meinen Blick bemerkt hatte, beugte sich vor und gab dem Fahrer eine Zehn-Pfund-Note. »Tut mir leid, dass Sie warten müssen, aber das sollte die Unkosten decken.« Und als sei die Verzögerung das einzig Außergewöhnliche an dieser Situation, wandte er sich wieder mir zu und sagte: »Und das würde ich mit allergrößtem Vergnügen tun, Eliza.«

»Aber ... aber warte. Was?« Ich hatte keine Ahnung, ob es am Wein lag oder an dem Schock, aber ich verstand einfach gar nichts mehr.

Er legte eine Hand auf das Autodach und beugte sich herab. »Du bist gefährlich, Eliza. Du und ich, wir sind uns ziemlich ähnlich.«

»Und das ist schlecht?«

»Das ist gefährlich.«

»Oh. Ich verstehe.« Ich schluckte und befahl mir, gefälligst nicht zu weinen – dazu kannte ihn nicht gut genug. Was die Frage aufwarf, warum die Tränen dennoch in meinen Augen brannten. »Tja, also ... es war ein schöner Tag. Vielen Dank. Hat mich gefreut, dich kennenzulernen.« Bastard.

Seine Lippen zuckten, und einen Moment lang befürchtete ich, dass ich das letzte Wort laut ausgesprochen hatte. »Gibst du mir den Laufpass?«

»Was? Nein! Ich dachte, du gibst mir den Laufpass.«

»Soll ich?« Er lächelte leise.

»Nein, und hör auf, mich zu ärgern. Was soll das, Quince?«

Bei meiner letzten Frage lachte er laut auf. »Okay, jetzt weiß ich Bescheid.«

»Was?«

»Wenn wir beide uns öfter sehen – was ich schwer hoffe –, dann stecke ich offenbar in Schwierigkeiten, sobald du mich Quince nennst.«

Ich neigte den Kopf und verschränkte irritiert die Arme vor der Brust. Ja, ich war echt irritiert. Aber auch hoffnungslos erleichtert. »Schön. Du steckst in Schwierigkeiten. Erschreck mich doch nicht so! Du hast dich verhalten, als wolltest du mich zum Teufel schicken.«

»Ich sag dir, was ich will.« Er beugte sich noch weiter herab und sprach leiser, aber nicht so leise, dass der Fahrer uns nicht mehr verstehen konnte. »Ich will nicht einfach mit dir nach Hause fahren. Ich will dich nicht einfach vögeln. Ich will dich mit Haut und Haaren, Eliza. Ich will, dass du dich mir hingibst. Mir rückhaltlos vertraust.«

»Was soll das heißen? Ich verstehe nicht.«

»Ich glaube doch. Ich will Kontrolle.« Er strich mir mit dem Handballen über die Lippen. »Um dich zu nehmen, wie immer ich es will. Auf dem Rücksitz eines Taxis wie dieses hier. In deinem Bett. Festgebunden. Auf den Knien. Ich kann dir Vergnügen bereiten, Eliza – mehr, als du je erfahren hast.«

»Das kannst du doch gar nicht wissen.«

»Doch, und ich weiß es.« Er zögerte, und sein Blick brannte sich in mich. »Ich kann dir nicht versprechen, dich vor dem zu retten, was immer dich tief in deinem

Inneren umtreibt – das kannst nur du selbst. Aber ich sehe Dunkelheit in deinem Blick und möchte derjenige sein, der das Licht dorthin zurückbringt.«

Ich versuchte, etwas zu sagen, konnte es jedoch nicht. Was er sagte, was er mir da versprach …

Geschah das hier wirklich?

»Ich … ich verstehe dich nicht.«

»Dann lass es mich noch einmal klar ausdrücken. Ich will dich. Ganz. Nicht nur deinen hübschen Körper im Bett. Ich will, dass du mir vertraust, aber nicht blind. Ich werde mir dein Vertrauen verdienen, das verspreche ich dir. Und im Gegenzug bekomme ich die Macht über deine Lust. Das ist eine Verantwortung, die ich ernst nehme. Und die du genießen wirst. Unterwirf dich mir, Eliza. Gib dich mir hin.«

Mein Mund war inzwischen knochentrocken, und wider besseres Wissen warf ich einen Blick zum Fahrer, der uns inzwischen im Rückspiegel mit weit aufgerissenen Augen und heruntergeklappter Kinnlade beobachtete. Wieso stieg ich nicht einfach aus, um dieser empörenden Ankündigung ein Ende zu bereiten?

Natürlich tat ich es nicht.

»Warum?«, fragte ich stattdessen.

Er lächelte siegessicher. Er glaubte, mich geködert zu haben, und ich konnte nicht einmal Anstoß daran nehmen, weil es ja verdammt noch mal stimmte.

»Warum?«, wiederholte ich, weil das meine einzige Möglichkeit war, die Situation aktiv zu steuern.

»Weil es das ist, was ich will. Und ich glaube, wir wissen beide, dass es das ist, was du brauchst. Oder siehst du das anders, Liebes?«

»Ich … ich kenne dich doch kaum.«

»Wir wissen auch beide, dass das nicht wirklich stimmt.«

Ich klappte den Mund auf, doch er legte mir einen Finger auf die Lippen und fuhr fort.

»Was ich gesagt habe, entspricht der Wahrheit. Ich will all das, aber nicht jetzt. Nicht jetzt, da du betrunken und erregt und damit verwundbar bist und dich geschmeichelt fühlst. Heute möchte ich nur, dass du darüber nachdenkst.«

»Darüber nachdenkst?« Ich klang wie ein Papagei und verachtete mich dafür.

»Morgen«, sagte er. »Das Angebot zum Frühstück steht.« Er deutete mit dem Kopf auf ein kleines Café an der Ecke zur nächsten Querstraße. »Wenn du das, was ich dir vorschlage, auch willst, dann sei morgen um zehn Uhr dort. Wir frühstücken gemeinsam und sehen dann weiter.«

»Und wenn ich nicht komme?«

»Dann bin ich enttäuscht, werde deine Entscheidung aber respektieren.« Er beugte sich vor und küsste mich auf die Wange. »Gute Nacht, Eliza. Ich hoffe, wir sehen uns morgen wieder.«

Seine Worte plagten mich die ganze Nacht. Sie weckten eine schreckliche Sehnsucht in mir und machten mir

Angst, obwohl es nichts damit zu tun hatte, dass ich mich vor ihm fürchtete. Oder glaubte, dass er mir wehtun könnte. Was mich stattdessen in Panik versetzte, war die Tatsache, dass das, was er beschrieb, genau das war, wonach ich mich verzehrte.

Natürlich ging ich am nächsten Morgen zu ihm. Mir blieb ja nichts anderes übrig. Er hatte gesagt, dass die Entscheidung bei mir läge und ich mich jederzeit verabschieden könne, aber das stimmte im Grunde nicht. Seine Worte, Versprechungen und Berührungen ließen mir keine Wahl. Also trafen wir uns und frühstückten zusammen. Und taten danach noch so vieles mehr.

Diese bittersüßen Erinnerungen stürmen auf mich ein, während ich im prunkvollen Ballsaal des Hollywood Terrace Hotel stehe und Quincy Radcliffe auf mich zukommen sehe. Den Mann, dem ich mich vollkommen hingab, dem ich mich komplett öffnete und der drei Monate lang mein Ein und Alles war.

Ich hatte so viel von mir preisgegeben. Geheimnisse. Träume. Meine schlimmsten Ängste, die furchtbarsten Erinnerungen.

Ich erzählte ihm Dinge, die bis zu dem Zeitpunkt nur Emma gewusst hatte, und gewährte ihm Einblicke in die dunklen Schatten meiner Vergangenheit.

Ich ließ ihn in mein Herz, und er forderte mich. Brachte mich an meine Grenzen. Beschützte mich.

Er hatte die Kontrolle übernommen und eine Schicht

meiner Persönlichkeit nach der anderen abgetragen, wie er es versprochen hatte. Er enthüllte Gelüste und Bedürfnisse, die ich tief in meinem Inneren versteckt hatte, und in seinen Armen fühlte ich mich mehr wie ich selbst, als ich es je für möglich gehalten hätte.

Er liebte mich. Ehrte mich.

Zumindest dachte ich das.

Denn sobald ich ihm rettungslos verfallen war – einmal empfand ich die Liebe so stark, dass mir war, als sei ich randvoll mit Licht –, richtete er mich zugrunde.

Er ging.

Ohne ein einziges Wort, ohne Nachricht, ohne Abschied.

Von einem Moment auf den anderen war er fort und nahm mein Herz und meine Seele mit.

Und er ließ nie wieder von sich hören.

Bis jetzt.

Was zur Hölle soll ausgerechnet er über Emmas Verschwinden wissen?

KAPITEL 5

D*ir vertrauen?«*, erklang Dennys aufgebrachte Stimme in seinem Ohr. *»Klar vertraue ich dir, aber ich will dennoch wissen, was du vorhast. Also?«*

»Immer diese Forderungen«, murmelte er.

»Verdammt noch mal, Quince, ich bin deine Partnerin, nicht irgendein neugieriger Nachbar.«

Er legte sich eine Hand über den Mund, als müsse er ein Gähnen unterdrücken. »Ich habe eine Verbündete ausgemacht.«

Das entsprach nicht ganz der Wahrheit. Es hatte eine Zeit gegeben, in der Eliza Tucker alles für ihn getan hätte. Aber die Dinge hatten sich geändert. Oder um es genauer zu sagen: Er hatte sie geändert.

Er wusste, dass er sie zutiefst verletzt hatte, und es hatte ihn weiß Gott innerlich zerrissen. Alles, was er erlitten hatte – jedes Grauen, das er in den Wochen der Folter hatte durchmachen müssen –, war nichts verglichen mit dem Schmerz in seinem Herzen, als er begriffen hatte, dass er nicht zu ihr zurückkehren konnte, sich nicht einmal von ihr verabschieden durfte, um sie nicht der Gefahr …

Nein.

Dazu war im Moment keine Zeit. Denny wartete, die Einsatztruppe brauchte die Informationen. Und hier stand das Leben einer Dreizehnjährigen auf dem Spiel.

Vielleicht empfand Eliza ja nur noch Hass für ihn – er hasste sich schließlich meistens selbst –, aber sie würde ihm helfen. Dafür würde er schon sorgen.

Er holte tief Luft, konzentrierte sich auf den Augenblick und blendete die düsteren Erinnerungen aus. Im Laufe der Jahre war er Meister darin geworden, die Hölle, die er durchgemacht hatte, zu verdrängen. Das zumindest redete er sich ein. Doch wenn er bedachte, wie oft die Vergangenheit ihn in letzter Zeit zu plagen schien, drängte sich die Frage auf, ob sein Schutzwall einzustürzen drohte.

»Eine Verbündete? Wer zum Teufel …«

»Nicht jetzt«, presste er hervor, wobei er kaum die Lippen bewegte. Er näherte sich unaufhaltsam, und Eliza hatte ihn bemerkt. Ihrem eisigen Blick entnahm er, dass er recht gehabt hatte: Eine herzliche Wiedervereinigung würde das nicht werden.

Aber unter diesen Umständen war jede Begrüßung, die nicht in eine Kastration mündete, positiv zu bewerten. Gott allein wusste, dass er Schlimmeres verdient hatte.

»Mr. Canton!«, Lassiter nahm seine rechte Hand von Elizas Rücken und hielt sie Quince zu einem festen Händedruck hin, »Sie scheinen sich ja prächtig zu amüsieren.«

Quince bedachte ihn mit seinem charmantesten Lächeln. »Sie haben mir versichert, dass dies eine spektakuläre Party werden wird. Kompliment. Für das Event, für diese äußerst gelungene Restaurierung und …«, und damit wandte er sich betont Eliza zu, »… dieses entzückende schmückende Beiwerk.«

»Sie haben einen guten Geschmack«, erwiderte Lassiter. »Unter den Blumen, die diesen Saal verschönern, dürfte sie die lieblichste sein.«

Quince wusste, was von ihm in dieser Rolle erwartet wurde. Bewusst langsam und genüsslich begutachtete er sie wie eine Ware und lächelte abschließend, als sei er mit der Qualität zufrieden. Sie erwiderte das Lächeln nicht, und er war überrascht, wie sehr er das bedauerte. In den Wochen in London war dieses Lächeln so verlässlich gewesen wie die aufgehende Sonne, und es hatte ihr Gesicht erhellt, ihre Grübchen zum Vorschein gebracht und ihre Augen funkeln lassen.

In Anbetracht der Situation hätte er natürlich nichts erwarten dürfen, aber auch wenn sein Kopf es verstand, wollte sein Herz es nicht einsehen.

Dennoch durfte man ihm die Enttäuschung nicht ansehen. Verdammt, er begehrte sie noch immer so sehr. Sehnte sich nach jener sorglosen Zeit in London, als sie tagsüber die Stadt und in den verboten sinnlichen Nächten den jeweils anderen Körper erkundet hatten!

Wie sehr er sich doch wünschte, sich diese Erinnerungen bewahren zu können, um sich an sie zu klammern, wenn die Albträume ihn überfielen. Aber wie sollte er das tun, wenn sie so untrennbar mit Schmerz verbunden waren? Den brutalen, grausamen Schmerz, den er jeden Tag aufs Neue niederkämpfen musste? Er hatte ihn verändert. Besudelt.

Er war gegangen, um sie nicht auch damit zu beschmutzen, und er hatte sich geschworen, dass es für sie beide ein sauberer Schnitt sein würde.

Und doch stand er nun hier und wollte ausgerechnet die eine Frau um Hilfe bitten, die ihn wahrhaft und aus gutem Grund hassen musste.

Lassiter räusperte sich hinter ihm, und Quince wurde bewusst, dass er Eliza nach wie vor anstarrte.

Er wandte sich wie beiläufig zu seinem Gastgeber um. »Da Sie bei Ihnen steht, nehme ich an, dass noch kein Gast ihr einen Schlüssel gegeben hat?«

Seine Stimme war sachlich, und er sprach allein mit Lassiter. Eliza war an diesem Abend tatsächlich eine Ware, und obwohl ihm allein diese Tatsache den Magen umdrehte, konnte er im Augenblick rein gar nichts dagegen tun.

»Ah, ich fürchte, ich habe Bunny bisher mit Beschlag belegt«, sagte Lassiter, was Quincy als Anspruch auf Eliza übersetzte. Lassiter konnte sie sich nicht einfach unverhohlen angeln – er war schließlich der Gastgeber –, wohl aber subtil andeuten, dass Robert Cantons Name auf der nächsten Gästeliste nicht mehr auftauchen würde, sollte Quince Lassiters Pläne für diese Nacht durchkreuzen, indem er die Dame seiner Wahl für sich selbst beanspruchte.

Und soweit Quince es beurteilen konnte, zeigte die Warnung Wirkung. Allein in der kurzen Zeit, in der er den Saal durchquert hatte, waren ihm mindestens drei Gäste aufgefallen, die Eliza immer wieder begierige Blicke zuwarfen. Einer davon, ein breitschultriger Mann mit einem Ziegenbart und kurzen rötlichen Locken, hatte sie bisher noch nicht einmal aus den Augen gelassen.

Zum Glück würde Quincy hier nie wieder aufkreuzen müssen. Er trat auf sie zu und umfasste ihr Handgelenk, wobei er mit dem Zeigefinger über das rote Band strich, das sie trug. Warum hatte sie es umgelegt? War es reiner Zufall? Wahrscheinlich. Aber konnte nicht doch noch ein klein wenig Zuneigung unter dem Hass stecken? Ein Zeichen, dass sie ihm vielleicht nicht gerade vergeben hatte, es allerdings Erinnerungen gab, an denen sie festhielt?

Nach einem Moment entzog sie ihm ihre Hand und sah ihm dabei trotzig in die Augen.

»Wir kennen uns schon, sie und ich«, sagte Quince, wieder ausschließlich zu Lassiter. »Vielleicht aus London? Nein, es war Paris. Sagen Sie, Scott, Sie kennen doch Sir Jonathan Semple?«

Lassiters Miene verriet, dass dem so war, was Quince nicht überraschte. Semple war ein privilegierter englischer Mistkerl, der von Party zu Party ging und sein Geld für Alkohol und Vergnügungen verschleuderte.

Außerdem neigte er dazu, sich die Loyalität seiner Freunde zu versichern, indem er ihnen teure Frauen kaufte.

Quince war während seiner Zeit beim MI6 bei einer von Semples Partys eingeschleust worden, aber damals hatte er Eliza noch nicht gekannt. Seinen Namen zu erwähnen diente nur dazu, sein kleines Täuschungsmanöver zu untermauern.

Eliza und er waren aber tatsächlich in Paris gewesen. Eines Freitags waren sie aus einer Laune heraus zum Bahnhof St. Pancras gegangen, hatten zwei Tickets gekauft und waren mit dem Zug durch den Tunnel in die französische Hauptstadt gefahren. Sie hatten ein hübsches kleines Hotel am Rive Gauche gefunden und ein herrliches Wochenende im Bett und in den Straßen der Stadt der Liebe verbracht.

Weil sie der Meinung war, dass es die Erinnerungen seien, die zählten, lehnte sie alle Geschenke ab, die er ihr machen wollte, bis auf einen Strauß Rosen und eine gebundene Ausgabe von *Le Petit Prince*. »Emma hat es mir früher oft vorgelesen«, erklärte sie ihm. »Ich wollte immer genug Französisch lernen, damit ich es eines Tages im Original lesen kann.«

Die Rosen standen in ihrem Hotelzimmer, und als sie nach London zurückfuhren, ließen sie sie für das Zimmermädchen dort. Er nahm jedoch das rote Band, das den Strauß zusammengehalten hatte, und legte es ihr ums Handgelenk. Warum, wusste er in jenem Moment selbst nicht so recht. Und weil sie sich geweigert hatte, sich von ihm ein Diamantenarmband von Cartier schenken zu lassen, hatte er angenommen, dass sie über das rote Band lachen und es so bald wie möglich wieder abnehmen würde.

Aber er irrte sich. Sie trug es unaufhörlich.

Sogar an jenem Tag, als er es nicht mehr aushielt und sie sehen musste. Ohne dass sie es bemerkte.

Er beobachtete sie von der anderen Straßenseite aus, und allein ihr Anblick zerriss ihm schier das Herz. Fast hätte er sie angesprochen. Doch das durfte er nicht tun. Er war nicht mehr der Mann, der ihr damals in Paris das rote Band ums Handgelenk gebunden hatte. Jener Mann hatte vielleicht schon einiges mitgemacht und Narben davongetragen, war im Inneren jedoch unversehrt gewesen.

Der Mann, der sie heimlich beobachtet hatte, war gebrochen. Innerlich wie äußerlich. Und die Scherben seiner Seele würden sie zerfetzen.

Daher war er in den Schatten geblieben. Und hatte um das getrauert, was hätte sein können.

Dann war er gegangen.

Und als er schließlich in der winzigen sterilen Regierungsunterkunft angekommen war, die er vorübergehend sein Zuhause nannte, hatte er geweint.

Heute konnte er es sich nicht leisten, den Rückzug anzutreten. Ob es ihr oder ihm nun bekam oder nicht – Denny und er brauchten Hilfe. Die Prinzessin brauchte Hilfe. Jedes einzelne von Corbus Opfern brauchte Hilfe.

Und Eliza war die Einzige, an die er sich wenden konnte.

»Sie und Bunny sind sich auf einer von Semples Partys begegnet?«, fragte Lassiter. »Was für ein Zufall.«

»Die Welt ist klein.« Quince schenkte ihm ein liebenswürdiges Lächeln. »Damals war sie überall auf dem Kontinent unterwegs, wenn ich mich nicht täusche. Und ich glaube mich auch zu entsinnen, dass sie die, ähm, Zeit, die ich mit ihr verbracht habe, durchaus wert war.« In der universellen Geste für Kostspieligkeit rieb er die Fingerspitzen zusammen, denn selbstverständlich war es in diesen Kreisen viel zu ordinär, über die Preise der Callgirls zu reden.

Unter Lassiters verärgertem Blick nahm Quince Elizas Hand. Er musste sich zusammenreißen, um nicht auf das vertraute Gefühl ihrer warmen, glatten Haut zu reagieren, das einen Schub lebhafter Erinnerungen mit sich brachte. »Freut mich, dich wiederzusehen, Bunny.«

Elizas Miene änderte sich nicht, doch sie drehte ihre Hand um und öffnete sie, um Lassiter den verzierten Messingschlüssel darin zu zeigen. »Ich bin ein Gewohnheitsmensch«, bemerkte Quince. »Wenn ich einmal etwas gefunden habe, das mir gefällt, möchte ich es immer wieder genießen.«

»Eine kluge Strategie, Mr. Canton«, presste Lassiter hervor. Offensichtlich rang sein Begehren nach Eliza mit seiner Verpflichtung als Gastgeber. Aber schließlich siegte die Etikette. »Geh mit Mr. Canton, Bunny.« Er tätschelte ihre Hüfte, und Quince musste den Drang bezwingen, seine Rechte gegen Lassiters Kinn zu schmettern. »Sieh zu, dass er den Abend genießt.«

»Selbstverständlich, Mr. Lassiter.« Ihre Stimme war so kräftig und klangvoll, wie er sie in Erinnerung hatte. Eine Stimme wie gemacht für die Bühne, und er hätte gerne gewusst, was aus ihrer Schauspielkarriere geworden war. Er hatte ihren Werdegang verfolgt und wusste daher, dass sie regelmäßig arbeitete. Warum also spielte sie hier nun ein Callgirl statt in einem Shakespeare-Stück mitzuwirken? Die Frage verursachte ihm ein unangenehmes Ziehen in der Magengrube. Er wusste schließlich genug über sie. War ihr Auftritt hier nur eine praktische Lösung für andernfalls nicht zu bezahlende Schulden? Oder lauerte unter der Oberfläche ein dunkles Bedürfnis, das sie, koste es, was es wolle, zu befriedigen versuchte?

Er musste es herausfinden. Verdammt, er wollte ihr helfen.

Aber jetzt war dazu keine Zeit. »Los«, sagte er und war erleichtert, als sie nicht zögerte, sondern sich bereitwillig in Bewegung setzte.

»Also – was hast du mir zu sagen?«, flüsterte sie ihm zu, sobald sie außer Hörweite waren.

Zu sagen? Was sollte er ihr zu sagen haben?

Was er hier machte? Warum er sie verlassen hatte?

Tausend mögliche Fragen gingen ihm durch den Kopf, doch es blieb keine Zeit, auch bloß eine davon genauer zu erwägen. Im Augenblick musste er sie nur schnellstens in sein Zimmer bringen und ihr das Relais in die Hand drücken.

»Hört sich an, als seist du in Bewegung«, flüsterte Denny in seinem Ohr. *»Huste zur Bestätigung.«*

Er hustete.

»Ich erwarte, in drei Minuten von dir zu hören. Im Zimmer.«

Er machte sich nicht die Mühe, erneut zu bestätigen, beschleunigte aber das Tempo.

Elizas Absätze klackten auf dem Boden. »Quin – ich meine, *Robert.*«

»Wir reden in meinem Zimmer.« Sie waren am Fahrstuhl angelangt, wo mehrere Paare sich die Wartezeit vertrieben, indem sie einander begrapschten. Quince legte einen Arm um ihre Taille und gab sich einen Moment lang der Erinnerung an ihre sanften Rundungen hin. An das Gefühl, so perfekt zueinanderzupassen wie zwei Hälften eines Ganzen.

Doch dann versteifte sie sich, und die Illusion zerplatzte. Mochten sie einst ein Traumpaar gewesen sein – diese Zeit war vorbei. Denn er bestand jetzt nur noch aus schartigen Kanten und schlecht gekitteten Bruchstücken.

Die Fahrstuhltüren glitten auseinander, und sie betraten mit den anderen Pärchen die verspiegelte Kabine. Er betrachtete die Abbilder von Männern, die sich ihrer wachsenden Lust hingaben, während die Frauen das Feuer geschickt schürten. Für die Damen hier im Fahrstuhl ging es um Geld und nichts anderes, aber man konnte es ihnen nicht ansehen. Jede dieser Professionellen legte eine oscarreife Darbietung hin – und keiner von den Anwesenden achtete auch nur beiläufig auf ihn und Eliza.

Was für ein Glück.

Die Kabine hielt im vierten Stock, und sie stiegen mit zwei weiteren Paaren aus, die jedoch in die andere Richtung abbogen. Quince' Hand lag fest auf Elizas Taille aus Furcht, dass sie etwas sagen oder tun würde, was Aufmerksamkeit auf sie beide ziehen konnte, aber sie ließ sich widerstandslos dirigieren. Er hatte fast den Eindruck, dass sie genauso begierig darauf war, in sein Zimmer zu gelangen, wie er. Natürlich würde sie eine Erklärung wollen, und sie würde auch eine bekommen – das war er ihr schuldig. Dennoch musste sie warten, bis diese Mission beendet war. Sollte sie es als Ansporn sehen. Herrgott, sollte sie es seinetwegen sogar als Bezahlung betrachten.

Aber was immer nötig war, er würde es versprechen. Denn ein rascher Blick auf das analoge Ziffernblatt der Patek Philippe bestätigte, was er bereits wusste: Ihnen lief die Zeit davon.

Die Lichter der Stadt erhellten den Korridor durch ein deckenhohes Fenster im typischen Art-déco-Stil. Ein ähnliches Fenster befand sich in seinem Zimmer dem riesigen Bett gegenüber, und dass Lassiter den Anspruch gehabt hatte, das Hotel möglichst originalgetreu zu restaurieren, erwies sich hier als großes Plus. Denn dadurch hatte Denny über die Feuertreppe ungesehen hinunter zur Straße klettern können, um zum Gebäude gegenüber zu schleichen. Ursprünglich hatte sie den Transmitter einrichten und dann wieder in sein Zimmer zurückkehren sollen, wo sie mit dem Relais die Übertragung bei jeder noch so kleinen Schwankung anpassen konnte, damit das Signal, das durchs Fenster kam, stets sauber aufgefangen und anschließend in voller Stärke in Lassiters Büro weitergeleitet werden konnte.

Jetzt allerdings musste sie den Transmitter dort oben per Hand stabilisieren. Weswegen Eliza ihre Rolle im Zimmer übernehmen und dafür sorgen sollte, dass die Transmitternadel immer im grünen Bereich blieb, damit er unten seine Arbeit erledigen konnte.

Ein verdammt hohes Risiko, aber er hatte keine Wahl.

An der Tür zog er die Keycard des Hotels hervor. Der Messingschlüssel, den er Eliza gegeben hatte, war ein reines Deko-Objekt. Quince zog die Karte durch das Lesegerät und schob Eliza ins Zimmer.

Sobald er die Tür geschlossen hatte, fuhr sie zu ihm herum. »Warum hast du auf das rote Band bestanden? Du konntest doch gar nicht wissen, dass ich kommen würde. Wusstest du denn, dass es Emma war?«

Er starrte sie an und kapierte rein gar nichts. Alles, was er heraushörte, war Emma. Aber er hatte keine Ahnung, was diese Party oder das rote Band mit Elizas Schwester zu tun haben sollte. Und dummerweise blieb keine Zeit, um nachzufragen.

»Eliza, ich hab nicht …«

»Nein!« Sie stieß ihm mit beiden Hände hart vor die Brust, und weil er nicht damit gerechnet hatte, taumelte er zurück und prallte mit einem dumpfen Laut gegen die Tür.

»Was zum Henker soll …«

»Verdammt noch mal, Quincy! Hör auf, mit mir zu spielen!«

»Das ist Eliza?« Dennys schockierte Stimme hallte in seinem Ohr wider. Sie war außer Dallas die Einzige in seinem Freundeskreis, der er sich anvertraut hatte. Die von seiner Vergangenheit wusste, von Eliza und was damals geschehen war. Natürlich nicht alles – Gott, er wollte sich selbst nicht an alles erinnern –, aber genug, um mitfühlen zu können und sich Sorgen um ihn zu machen.

Und sich vor allem um die Mission Sorgen zu machen.

Was ihr nächster Kommentar spiegelte. *»Spar dir das für später auf, Q. Die Uhr tickt.«*

»Ich weiß«, knurrte er.

»Dann rede mit mir«, drängte Eliza ihn und übertönte seine Gedanken und Dennys Fluch in seinem Ohr. »Du bist doch derjenige, der mich kontaktiert hat.«

»Verdammt«, presste er hervor. Er packte Elizas Unterarm, wirbelte sie herum und drückte sie gegen die Tür, sodass sie nun genau umgekehrt einander gegenüberstanden. Mit der einen Hand hielt er ihr Handgelenk über ihrem Kopf fest, die andere umfasste ihren Ellenbogen, und sie waren sich so nah, dass sich ihre Wärme, ihr Zorn in ihn brannten.

Er war einen ganzen Kopf größer als sie und blickte in ihr wütendes Gesicht herab. Ihre blauen Augen schleuderten Blitze, und er konnte die Rädchen in ihrem Kopf förmlich arbeiten sehen.

»Lass. Mich. Los.«

Er ging nicht darauf ein. »Ich weiß nicht, wieso du hier bist oder wieso du meinst, ich wüsste etwas über deine Schwester. Ich weiß aber wohl, dass du mich hasst, und das kann ich dir schließlich nicht verübeln.« Etwas flackerte in ihren Augen, und ein Schatten huschte über ihr Gesicht, doch er ignorierte ihn. »Wir können miteinander reden, und ich helfe dir, wo immer ich kann. Aber jetzt wirst du mir helfen. Das ist keine Frage und auch keine Bitte. Mir läuft die Zeit davon, und ich brauche dich.«

Sie spuckte ihm ins Gesicht.

Sie spuckte ihm tatsächlich ins Gesicht!

»Sechs Minuten. Mehr nicht, um ins Büro zu gelangen und online zu gehen.«

Shit. Zwei Stockwerke hinunter, und er musste erst einbrechen und den Computer hochfahren.

»Es tut mir echt leid, Eliza.« Sie riss die Augen auf und öffnete den Mund, doch er wartete nicht ab, ob sie ihn erneut anspucken oder nur etwas sagen wollte. »Hilf mir – jetzt!«

»Aber …« Sie brach ab, als er sie von der Tür wegzerrte,

herumschleuderte und aufs Bett schubste. Sie stieß einen Schrei aus und machte Anstalten aufzustehen, doch er ließ ihr keine Chance.

Blitzschnell schwang er sich rittlings über sie. Er beugte sich vor, zog mit rosa Plüsch bezogene Handschellen aus dem Nachttisch, und alles, was er dazu sagte, war: »Vertrau mir.«

KAPITEL 6

Quincy, was soll das?!« Er hat flauschige Handschellen in der Hand und greift mit der anderen nach meinem Arm. Mit einer geübten Bewegung schließt er die Schelle um mein linkes Handgelenk. »Dir vertrauen?« Ich trete um mich und versuche ihn abzuwerfen wie ein wilder Bronco, aber seine Schenkel um meine Taille halten fest wie ein Schraubstock. »Das hab ich schon einmal versucht, weißt du noch? Allzu gut ist das für mich nicht ausgegangen.«

Er zieht meinen Arm in Richtung Kopfende, das passenderweise aus Metallstäben besteht. Als er sich streckt, kommt er ein Stück hoch, und ich nutze den Augenblick, um meine Hüften mit Wucht nach oben zu drücken, um ihn loszuwerden.

Vergeblich. Ich bringe ihn bloß aus dem Gleichgewicht, sodass er auf mich herabplumpst und mir die Luft aus den Lungen quetscht.

Einen Moment lang ist sein Gesicht dicht über mir, und sein Atem kommt schnell und heftig. Sein Blick hält den meinen fest, und er hat die Augen weit aufgerissen. Ich sehe seinen Puls an der Schläfe pochen und nehme sein Rasierwasser wahr. Und das bringt mich schließlich dazu, den Widerstand aufzugeben – dieser vertraute Geruch, der für mich einst für Geborgenheit und Liebe stand.

»Quincy«, flüstere ich und höre gleichzeitig das typische scharfe Klicken der Handschellen. Er setzt sich zurück auf meine Hüften, und es würde sich intim und sexy anfühlen, wenn ich nicht so gottverdammt sauer wäre.

Verdammt, verdammt, verdammt!

Ich reiße an meinem Arm, obwohl ich weiß, dass er gefesselt ist. »Ich schwöre dir, Quincy, ich werde …«

»Exakt das tun, was ich dir sage«, beendet er den Satz. »Denn ich habe keine Zeit, zu streiten oder dir etwas zu erklären.«

Er greift nach meiner anderen Hand, und ich drehe durch. Ich trete und schlage, schreie und winde mich, und wenn ich ihn erreichen könnte, würde ich auch beißen. Es ist weniger Angst, die mich umtreibt, als Verwirrung und Zorn. Ich bin hergekommen, um einen Hinweis zu Emmas Verbleib zu bekommen. Auf Quincy war ich nicht gefasst, und seine Anwesenheit hat mich nachhaltig aus dem Konzept gebracht.

Obwohl ich mich nach Kräften wehre, kann er mein Handgelenk packen. Ich hatte eben schon keine Chance gegen ihn, und mit einer gefesselten Hand ist mein Widerstand ein Witz.

Ich bin ziemlich sicher, dass in dieser Nachttischschublade noch weitere Handschellen liegen und ich über kurz oder lang komplett gefesselt bin.

Der Gedanke jagt mir einen erwartungsvollen Schauder über den Rücken, und das bringt mich mehr auf als alles andere, was Quincy an diesem Abend bisher getan hat.

»Ich schwöre dir, Quincy, wenn du auch meine andere Hand fesselst, dann solltest du unbedingt die Absicht haben, mich für immer hierzulassen, weil ich dir nämlich sonst die Eier mit den Zähnen abreiße.«

»Wie kreativ«, bemerkt er freundlich. »Und ich habe nicht vor, dir auch die andere Hand zu fesseln.«

Seine Bemerkung überrascht mich, als er auch schon etwas von der Größe eines Handys aus seiner Tasche zieht und mir in die Rechte drückt. Sanft biegt er meine Finger darum, damit ich es festhalte. Mein Daumen berührt einen kleinen Kipphebel. Ich blicke auf die Anzeige, auf der nichts als eine vibrierende Nadel zu sehen ist. Sie befindet sich auf einer Linie, die links und rechts rot und in der Mitte grün ist und sich just in diesem Moment in Richtung Rot bewegt.

»Drück drauf«, sagt er. »Die Nadel muss im Grünen bleiben.«

»Warum sollte ich so was machen?«

»Eliza, bitte.« Er küsst mich sanft auf die Stirn, und das überrascht mich derart, dass mir zu meinem Entsetzen Tränen in die Augen treten. »Wenn dir unsere gemeinsame Zeit in London etwas bedeutet hat, dann tu das bitte für mich.«

Ich will ihn fragen, warum. Ich will ihn fragen, was das Ganze hier soll. Ich will ihn fragen, was … ach, zum Teufel damit. Die Situation ist derart verrückt, dass ich nicht einmal weiß, was ich eigentlich alles von ihm wissen will. Sicher erscheint mir nur, dass ich mir über nichts mehr sicher bin. Außer vielleicht, dass er keine Ahnung hat, was Emma zugestoßen ist.

Er springt vom Bett und sprintet förmlich zur Tür.

»Du lässt mich hier allein?«

Er legt eine Hand über sein Ohr und flucht leise. »Ich bin schon fast zu spät. Denk dran – halt die Nadel im grünen Bereich. Das Leben eines kleinen Mädchens steht auf dem Spiel, El. Und sie hat keine Emma, die auf sie aufpassen könnte. Tu's einfach.«

Und ehe ich noch Luft holen kann, ist er weg, und ich bleibe ans Bett gefesselt zurück und blicke auf dieses bescheuerte Dingsbums in meiner Hand, auf dessen Display die Nadel sich zitternd zu Rot bewegt.

Einen ganz kurzen Moment lang erlaube ich mir die Fantasie, das Ding quer durch den Raum zu schleudern.

Doch ich tu's nicht.

Ich habe keine Ahnung, was Quincy hier veranstaltet, und ich traue ihm ganz bestimmt nicht über den Weg. Aber während ich mehr oder weniger hilflos auf dem Bett liege und an die Decke starre, wird mir eine Sache klar: Ich glaube ihm.

Und noch etwas kristallisiert sich nun heraus. Ich habe Quincy Radcliffe nie wirklich gekannt. Denn der Mann, der mich ans Bett gefesselt hat und aus dem Zimmer gestürmt ist, ist ganz gewiss kein Finanzberater. Nicht mehr. Und war es möglicherweise auch nie.

Ich habe drei unfassbar schöne Monate in einem fremden Land verbracht und mich in einen Mann verliebt, den es gar nicht gab. Und ich kann mich beim besten Willen nicht entscheiden, ob ich mich mit dieser Erkenntnis nun besser fühle oder eher nicht.

Ich trage keine Uhr, und im Zimmer hängt auch keine, daher weiß ich nicht, wie viel Zeit verstreicht, während ich schalte, drücke, justiere, schalte, drücke, justiere. Es ist nicht gerade eine anspruchsvolle Aufgabe, aber ich konzentriere mich voll darauf, und zwar nicht nur, weil Quincy mir gesagt hat, wie wichtig es ist, sondern auch, weil die winzigen Anpassungen mich beschäftigt halten und mir kaum Gelegenheit geben, um mich zu fragen, was er tut und wer er wirklich ist.

Natürlich habe ich die Möglichkeiten mit den Fakten, über die ich verfüge, schon stark eingegrenzt. Er gehört entweder zu einer Truppe von Gesetzeshütern oder zum Geheimdienst, wie vermutlich jeder auf Anhieb erkennen kann. Aber für mich ist es, als hätte man mir gleich einen ganzen Zaunpfahl über den Schädel gezogen. Schließlich steckte meine Schwester über zehn Jahre lang erschreckend tief in der geheimen Welt der Informationsbeschaffung und hat sogar noch länger als Privatermittlerin gearbeitet. Zunächst im Rahmen einer

Tarnexistenz, anschließend aber hauptberuflich in ihrer eigenen Agentur, nachdem sie den Staatsdienst quittiert hatte.

Ich habe sogar in ihrem Büro ausgeholfen, auf ihrem Computer nach Personen gefahndet, Dokumente abgelegt und sowohl für sie als auch für Lorenzo Schlussberichte getippt.

Ich kenne also die Anzeichen. Und in Quincys Fall blinken sie wie eine Neonreklame.

Natürlich könnte er auch ein Meisterdieb sein, der das mit dem Mädchen bloß erfunden hat, weil er wusste, dass ich darauf anspringen würde, und wenn das der Fall ist, kann ich ihn wieder von ganzem Herzen hassen.

Falls er ein Spion ist … nun, dann muss ich mich wohl fragen, was er damals in London gemacht hat. Und ob er aus diesem Grund so plötzlich verschwunden ist. War eine Mission gescheitert?

Es scheint logisch und gefällt mir als Erklärungsansatz sehr viel besser als der, dass er gegangen ist, weil er die Nase voll von mir hatte.

Allerdings zieht das die Frage nach sich, warum er sich nach seiner Rückkehr auch nicht mehr bei mir gemeldet hat.

Denn ich weiß, dass er zurückgekehrt ist. Ich habe ihn gesehen. Am Tag vor meinem Rückflug nach Manhattan wusste ich nichts mit mir anzufangen. Einerseits war ich heilfroh, nach Hause zu gelangen und den Erinnerungen zu entkommen, die an jeder Ecke zu lauern schienen. Andererseits aber hätte ich mich am liebsten an meine Zeit mit Quincy geklammert. Ich konnte noch immer nicht begreifen, dass er einfach fort war. Eben noch hatte er mich an den intimsten Stellen geküsst und mir gesagt, dass er mich liebte. Und dann war er weg und ward nicht mehr gesehen.

Es wollte mir nicht in den Kopf. Der Mann, den ich kannte – dem ich meine schlimmsten Geheimnisse und innersten Bedürfnisse anvertraut hatte –, war doch keiner, der mich bewusst so sehr verletzte. Die Zeit mit ihm war ganz im Gegenteil Balsam für meine Seele gewesen. Er hatte zur Heilung tiefer Wunden aus meiner Kindheit beigetragen und mir dabei geholfen, Seiten meiner selbst zu erforschen, die ich seit einer Ewigkeit unterdrückt hatte. Sein Verrat kam mir unfassbar vor. Denn wenn er mich wirklich verlassen hatte – wenn er mich absichtlich und bewusst ohne ein Wort des Abschieds sitzen lassen hatte –, dann war es genau das gewesen. Ein grausamer Verrat.

An einem Freitag reiste er ab. Er würde nur das Wochenende über fort sein, sagte er. »Ich muss dem Kunden die Hand halten, ihm schmeicheln, ein bisschen gesellschaftliches Tamtam veranstalten.« Ich nickte verstehend. In der Schauspielerei ist Kontaktpflege unabdinglich, und ich ging davon aus, dass es in der Privatwirtschaft nicht anders war. Ich erwartete ihn am Montag zurück, begann mir aber nicht vor Dienstag Sorgen zu machen.

Er hatte mich am Wochenende weder angerufen noch mir Nachrichten geschrieben, aber das konnte ich mir leicht erklären: Er war zu beschäftigt. Die internationalen Gebühren waren hoch. Sie waren in der chinesischen Steppe unterwegs, wo der Handyempfang bestenfalls lückenhaft war.

Mit diesen Erklärungen rettete ich mich über den Dienstag und den Mittwoch. Am Donnerstag wählte ich die Nummer meiner Schwester, um mich von ihr aufmuntern zu lassen, legte aber auf, bevor es zu tuten begann. Das war doch lächerlich. Am Freitag durfte ich offiziell nervös sein und klingelte bei meiner Schwester durch. Sie beruhigte mich, ich solle mir keine Sorgen machen. Wahrscheinlich war nichts, und er würde schon bald mit Entschuldigungen und Geschenken aufkreuzen. Das tröstete mich über das Wochenende hinweg, doch am Montag war ich am Boden zerstört.

Ich versuchte, nicht anzurufen. Ich redete mir ein, dass er krank geworden war. Dass er auf der Arbeit viel nachzuholen hatte. Oder in der Schweiz in einem Safe saß und das Geld auf einem privaten Nummernkonto zählte. Wahrscheinlich wenig realistisch, aber da ich keine Ahnung hatte, was sein Arbeitsbereich umfasste, fiel mir einfach nichts anderes mehr ein. Dennoch reichte es nicht aus, und um Punkt acht Uhr rief ich in seinem Büro an.

Er hatte mir seine Karte nach unserem ersten Date gegeben – das Date, das mit dem Frühstück begonnen und ganze sechsunddreißig Stunden gedauert hatte. »Für den Fall, dass du dich bei der Finanzierung multinationaler Unternehmungen beraten lassen möchtest.«

»Oh, danke, das kann man ja immer gebrauchen.« Ich hatte die Karte genommen und in meiner Handtasche verstaut, doch nie wieder hervorgeholt – wozu auch? Seit dem Moment waren wir praktisch unaufhörlich zusammen gewesen.

Ich war so überzeugt davon, dass er noch immer außer Landes war – hatte ich mich irgendwie mit seinen Reisedaten vertan? –, dass ich mich bei der Vermittlung tatsächlich entschuldigte.

»Ich belästige Sie wirklich bloß ungern damit – und ich weiß, dass er vermutlich noch in China ist –, aber ich versuche, Quincy Radcliffe zu erreichen. Ist er vielleicht …?«

»Einen Moment, bitte.« Der knappen weiblichen Stimme folgte beruhigende klassische Musik, und nach der beunruhigend prompten Reaktion der Empfangsdame hatte ich den Trost auch bitter nötig.

Was hatte das zu bedeuten? Dass er an seinem Schreibtisch saß? Dass er mit ihr noch am Morgen geflirtet hatte? Dass wir eben nur drei Monate zusammen gewesen waren und ich das Aus akzeptieren sollte, auch wenn unsere gemeinsame Zeit für mich wunderschön gewesen war?

»Andrew Donovan, guten Tag. Womit kann ich Ihnen helfen? Hallo?«

»Ich … was? Oh.« Ich blinzelte und stellte erst jetzt fest, dass ich das Telefon hatte sinken lassen. Ich tippte rasch auf den Lautsprecher. »Ich bin hier, entschuldigen Sie. Ich wollte eigentlich Quincy Radcliffe sprechen.«

»Mit wem spreche ich, bitte?«

»Ich heiße Eliza Tucker. Ich bin seine … also, wir … wir sind quasi zusammen, und er ist auf Geschäftsreise gegangen und …« Ich brach ab, weil ich mir plötzlich dämlich vorkam, und räusperte mich. »Ich habe einfach nichts mehr von ihm gehört und mache mir ein wenig Sorgen.«

»Aha. Tja, nun, es tut mir leid, Ihnen sagen zu müssen, dass Mr. Radcliffe auf eigenen Wunsch in unser Büro in Taipeh versetzt worden ist.«

Meine Knie waren plötzlich ganz weich, und ich rutschte mit dem Rücken an der Wand herab. »Ich verstehe.« Aber das tat ich nicht. Ich begriff es ganz und gar nicht. »Ähm, könnten Sie mir vielleicht die Büronummer geben? Ich habe es bei ihm auf dem Handy versucht, aber …«

»Tut mir leid, aber Anrufe von Kunden werden zentral erfasst und weitergeleitet.«

»Oh, das stört mich nicht. Dann verbinden Sie mich doch bitte mit der Zentrale. Wie viel Uhr ist es denn in Taipeh?«

»Leider können wir nur Klienten weiterleiten.«

»Aber ich …«

»Es tut mir leid, dass ich Ihnen nicht behilflich sein konnte.«

»Aber …«

»Noch einen schönen Tag, Ms. Tucker.«

Dann legte er auf, und ich schleuderte mein Handy an die gegenüberliegende Wand, wo das verdammte Ding zerschellte.

Das war mir egal. Ich war wie betäubt.

Drei Tage lang tat ich nichts als schlafen.

Am vierten Tag sagte ich mir, dass bei ihm in der Arbeit etwas Dramatisches vorgefallen sein musste. Er kämpfte um seine Karriere, und mich anzurufen hatte dabei zunächst keine Priorität. Doch ich hatte nun fast zwei Wochen nichts von ihm gehört, und mit Sicherheit hatte er mir inzwischen eine Sprachnachricht auf dem Anrufbeantworter hinterlassen.

Was ich dummerweise nicht verifizieren konnte, weil ich mein Handy zertrümmert hatte.

Einen Ersatz zu bekommen war nicht ganz so problemlos, da ich nicht in den Vereinigten Staaten war, aber Emma und DHL eilten mir zur Hilfe, und endlich kam ein neues Telefon mit meinen gesammelten Daten per Paketbote zu meinem vorübergehenden Zuhause in London. Inzwischen hatte ich herausbekommen, wie man den Anrufbeantworter auch ohne das eigene Handy abrief – keine Nachricht –, doch ich gab die Hoffnung nicht auf, dass ein Dutzend Textnachrichten aufpoppen würde, sobald ich wieder auf Empfang war.

Nada.

Ich war nicht wirklich überrascht. Mein Rechner kann schließlich auch Nachrichten empfangen, und Quincy kannte meine E-Mail-Adresse.

Also ging ich wieder ins Bett. Zurück in mein Nest aus Kissen, Decken, fünf Fernbedienungen und einer Auswahl von Chips und Keksen, obwohl mir nach fettigeren Pommes Frites und noch mehr Zucker gewesen wäre.

Ich war fertig mit London. Mit Quince. Mit Männern generell.

Und ich wäre sofort zurück nach Manhattan geflogen, hätte ich dort eine Unterkunft gehabt. Da dem nicht so war, suhlte ich mich in meinem Elend und schlug die Zeit mit Schlafen, Actionfilmen – bestimmt keine Liebesgeschichten! – und Junkfood tot.

Drei Tage später erwachte ich, weil Emma mir übers Haar streichelte. »Du musst dringend duschen«, sagte sie.

»Ja, ich freu mich auch, dich zu sehen.« Blinzelnd stützte ich mich auf meine Ellenbogen. Sie schaltete das Licht ein, und ich verzog das Gesicht, als mir unzählige winzige Nadeln in die Augen piksten. »Wie bist du reingekommen?« Sie zog die Brauen hoch, und ich machte eine wegwerfende Geste. »Schon gut, vergiss es.«

Emma feilte an ihrem Einbruchsgeschick, seit sie elf und ich vier Jahre alt gewesen war. Zu dem Zeitpunkt fing unser Vater an, uns in der Waschküche einzusperren. Zu behaupten, dass Emma es darin inzwischen zur Meisterschaft gebracht hatte, wäre eine glatte Untertreibung gewesen. Emma hatte viele Talente. Von denen ich größtenteils offiziell nichts wusste. Ich musste ihr an dem Tag, als unser Schicksal sich wendete, Geheimhaltung schwören. An dem Tag, als die Anklage wegen Mordes sich in Nichts auflöste und sie ein Stipendium für die Pepperdine University bekam.

Meine Schwester führt ein Leben wie aus einem Actionfilm, aber für mich ist sie nie etwas anderes als einfach nur Emma gewesen. Meine Schwester, meine Ersatzmutter, meine Freundin. Es gibt nichts, was wir nicht füreinander tun würden, und dass wir die Geheimnisse der anderen bewahren, ist selbstverständlich.

»Du hättest nicht kommen müssen«, sagte ich.

»Sei nicht albern.« Und dann tat meine Schwester genau das, was sie immer schon getan hatte. Sie befreite mich aus der Hölle. Beschützte mich, umsorgte mich. Machte mich wieder stark.

Und so gelang es mir auch, mir für die restlichen Monate in London einzureden, dass Quincy mich nicht gebrochen hatte. Dass unsere gemeinsame Zeit nichts weiter als eine spaßbetonte Bettbeziehung gewesen war. Sexuelle Experimente, ein paar hundert Wahnsinnsorgasmen und eine neue Ebene der Selbsterfahrung, was meine Wenigkeit betraf.

Es verletzte mich nicht, dass er plötzlich verschwunden war. Ich wäre doch ohnehin bald wieder in die Staaten geflogen. Im Gegenteil: Eigentlich war es sogar gut so. Kein unangenehmer Abschied. Kein mühsamer

Versuch, eine Ferienliebe mit in den Alltag hinüberzuretten.

Das zumindest war das Mantra, das ich mir jeden Tag vorsagte, bis ich es gegen Ende meines Aufenthalts in England selbst zu glauben begann.

Hätte ich mir nur nicht am letzten Tag noch in den Kopf gesetzt, an seinem Büro vorbeizugehen.

Ich weiß noch, dass ich seufzte, als ich die Lobby betrat, um mich einfach bloß einen Moment hinzusetzen und mich kurz auszuruhen. Ich blickte auf mein Handy, scrollte durch Nachrichten, schaute auf, und da war er.

Nicht, dass er mich gesehen hatte. Nein, er stand im Café der Lobby und bestellte zweifellos seinen doppelten Espresso, was er immer tat und womit ich ihn aufgezogen hatte, weil das in meinen Augen so vollkommen unbritisch war. Gehörte es sich für einen wahren Engländer nicht, Tee zu trinken?

Aber wen kümmerte es – er war da! Er war zurück! Ich machte bereits Anstalten, mich zu erheben, als mich jäh die Erkenntnis traf. Er war hier, doch er hatte mich nicht angerufen. Mir keine Nachricht zukommen lassen. Hatte nichts, wirklich rein gar nichts unternommen, um mit mir in Kontakt zu treten.

Vielleicht hatte er ja irgendwo eine Familie, vielleicht aber auch nicht. Vielleicht arbeitete er ja jetzt hauptsächlich in Taipeh, vielleicht aber auch nicht.

Ich wusste es nicht. Und es war mir auch verdammt noch mal egal.

Denn unterm Strich blieb nur eine Tatsache. Quincy Radcliffe war gegangen. Und obwohl er wieder hier war, war er nicht zu mir zurückgekommen.

Das Klicken des Schlosses reißt mich aus meinen Erinnerungen. Mein Blick huscht zur Tür, und ich atme erleichtert aus. Ich will die Verantwortung für dieses komische Gerät loswerden, und dann will ich weg von Quincy und den grausamen Erinnerungen, die mich in seiner Nähe nicht loslassen wollen.

Vor allem aber muss ich wieder zurück auf Start. Denn wenn Quincy nicht Mr. X ist, scheint Mr. X auf der Party gar nicht aufgetaucht zu sein, was bedeutet, dass ich noch immer keinen einzigen Hinweis darauf habe, wo sich meine Schwester aufhalten könnte.

»Na, endlich!«, sage ich, als die Tür aufgeht. »Nimm dein Dingsda und lass mich …«

Er tritt ein, und ich klappe den Mund zu.

Es ist nicht Quincy.

Der Mann hat kurze rote Locken. Sein Gesicht ist zu groß, die Augen sind klein. Eine Brille sitzt auf seiner knolligen Nase, und seine Lippen sind seltsam farblos, sodass es aussieht, als öffne sich ein Spalt in seinem Gesicht, als er den Mund nun öffnet, um zu sprechen.

Instinktiv rutsche ich zurück, bis ich mit dem Rücken ans Kopfteil stoße. Mein gefesselter Arm ist unnatürlich verdreht, mit der anderen Hand umklammere ich das Gerät.

»Dich zu finden ist verdammt schwer.«

Die Stimme dieses unattraktiven Kerls ist so angenehm, beinahe sanft, dass ich vor Überraschung antworte. »Ich … ich wusste nicht, dass Sie nach mir suchen.«

Doch noch ehe ich den Satz beendet habe, wird mir bewusst, dass das nicht stimmt. Mir ist durchaus aufgefallen, dass er mich auf der Party beobachtet hat, aber ich habe ihm wenig Beachtung geschenkt. Schließlich hat er sich mir nicht genähert – und hätte er nicht auch eine Bemerkung zu dem roten Band um meinem Handgelenk machen müssen? Jedenfalls bin ich davon ausgegangen, dass er ein ganz normaler Gast war, der die angebotene Ware begutachtete.

»Sie«, sage ich, werfe einen raschen Blick auf das Gerät in meiner Hand und bewege den Schalter, um die Nadel wieder in den grünen Bereich zu manövrieren. »Sie sind Mr. X.« Ich entspanne mich ein wenig. Immerhin bin ich seinetwegen auf diese verfluchte Party gekommen. »Warum haben Sie mich denn nicht angesprochen? Wir hätten doch …«

Mein Satz endet in einem Schrei, als er aufs Bett springt, mir ins Haar greift, meinen Kopf zurückreißt und mir eine Messerklinge an die Kehle hält. Mir gefriert das Blut in den Adern. Sein Gesicht befindet sich direkt vor meinem, und ich sehe nichts Menschliches in seinen Augen. Ohne dass ich es verhindern kann, entringt sich ein Wimmern meiner Kehle.

»Wo ist sie?«

Ich mache den Mund auf, kriege aber kein Wort heraus. Was soll ich auch sagen? Emma kann er nicht meinen, denn er hält schließlich mich für Emma. Oder nicht?

Sein Daumen drückt in meine Drosselvene. »Die Klinge ist sehr scharf. Es kann ganz schnell gehen. Hast du verstanden?«

Ich habe zu große Angst, dass ich mir mit einem Nicken selbst den Hals durchschneide, aber meine Stimme versagt ebenfalls. Ich bringe einen gurgelnden Laut hervor, den er offenbar als Zustimmung wertet.

»Schön, dass wir einander verstehen. Also – das Mädchen, du kleine Schlampe. Wo versteckst du die Kleine?«

Und jetzt kapiere ich. Quincys Dreizehnjährige. Nach ihr sucht er.

Und ich habe nicht nur keinen Schimmer, wo sie sein könnte, sondern befürchte auch, dass ich Quincy jegliche Chance, das Mädchen zu retten, genommen habe. Denn in meinem Schrecken, mit einem gezogenen Messer bedroht zu werden, habe ich es geschafft, das Gerät loszulassen.

Ich balle meine Hand zur Faust, als würde das Ding wie durch Zauber wieder erscheinen, doch natürlich ist da nichts mehr. Wieder stoße ich ein Wimmern aus. Ich habe furchtbare Angst um mein eigenes Leben, aber nun auch um das des Mädchens, das vielleicht durch meine Schuld verloren ist. Ich weiß, wie es ist, als Kind furchtbare Angst haben zu müssen. Wenigstens hatte ich Emma, die mich beschützte, so wie Quincy jetzt das kleine Mädchen beschützen will. Und ich hab es ihm vermasselt.

»Wo?«

Ich setze zu einer Antwort an, wage aber nicht, ihm zu sagen, dass ich es nicht weiß, und eine glaubhafte Lüge will mir in meiner Panik nicht einfallen. Das Einzige, was ich hervorbringe, ist ein zusammenhangloses Stammeln.

»Dumme Schlampe«, knurrt Mr. X und nimmt das Messer von meinem Hals, aber ehe ich noch erleichtert Luft holen kann, fährt er damit schon vom Ausschnitt bis hinab zum Schlitz an meinem Oberschenkel, schneidet mein Kleid in einer einzigen Bewegung auf und zieht dann die beiden Hälften auseinander, sodass ich bis auf den winzigen String nackt vor ihm liege.

Die Messerspitze hat offenbar meine Haut aufgeschürft, denn eine feine Linie aus Blutstropfen zieht sich von meiner Brust hinab bis zu meinem Bauchnabel, und verzögert beginnen die Wunden zu brennen. Instinktiv bedecke ich meine Brüste mit dem freien Arm, um mich zu schützen. Mir treten Tränen in die Augen. Gott, ich fürchte mich so sehr. Ich bin diesem Mistkerl völlig ausgeliefert, und am liebsten würde ich laut um Hilfe schreien, aber ich weiß, dass ich tot wäre, noch ehe tatsächlich Rettung eintreffen könnte.

Vergeblich zerre ich an meinem gefesselten Handgelenk. Ich versuche, die Beine anzuziehen, um mich zusammenzurollen, doch er sitzt auf meinen Oberschenkeln und bewegt das Messer an meinem Slip, als wolle er ihn aufschneiden.

»Bitte.« Meine Stimme bebt. »Bitte nicht.«

»Nicht?« Er nimmt das Messer weg. »Aber wieso nicht? Wir sind hier doch auf einer Party, oder nicht? Und du bist hübsch und dafür gemacht.« Während er spricht, schiebt er sich über mich, bis sein Gesicht auf Höhe meiner Brüste ist. Was, wenn ich meine Hand hochreiße und ihm einen Hieb verpasse? Das habe ich einmal in einem Film getan, und die Figur, die ich spielte, konnte den Schurken bewusstlos schlagen und entkommen.

Tja, das wird wohl hier nicht geschehen.

»Nimm den Arm weg, Schlampe.«

Ich schüttele den Kopf und halte den Arm weiterhin schützend über meine Brüste.

»Wie du willst«, sagt er, »dann bleib so. Aber denk dran – du hast es so gewollt.« Sein Blick begegnet meinem, und seine Augen wirken leblos. »Wehe, du regst dich.«

Während ich damit kämpfe, absolut still liegen zu bleiben, fährt er mit der messerscharfen Klinge an der Unterseite meiner Brüste entlang.

Wieder wimmere ich, aber mehr aus Angst, denn es ist so schnell passiert, dass ich den Schmerz noch nicht einmal registriere.

»Halt dein Maul, Schlampe. Das ist gerade mal ein Kratzer. Das nächste Mal schneide ich dir die ganze Titte ab.«

»Nein, bitte nicht.« Tränen steigen mir in die Kehle und

in die Augen, und jeder Nerv ist vor Angst und Schmerz in Alarmbereitschaft. »Bitte, bitte nicht.«

»Dann solltest du endlich reden, du nutzlose Hure. Wo hast du die kleine Schlampe versteckt?«

»Sie ist … sie ist …« Meine Stimme bebt vor Entsetzen. Ich weiß nicht, was ich ihm sagen soll. Ich kann nur versuchen, Zeit zu schinden, denn solange er glaubt, dass ich weiß, wo das Mädchen steckt, wird er mich nicht umbringen.

»Los!«

Ich schnappe nach Luft, als er die Klinge unter meinen Arm an meinen Nippel legt, und kneife die Augen zu. *Verzeih mir, Emma, verzeih mir*, flehe ich stumm.

Ich habe versagt. Ich kann sie nicht retten. Ich kann mich nicht retten. Mir bleibt nichts mehr.

Die Matratze senkt sich, und wieder drückt sich die Klinge an mein Kinn. »Rede schon, oder ich häute dich.«

Ich bin tot, ich weiß es.

So habe ich mir mein Ende nicht vorgestellt.

Und so kommt es auch nicht.

Mit einem Schlag wird mir klar, dass der Druck an meinem Kinn weg ist. Und Mr. X' Gewicht ebenfalls.

Dafür spüre ich den Schmerz von dem Schnitt unter meiner Brust mit jedem Atemzug, jedem Herzschlag stärker, und obwohl ich gewöhnlich wohl kaum froh darüber wäre, sagt er mir jetzt, dass ich noch am Leben bin.

Unwillkürlich muss ich kichern, und eine Stimme in meinem Kopf behauptet, es sei der Schock. Wahrscheinlich stimmt das, denn das Szenario ist überhaupt nicht zum Lachen, als ich die Augen aufmache und Quincy neben dem Bett sehe. Er hat den Arm um Mr. X' Hals gelegt, und es sieht aus, als wolle er ihm das Genick brechen.

Tja, man sollte es nicht meinen, aber … von mir aus soll er!

Doch statt tot zu Boden zu sacken, wirft Mr. X sich zurück und rammt Quincy gegen die Kommode neben der geschlossenen Eingangstür. Beim Aufprall lockert Quincy den Griff, und Mr. X kann sich befreien. Augenblicklich stürzt er sich mit gezogenem Messer auf Quincy, aber sogar ich erkenne, dass das ein dummer Fehler war. Quincy schlägt ihm das Messer mit dem Arm aus der Hand, während er ihm gleichzeitig gegen die Kniescheibe tritt.

Mr. X heult vor Schmerz auf und taumelt zur Tür. Er reißt sie auf und steht einer blonden Frau in einem durchsichtigen schwarzen Kleid über einem schwarzen Body gegenüber. Noch ehe sie sich von ihrer Überraschung erholt hat, drängt er sich schon an ihr vorbei, und sie flucht, bückt sich, zieht ihre hochhackige Sandale aus und schleudert sie ihm hinterher. Gleichzeitig stiebt Quincy an ihr vorbei, brüllt ihr ein »Sieh nach ihr!« zu und ist aus meiner Sicht verschwunden.

Die Blondine tritt ein und verschafft sich rasch einen Überblick. Sie ist eindeutig Profi, denn als sie mich betrachtet, wirkt sie nicht sonderlich erstaunt. Von draußen hört man Glas zerbersten, doch sie zuckt nicht einmal zusammen, sondern eilt an meine Seite und setzt sich neben mich aufs Bett.

»Ich bin Denise«, sagt sie und legt mir die Hand auf die Stirn. »Ich helfe Ihnen.«

Ich nicke dankbar, als sie die Überdecke, auf der ich liege, so umschlägt, dass mein nackter Körper bedeckt ist. Sie wühlt in der Nachttischschublade nach dem Schlüssel der Handschellen, als Quincy eintritt. Sofort fällt sein Blick auf mich. In seiner Miene zeichnet sich Angst ab, dann Zorn. Dann etwas Zärtliches.

Und dann rein gar nichts mehr.

»Er ist durchs Fenster.«

Denise blickt auf. »Was? Gesprungen?«

»Weniger.«

Sie versteht, nickt. »Irgendwelche Aktivitäten aus den anderen Zimmern hier auf dem Korridor?«

»Bisher nicht. Die Party unten ist beendet, alle sind auf ihren Zimmern.«

Denise nickt wieder. »Zumindest in dieser Hinsicht haben wir wohl Glück gehabt.«

»Haben Sie …«, beginne ich, aber mein Hals ist so trocken, dass ich mich erst räuspern muss. Beide wenden sich mir zu, als ich neu ansetze. »Ich hab das Gerät fallen lassen. Als er reinkam.«

Wieder brennen die verdammten Tränen in meinen Augen, und Quincy setzt sich neben mich aufs Bett und nimmt meine Hand.

»Ich wollte das nicht«, sage ich. »Hab ich … ich meine, ist es trotzdem gut gegangen? Könnt ihr das Mädchen retten?«

Seine Miene bleibt reglos, aber er nickt. »Du hast uns sehr geholfen. Dank dir konnten wir uns das verschaffen, weswegen wir hergekommen sind.«

Erleichtert nicke ich. Mir drohen die Augen zuzufallen, und natürlich weiß ich, dass es am Schock liegt. Ich muss schlafen. Aber ich will um keinen Preis hierbleiben. »Ich will nach Hause«, murmele ich.

»Ich bin auch dafür, von hier zu verschwinden«, sagt Quincy.

»Nichts dagegen.« Denise tritt ans Fenster und verzieht das Gesicht. »Ich muss runter und nachsehen, ob er das überlebt hat.« Sie setzt dazu an, das Fenster hochzuschieben, blickt dann aber von mir zu Quincy und wieder zu mir zurück. »Oder vielleicht solltest du besser gehen.« Obwohl sie eindeutig mit Quincy spricht, sieht sie mich an, und ich begreife, dass sie zumindest einen Teil unserer gemeinsamen Geschichte kennt. Und wahrscheinlich sogar ein ganzes Stück mehr als ich.

»Ich lasse sie hier nicht allein.«

»Quince.« Ihre Stimme ist so fest wie seine, und ich komme zu dem Schluss, dass ich diese Frau mag. Sie erinnert mich an Emma.

»Schon okay.«

Beide wenden sich wieder mir zu, und mir wird bewusst, dass ich so leise und heiser gesprochen habe, dass sie mich vermutlich nicht verstanden haben. Ich lecke mir über die Lippen und versuche es erneut. »Quincy kann bleiben.«

Sie nickt und schiebt das Fenster hoch, und mit Verzögerung begreife ich, dass sie uns auf diese Weise verlassen will. Ich muss verwirrt ausgesehen haben, denn sie schenkt mir ein schiefes Lächeln. »Feuertreppe«, sagt sie.

»Schick mir den Status unseres rothaarigen Freundes, sobald du ihn kennst. Ich schaffe sie hier raus und sag dir Bescheid, wenn wir in Sicherheit sind.«

»Mach ich.« Sie greift nach dem Saum des schwarzen Kleids und zieht es sich über den Kopf, sodass sie nur noch in einem hautengen Einteiler dasteht.

»Denny, was zum Teufel …?«

Sie wirft es ihm zu. »Sie wird es brauchen.«

Und sie hat recht. Das Kleid ist durchsichtig und bedeckt nichts, aber theoretisch bin ich damit angezogen. Und bei einer Party wie dieser wird sich niemand etwas dabei denken, wenn ich damit durch die Lobby gehe.

Als Quincy mit dem Kleid wieder am Bett steht, ist Denise bereits verschwunden.

Er setzt sich auf die Kante und nimmt meine Hand. Sein Griff ist sanft, aber doch fest, und tröstet mich genauso wie seine Nähe. Ich habe keine Ahnung, was heute hier passiert, in dieser winzigen geschützten Blase bin ich allerdings dankbar, dass er bei mir ist.

Zärtlich schiebt er mir die Haare aus dem Gesicht. »Wie schlimm bist du verletzt?« Seine Stimme klingt gleichmäßig, ernst, wie die eines Arztes. Und aus unerfindlichen Gründen beruhigt mich das umso mehr.

Während er spricht, zieht er den Handschellenschlüssel aus der Tasche und beugt sich über mich, um mich zu befreien. Wieder sind unsere Gesichter nah beieinander, und seine Brust reibt über die Decke, die Denise über meine Brüste geschlagen hat. Es fühlt sich seltsam intim an, und erneut steigen Erinnerungen an unsere gemeinsame Zeit auf und mischen sich mit meiner Furcht, meiner Hilflosigkeit und der Erleichterung, dass er sich um mich kümmert.

»Eliza?«

Ich muss mich konzentrieren, um mir seine Frage ins Gedächtnis zurückzurufen. Bin ich schlimm verletzt?

»Oh. Ich, ähm, glaube nicht. Er … er hat mir das Kleid mit dem Messer aufgeschnitten und …« Ich drehe das Gesicht weg.

Er befreit meine Hand und setzt sich auf. »Er hat dich damit malträtiert?«, fragt er scharf.

Weil ich mir automatisch das Handgelenk reibe, bemerke ich einen Moment lang nicht, dass die Decke von mir gerutscht und meine Hüfte entblößt ist. Ich will mich wieder zudecken, doch er hält meine Hände behutsam fest und streift dabei meine Haut. Mein Körper reagiert so heftig auf das vertraute Gefühl, dass ein Schauder mich durchläuft, und die furchtbare Sehnsucht, die mich ergreift, ist so stark, dass ich mich am liebsten ganz klein zusammenrollen will.

Falls es ihm auffällt, reagiert er zumindest nicht darauf. »Lass mich sehen, was er dir angetan hat.«

Ich schüttele den Kopf und halte die Decke über meiner Brust fest.

»Eliza, ich muss das sehen. Ich muss wissen, ob etwas genäht werden muss.«

»Mir geht's gut.«

»Nein, Liebes, tut es nicht.«

Ich schließe die Augen. »Nenn mich nicht so.« Meine Stimme bricht, und ich hasse mich dafür. »Bitte nicht.«

Als ich die Augen wieder aufschlage, blickt er gequält auf mich herab. »Es tut mir so entsetzlich leid.«

»Das ist jetzt nicht der richtige Zeitpunkt dafür.«

Er steht auf und schiebt seine Hände in die Hosentaschen. »Nein, damit hast du wahrscheinlich recht. Aber, verdammt noch mal, Eliza, was heute hier passiert ist, ist meine Schuld. Bitte. Ich muss mich vergewissern, dass du nicht schwer verletzt bist.«

Einen Moment lang sehen wir einander nur an. Ich würde ihn so gerne nach unserer Vergangenheit fragen. Und was er heute Abend hier tut. Was es mit dem kleinen Mädchen auf sich hat. Und ich würde ihn zu gerne nach Emma fragen, obwohl ich fast sicher bin, dass er nichts über sie weiß.

Ich muss ihm sagen, warum ich heute Abend hierhergekommen bin. Dass Emma verschwunden ist und der Mann, der mich angegriffen hat, dieses Treffen über ein Forum arrangiert hat. Ich muss ihm sagen, dass Mr. X nach dem kleinen Mädchen gefragt hat und ich nicht verstehe, warum. Irgendwie scheint Quincy in dieselbe Sache verwickelt zu sein wie Emma, was bedeutet, dass er mir helfen kann, sie zu finden, und ich ihn brauche.

Doch nichts davon kommt mir über die Lippen. »Es ist nicht deine Schuld, und ich glaube kaum, dass etwas genäht werden muss«, sage ich stattdessen. »Aber ich brauche definitiv ein paar Pflaster.«

Und weil ich tatsächlich verstehe, dass er es mit eigenen Augen sehen muss, beiße ich mir auf die Unterlippe und schiebe vorsichtig die Decke zur Seite, um ihm den Schnitt unter meiner Brust und die lange dünne Blutspur von meinem Brustbein bis zum Bauchnabel zu zeigen.

»Eliza. Oh, Himmel, Baby, nein!« Er sinkt wieder auf die Bettkante und sieht plötzlich so erschöpft aus, wie ich mich fühle.

»So schlimm?«

Er schüttelt den Kopf. »Ja. Nein. Zumindest musst du nicht genäht werden.« Behutsam streicht er mit einem Finger an meiner Brust entlang, ohne den Schnitt zu berühren. Der Finger ist warm, und ich beiße mir auf die Unterlippe, verbiete es ihm aber nicht. Richtig oder falsch – ich brauche das jetzt. Ich will, dass er mich anfasst, nicht mit Hintergedanken, nicht mit sexueller Absicht, aber ich will seine Wärme spüren, seinen Trost. Ich möchte, dass er sich um mich kümmert. Ich will Antworten, meine Schwester zurück und endlich Frieden finden. Ich bin durch den Kaninchenbau in einen Albtraum gestürzt, und ich habe nicht die leiseste Idee, wie ich mich wieder daraus befreien soll.

Und im Augenblick ist das Einzige, das mich erden kann, die Aufmerksamkeit jenes Mannes, der mir einst das Herz gebrochen hat.

KAPITEL 7

Zorn tobte in ihm. Ein heller, flammender Zorn auf sich selbst, weil er sie in diese Sache mit hineingezogen hatte, und auf diesen rothaarigen Mistkerl, dem sie beinahe zum Opfer gefallen wäre, obwohl sie nicht einmal wusste, worum es ging.

Er hatte sie damals verlassen, um sie zu beschützen. Und nun war sie seinetwegen eingeschüchtert, misshandelt und, ja, gefoltert worden.

An seinen Seiten ballte er die Hände zu Fäusten, um das Monster, das in ihm aufstieg, niederzuzwingen. Das Biest, das sich von Wut und Hilflosigkeit ernährte und das er bezwingen musste, wenn er ihr auch nur ansatzweise helfen wollte. Langsam löste er die Fäuste und konzentrierte sich auf jede einzelne Bewegung, um sich zu vergewissern, dass er sich im Griff hatte. Dass er hier mit ihr im Zimmer war. Er, Quincy James Radcliffe. Er war hier. Anwesend. Und niemand – weder er noch der Rothaarige noch sonst jemand – würde ihr etwas antun!

»Quincy?«

Er holte kontrolliert Luft, dann legte er ihr sanft eine Hand an die Wange. Ihre blauen Augen fixierten ihn, und er sah das Vertrauen in ihrem Blick. Trotz allem, was er ihr angetan hatte, lief sie nicht vor ihm weg.

Vielleicht war es besser, sie täte es …

Er verdrängte den Gedanken. Unfug. So gefährlich sie ihm auch werden konnte, solange sie dieses Hotel nicht verlassen hatten, würde er in ihrer Nähe bleiben.

»Ich bin unten«, sagte Denny in seinem Ohr. *»Subjekt terminiert. Zeuge vorhanden, wir kriegen also gleich Gesellschaft. Wir treffen uns im HQ.«*

»Roger.«

Eliza zog die Brauen hoch, aber er zuckte nur mit den Schultern. Er würde es ihr später erklären. Jetzt musste er sich erst einmal um ihre Verletzungen kümmern. Behutsam strich er über die Kratzer auf ihrem Bauch. Linien und Punkte. Wie Morsezeichen.

Sie biss sich auf die Unterlippe und verzog leicht das Gesicht, zuckte jedoch nicht zusammen. »Es tut mir so leid«, sagte er wohl wissend, dass ihr mit Plattitüden nicht geholfen war.

»So schlimm ist es nicht. Es blutet ja schon gar nicht mehr. Und wenn man bedenkt, dass ich eben noch dachte, ich würde gleich sterben, finde ich die Schmerzen völlig okay.« Sie schnitt eine Grimasse, als sie sich auf die Ellenbogen stützte, und sog scharf die Luft ein. »Na gut, *völlig okay* nehme ich zurück.«

»Wir besorgen dir ein Schmerzmittel. Aber zuerst müssen wir hier weg.« Er hatte von Anfang an geplant, das Gebäude zu verlassen, sobald er Lassiters Dateien heruntergeladen hatte, aber nun war es umso nötiger. Sobald der Zeuge oder die Polizei sich ausrechnete, aus welchem Fenster der Rothaarige gestürzt war, würden sie von Tür zu Tür gehen und Fragen stellen.

Er blickte Eliza stirnrunzelnd an. »Weiß hier jemand deinen echten Namen?«

Sie schüttelte den Kopf.

»Gut.« Er nickte und deutete auf Dennys Kleid. »Brauchst du Hilfe beim Anziehen?«

Sie errötete und senkte den Blick. »Nein, das schaffe ich schon. Könntest du, ähm …«

Er erhob sich und wandte ihr den Rücken zu, stellte aber fest, dass er sie in der Spiegelung des Fensters sehen konnte. Ein Gentleman würde den Blick abwenden, doch er sah ihr zu. Es hatte eine Zeit gegeben, da er sich selbst für so einen gehalten hatte. Heute wusste er es besser.

Sie stand seltsam unbeholfen da, als täte ihr jede Bewegung weh, und das war ja auch der Fall, wie er wusste. Unwillkürlich dachte er an die Schnitte, die seine Haut an Brust, Bauch und den inneren Oberschenkeln überzogen hatten. Die Wunden hatten sich längst geschlossen, und geblieben war nur ein Netz aus dünnen weißen Narben. Doch auch wenn die Schmerzen bloß noch in der Erinnerung existierten, konnte von Heilung keine Rede sein.

Er drückte sich die Finger an die Schläfen, um die Gedanken zu verdrängen, und konzentrierte sich stattdessen auf das Spiegelbild jener Frau, die einst ganz und gar ihm gehört hatte.

Vorsichtig hob sie die Arme über den Kopf, um sich das Kleid überzustreifen, und setzte so unbewusst ihre athletische Figur in Szene. Sie war groß, schlank und hatte eine schmale Taille und wunderschöne kleine Brüste. Er hatte diese Brüste gekostet, in seinen Händen gewogen, und als er einmal mit den Zähnen über ihre erigierten Nippel gefahren war, war es gewesen, als hätte er ein Feuerwerk in ihr gezündet. An Händen und Füßen ans Bett gefesselt, hatte sie sich ihm vor Verlangen vibrierend entgegengebogen und ihn um mehr angefleht.

Er hatte seine Hand unter ihren Rock geschoben und war mit den Fingern in ihr inzwischen völlig durchnässtes Höschen gefahren. Sie hatte sich aufgebäumt, wild seine Hand gevögelt und um seinen Schwanz gebettelt. Selbstverständlich hatte er ihn ihr versagt. Sie musste warten, denn er wollte, dass sie so scharf auf ihn war, bis sie kaum noch atmen konnte. Dann hatte er sich tief in sie versenkt, in ihren Nippel gekniffen und zugesehen, wie sich die Lust zur Ekstase wandelte, bis sie in seinen Armen explodiert war und ihre lauten Schreie ihn ebenfalls ins Nirwana gerissen hatten.

Genau diese Erinnerungen hatten vorhin gedroht aufzusteigen, als er die Handschellen hervorgeholt und sie ans Kopfende gefesselt hatte. Er hatte sie rigoros niedergekämpft, nicht nur weil er sich auf seine Aufgabe konzentrieren musste, sondern auch, weil er sich nicht erinnern wollte. Nicht, wenn er sie ohnehin nicht mehr haben konnte. Welchen Sinn hatte es schon, sich selbst zu kasteien? Das juckte seine Dämonen nicht einmal.

Nun jedoch …

Nun erkannte er jedoch, dass er entweder ein jämmerlich schwacher Mann oder ein verdammter Masochist war. Denn obwohl er wusste, dass Eliza nie wieder in seinem Bett liegen würde, hatte er den Erinnerungen Tür und Tor geöffnet, und jetzt drängte sein harter Schwanz unter dem Ansturm der erotischen Bilder in seinem Kopf mit Macht gegen den Reißverschluss seiner Hose.

»Okay«, sagte sie, als er in der Ferne die ersten Sirenen hörte, »ich bin angezogen. Nicht, dass es in diesem Kleid einen Unterschied machen würde …«

Er konzentrierte sich auf den Teppich und holte ein paarmal Luft, ehe er sich zu ihr umwandte. Sie brauchte nicht zu sehen, wie sehr ihre Gegenwart – und die Erinnerungen, die sie auslöste – ihm zusetzte. Aber sobald er sie in dem durchsichtigen schwarzen Kleid vor sich sah, das weder ihre erigierten Brustwarzen noch den äußerst knappen hautfarbenen String verhüllte, begab sich sein Schwanz erneut in Habachtstellung.

Sie begegnete seinem Blick und verschränkte die Arme vor der Brust.

Verdammt. »Tut mir leid, Liebes. Das Kleid steht dir.«

Sie verdrehte die Augen, doch gleichzeitig ließ die Anspannung ein wenig nach. »Können wir?« Sie machte einen Schritt auf die Tür zu.

»Nicht da entlang.«

Sie wandte sich stirnrunzelnd zu ihm um. »Teleportation?«

»Haha. Feuerleiter.«

Er war auf ihren Protest vorbereitet, aber sie konnten das Hotel nicht regulär durch die Lobby verlassen. Der Hauptgrund dafür war die Tatsache, dass er sich just in Lassiters Computersystem gehackt hatte und die gestohlenen Informationen auf einem USB-Stick in der Tasche bei sich trug; er war ziemlich sicher, dass Lassiter morden würde, um ihm die Daten wieder abzunehmen. Zwar war anzunehmen, dass der Mann den Angriff noch gar nicht bemerkt hatte, aber Quincy würde dieses Risiko nicht eingehen, am wenigsten in Begleitung von Eliza, für deren Schutz er verantwortlich war. Je weniger Möglichkeiten also, jemandem zu begegnen, umso besser.

Eliza widersetzte sich nicht. Sie nickte nur, trat aufs Fenster zu, raffte ihr Kleid bis zur Oberschenkelmitte und bot ihm einen verlockenden Anblick, als sie ihr Bein über das Fensterbrett schwang.

Stirnrunzelnd betrachtete er ihre nackten Füße. »Schuhe?«

Sie blickte zu den hochhackigen Pumps, die sie vor dem Bett liegen gelassen hatte. »Damit kann ich nicht klettern.«

Sie hatte recht. Die Feuerleiter bestand aus Metallgittern, in denen die Absätze leicht stecken bleiben würden. Dennoch mussten sie wirken wie ein Paar, das ausgegangen war, sobald sie unten auf der Straße ankamen.

Noch einmal musterte er sie in dem Kleid, das vor dem Hintergrund der beleuchteten Stadt noch durchsichtiger wirkte.

»Hier«, sagte er, zog sich sein Jackett aus und reichte es ihr. Dann bückte er sich und nahm ihre Schuhe an sich. »Ich trage sie. Wir dürfen nicht auffallen, wenn wir unten sind.«

Sie straffte die Schultern, holte tief Luft und nickte.

Wenn man bedachte, in was für einen Albtraum er sie gezerrt hatte, war sie erstaunlich kooperativ. Er hatte keine Ahnung, was sie auf dieser Party zu suchen gehabt hatte, aber er konnte spekulieren. Ihre Schauspielkarriere war ins Stocken geraten. Sie brauchte Geld. Eine Freundin arbeitete nebenberuflich bei einem Escort-Service und hatte ihr von den Partys erzählt, bei denen man in einer Nacht genug Geld verdienen konnte, um ein halbes Jahr über die Runden zu kommen. Das war zu verführerisch gewesen, und so war Eliza zu der echten Version von Dennys Tarnexistenz geworden: eine sich abstrampelnde Schauspielerin, die ihren Körper verkaufte, um ihre Miete zu bezahlen.

Und es brach ihm schier das Herz.

Was Quincy betraf, sollte jeder nach seiner Fasson leben. In der Theorie hatte er keinerlei Probleme mit Sex als Ware. Solange die Person, die bezahlt wurde, sich aus freiem Willen auf dieses Arrangement einließ, ging niemanden etwas an, was sich später im Schlafzimmer abspielte.

Aber Eliza war nicht einfach irgendeine Person. Sie gehörte zu ihm, verdammt!

Der Gedanke traf ihn mit der Wucht eines Vorschlaghammers, und er schüttelte sich, während er sich mental zur Ordnung rief. Denn sie gehörte nicht zu ihm – nicht mehr. Und das schon ziemlich lange nicht mehr.

Aber auch wenn er nicht länger Anspruch auf sie hatte, konnte er nicht einfach abschalten, dass er sich um sie sorgte und sie verstand. Er kannte sie, verflucht noch mal, und zwar mit all ihren Ängsten, Zweifeln, Hoffnungen und Wünschen.

Sie hatte ihm erzählt, wie sie aufgewachsen war. Der gewalttätige Vater. Missbrauch. Ihre große Schwester, die sie schützte. Die Monate auf der Straße. Sie hatte Abartigkeiten erlebt, mit denen kein kleines Mädchen sich hätte auseinandersetzen dürfen, und ja, sie war ein gebranntes Kind.

Doch ihre Vergangenheit hatte sie nicht zugrunde gerichtet.

Er wusste es, er hatte es erlebt. Verdammt, ja, er hatte ihr dabei geholfen herauszufinden, was sie für ihre seelische Gesundheit brauchte. Für Eliza hatte Sex immer mit Verbundenheit zu tun. Mit Hingabe. Und Vertrauen.

Die Eliza, die er kennengelernt hatte, hätte wirklich verzweifelt sein müssen, ehe sie sich einem Fremden verkaufte.

Ja, er hatte sie an ihre Grenzen und darüber hinaus gebracht. Er hatte Unterwerfung verlangt und ihr Ekstase verschafft. Doch der Weg, den sie gemeinsam gegangen waren, war mit Vertrauen gepflastert gewesen. Mit Leidenschaft.

Mit Liebe.

Eine Liebe, die er verraten hatte, aber darum ging es im Augenblick hier nicht.

Nein. Was zählte war doch nur, dass sie nicht auf einer Party wie dieser hätte sein sollen, und der Gedanke an sie ans Bett eines anderen gefesselt, weckte in ihm den Wunsch, etwas zu zertrümmern.

Es spielte keine Rolle, dass er sie verlassen hatte und nie wieder mit ihr zusammenkommen konnte, und es spielte auch keine Rolle, dass er kein Recht darauf hatte, über sie zu urteilen oder sich in ihr Leben einzumischen. Er wusste nur, dass sie in einem solchen Szenario nichts zu suchen hatte. Niemand durfte sie nur als Instrument seiner Befriedigung betrachten, niemand sie für einen schnellen Kick missbrauchen, und wer sie anfasste, um …

»… jetzt?«

Mit einem Mal war er wieder in der Wirklichkeit. »Was?«

»Ich fragte, gehen wir jetzt?«

»Entschuldigung.« Er tippte sich aufs Ohr, ohne sich wegen der Lüge besonders schuldig zu fühlen. »Ich habe hierauf gehört.«

»Hat sie gesagt, ob die Luft rein ist?«

Er gab einen unverbindlichen Laut von sich und zeigte

dann nach oben. »Wir gehen übers Dach. Vorne wird es gleich ziemlich voll werden, daher verschwinden wir besser über die Servicegasse.«

Wieder protestierte sie nicht, sondern kletterte in dem viel zu großen Jackett und barfuß durchs Fenster.

Er stieg hinter ihr die Leiter hinauf, um sie fangen zu können, falls sie abrutschte, und musste sich zwingen, nicht wahrzunehmen, wie appetitlich ihr Hinterteil unter dem Saum seines Jacketts hervorlugte. Er schluckte, konzentrierte sich auf ihren Rücken und stieg weiter aufwärts.

Sobald sie das gekieste Flachdach erreicht hatten, nahm er ihre Hand, und geduckt huschten sie im Schutz der Versorgungsanlagen und Zugangshäuschen zur anderen Seite.

Sie blickten hinab, um sich zu vergewissern, dass niemand unten stand und zu ihnen hinaufschaute, dann half er ihr über die Kante auf die Treppe, die zum obersten Absatz der Feuerleiter führte. Wieder war er dankbar, dass Lassiter das Gebäude größtenteils im Originalzustand gelassen hatte. Bei vielen restaurierten Gebäuden wurde inzwischen auf die alten Fluchttreppen verzichtet.

Wenig später standen sie unten auf der Straße, und er stützte sie, während sie ihre Schuhe überstreifte. Weitere fünf Minuten später hatten sie die Hawthorne Avenue erreicht, die parallel zum Boulevard verlief.

»Hast du ein Handy dabei?«

Sie schüttelte den Kopf. »Ein Freund hat mich am

Hotel abgesetzt. Ich hielt es für besser, nichts Persönliches bei mir zu haben.« Sie begegnete seinem Blick. »Ich wollte anonym bleiben.«

Er nickte. Was mochte das für ein »Freund« gewesen sein? Eine Art Zuhälter? Einer aus der Callgirl-Agentur? Er zog in Erwägung, sie zu fragen, ob es Geld oder etwas anderes gewesen war, das sie heute auf diese Party geführt hatte, entschied dann aber, dass es ihn nichts mehr anging. Stattdessen holte er sein Handy hervor, um ein Uber zu rufen, sobald sie die Kreuzung Hawthorne und La Brea Avenue erreicht hatten. »Ich sorge dafür, dass du nach Hause kommst. Es tut mir leid, dass ich dich in diese Geschichte mit hineingezogen habe. Keine Ahnung, wie der Rothaarige Wind von dem bekommen hat, was Denny und ich vorhatten, aber …«

»Quincy …«

»Nein, warte. Ich muss noch etwas dazu sagen. Ich weiß, dass der heutige Abend ein irrer Zufall war. Dennoch sind diese Art von … von Veranstaltungen nicht sicher, Eliza. Unter den Männern, die auf solche Partys gehen, sind immer welche, die … die nicht …«

»Die nicht wie du sind?« Sie blieb an der Kreuzung stehen und blickte ihn mit hochgezogenen Augenbrauen an. »Willst du mir damit sagen, dass auf Partys, für die Callgirls engagiert werden, auch Männer anzutreffen sind, die mir tatsächlich etwas antun könnten?«

Er nickte erleichtert, dass sie ihn verstanden hatte. »Genau das wollte ich damit sagen.«

Sie verschränkte die Arme vor der Brust, und ihr Blick brannte sich förmlich in ihn. »Aber du würdest mir ja nie wehtun, nicht wahr, Quincy? Dir würde niemals in den Sinn kommen, mir das Herz rauszureißen oder mir einen solchen Schlag zu verpassen, dass ich am Boden zerstört bin!«

Volltreffer. Innerlich zog er den Kopf ein, nicht nur, weil sie recht hatte, sondern weil er sehenden Auges in diese Falle getappt war. »Eliza, das war es nicht, was ich …«

»Verpiss dich.« Sie setzte sich in Bewegung, und das Klacken ihrer Absätze klang laut auf dem Asphalt.

Mit zwei Schritten hatte er sie eingeholt und hielt sie am Ellenbogen fest. »Falls du Geld brauchst, helfe ich dir. Aber diese Art von Partys … Komm schon, Liebes, du weißt, dass du damit einen schlimmen Fehler machst.«

Sie nickte langsam, und er hoffte, dass sie über seine Worte nachdachte. Entweder würde sie sein Angebot annehmen oder ihn zum Teufel jagen. Ihre Frage jedoch hatte er nicht erwartet. »Was ist mit dem Mädchen?«

»Mit dem Mädchen? Denny?«

Sie verdrehte die Augen. »Nein, soweit habe ich verstanden, danke. Du arbeitest mit ihr zusammen. Ob du mit ihr ins Bett gehst, weiß ich nicht.«

»Nein, ich …«

»Ich rede über die Dreizehnjährige, von der du gesprochen hast. Die angeblich meine Hilfe braucht, weswegen ich dieses komische Gerät halten sollte.«

»Glaubst du, dass ich mir das ausgedacht habe?«

»Ich glaube, dass sie verschwunden ist.«

Schockiert blieb er stehen.

Mit einem Moment Verzögerung blieb auch sie stehen und wandte sich zu ihm um. »Ich habe also offenbar recht.«

»Erzähl es mir, Eliza. Alles, was du weißt.«

Sie biss sich auf die Unterlippe und schien ihre Worte genau abzuwägen. »Der Rothaarige ist nicht wegen dem gekommen, was immer du und Denny auf der Party zu tun gehabt hattet.«

»Was willst du damit …«

»Er war meinetwegen dort.«

Er trat einen Schritt zurück, weil ihre Antwort sich anfühlte wie ein Schlag ins Gesicht. »Was? Wie kommst du denn darauf?«

Sie bedachte ihn mit einem leisen Lächeln, als sie ihr Handgelenk mit dem roten Band hochhielt. »Irrer Zufall, nicht wahr? Aber er war derjenige, der sich das mit dem roten Band ausgedacht hat. Um mich zu identifizieren. Oder vielmehr Emma. Ich war an ihrer Stelle dort.«

»Emma sollte auf dieser Party aufkreuzen?«

»Nicht so, wie du denkst. Sondern sozusagen undercover. Zu einem Treffen.«

Er nickte. Sie hatte ihm erzählt, dass Emma als Privatermittlerin arbeitete. »Sie hat an einem Fall gearbeitet? Und das rote Band war ein Erkennungszeichen?«

»Genau.«

»Warum bist dann du an ihrer Stelle auf die Party gegangen? Und was hat das mit Arianas Verschwinden zu tun?«

»Heißt dieses Mädchen so? Ich habe keine Ahnung, wie das alles zusammenpasst. Ich weiß nur, dass ich mich als Emma dort eingeschlichen habe, weil auch sie nicht aufzufinden ist. Das rote Band und die Eckdaten über das Treffen waren meine einzigen Hinweise.« Sie blinzelte, und zum ersten Mal, seit sie über die Feuertreppe gestiegen waren, ließ ihre Selbstbeherrschung nach. »Ich habe keine Ahnung, was vor sich geht – wirklich nicht. Aber dieser Mistkerl dachte, dass ich Emma bin. Und er fragte mich, wo das Mädchen sei. Das war alles, was er wissen wollte.« Trotzig begegnete sie seinem Blick. »Was bedeutet, dass ich deine Hilfe brauche. Weil dein Mädchen irgendetwas mit meiner Schwester zu tun hat.«

»Und das bedeutet, dass ich dich doch nicht nach Hause schaffe. Du kommst mit mir.«

KAPITEL 8

Du kommst mit mir.«

Herrliche, ach so vertraute Worte, die mein Bewusstsein ausfüllen, als ich auf die Rückbank des Wagens rutsche, der neben uns gehalten hat, und Platz für Quincy mache. Unwillkürlich schlinge ich die Arme um mich, als ich beobachte, wie er einsteigt, aber ich sehe nicht den Mann im maßgeschneiderten Anzug, der er jetzt ist, sondern einen in enger Jeans, hellgrauem Henley-Shirt und schwarzer Lederjacke. Ich sehe einen Mann, der mich anerkennend betrachtet und mir ein Lächeln schenkt, das mich von innen heraus wärmt.

Ich sehe den Quincy von jenem ersten Morgen, nachdem ich beschlossen hatte, es zu wagen und mich mit ihm zu treffen. Und als der Mietwagen in den Verkehr von Los Angeles einschert, lasse ich mich von meiner Erinnerung zurück nach London in die Zeit zurücktragen, als ich Quincy kennen und lieben lernte …

Nachdem Quincy mich mit dem Taxi nach Hause geschickt hatte, kam ich schnell zu dem Schluss, dass ich mich am nächsten Morgen nicht mit ihm zum Frühstück treffen würde. Dieser Tag mit ihm in London war traumhaft gewesen, ja, aber im Großen und Ganzen war mir der Mann zu arrogant. Und zu unberechenbar. Ich hatte erwartet, mit ihm in der Kiste zu landen, aber er hatte mir eine lange Nase gemacht und darüber hinaus noch die Vermessenheit besessen, mir zu sagen, was ich angeblich im Bett bräuchte. Also wirklich – woher wollte er denn wissen, wonach ich mich sehnte, wenn ich es nicht einmal selbst wusste?

Besser, ich hakte diesen Tag als eine einmalige touristische Erfahrung ab. Etwas, das in einem Prospekt über London mit *Romantische Begegnung mit einem Local* betitelt worden wäre, aber definitiv nichts, was weiter vertieft werden sollte.

Jedenfalls war es das, was ich mir mit strenger Stimme einredete. Doch als der Morgen kam, duschte ich, zog mich sorgfältig an, nahm die U-Bahn bis Marble Arch und ging durch die Straßen Londons zu jenem kleinen Café, das er mir genannt hatte.

Mit jedem Schritt ermahnte ich mich, wieder zu gehen, *falls*.

Falls er nicht da war, würde ich mich im Viertel umsehen und ein bisschen shoppen.

Falls er sagen würde, er hätte ja gewusst, dass ich käme, würde ich antworten, ich sei bloß hier, um ihn wissen zu lassen, dass ich ihm diese Befriedigung nicht gäbe.

Falls er auch nur andeutete, ich sei gekommen, weil seine plakativ sinnlichen Versprechungen mich angemacht hätten, würde ich auf dem Absatz kehrtmachen und auf Nimmerwiedersehen verschwinden. Ich war gespannt, ja. Aber nie und nimmer würde ich mich in die Hände eines Mannes begeben, der so ungeniert mit meiner Neugier und meinem Verlangen spielte.

Das erste Falls erübrigte sich, als ich das Café betrat. Obwohl ich ganze zehn Minuten zu früh kam, saß er bereits an einem Tisch, der es ihm ermöglichte, die Tür im Blick zu behalten. Sobald ich über die Schwelle trat, schenkte er mir ein Lächeln, das seine Augen aufleuchten ließ. Er stand auf, winkte mir und machte sich nicht die Mühe, seine Freude zu verbergen.

»Ich bin so froh, dass du gekommen bist. Ich hatte schon befürchtet, dass ich dich gestern Abend abgeschreckt hätte.«

Puff. Und damit löste sich das zweite Falls in Wohlgefallen auf.

»Na ja, vielleicht hast du mich ein bisschen nervös gemacht«, gab ich zu, als ich mich in der Nische niederließ. »Aber abgeschreckt nicht.«

»Tut mir leid, auch das habe ich nicht gewollt. Jedenfalls freue ich mich, dass du da bist. Mir hat der Tag gestern so gut gefallen. Dir auch, hoffe ich.«

»Ja, absolut«, antwortete ich und musste mir eingestehen, dass er jedes meiner potenziellen Fluchtargumente zunichtegemacht hatte. Ohne ein weiteres Hintertürchen saß ich sozusagen fest und fühlte mich ausgesprochen wohl damit.

Im Café gab es Pancakes nach amerikanischer Art, und ich bestellte welche mit Schokostückchen, schwarzen Kaffee und Speck. Ich war plötzlich wie ausgehungert und aß alles auf, was ich bei einer Verabredung normalerweise nicht tue, weil ich mich nicht unbedingt wie ein Vielfraß präsentieren möchte. Aber der Geschmack der Heimat war herrlich, und ehrlich gesagt unterhielten wir uns viel zu gut, als dass ich wirklich darauf achtete, wie viel ich aß, bis die Kellnerin unsere leeren Teller abräumte.

»Wie oft hast du bisher hier in London Touristin gespielt?«

»Noch nicht so oft«, gab ich zu. Ich hatte ihm gestern bereits von meinem geplatzten Engagement und der unerwarteten Freizeit erzählt.

»Das habe ich mir gedacht.« Er neigte den Kopf zur Seite. »Ich würde mich freuen, wenn du den ganzen Tag Zeit hast. Es gibt so viel, was ich dir zeigen möchte.«

Wenn ich nicht ohnehin schon davon ausgegangen wäre, heute etwas mit ihm zu unternehmen, hätte allein sein Blick mich veranlasst, sämtliche Vorhaben abzusagen. Wie sich herausstellte, war er mit seiner Ducati gekommen, und er reichte mir einen zweiten Helm.

»Nur falls es dir nichts ausmacht«, sagte er. »Ich kann auch ohne Probleme einen Wagen holen.«

»Machst du Witze? Auf gar keinen Fall.« Das meinte ich ernst. Ich konnte Motorradfahren, seit ich zwölf war, obwohl Emma meistens am Lenker saß. Es war unser bevorzugtes Fortbewegungsmittel, bis sie alt genug war, um einen Führerschein zu beantragen. Wenn wir auf dem Bike saßen, behelligte uns niemand, auch als wir noch eindeutig zu jung dafür waren. Es war, als seien wir unsichtbar. Was wahrscheinlich der Grund dafür war, warum sie noch immer das Motorrad vorzog und nur dann einen Wagen nahm, wenn sie etwas transportieren musste oder jemanden beschatten wollte. Auf dem Bike kann man sich nicht besonders gut ducken.

Jedenfalls freute ich mich, mich hinter ihm auf die Sitzbank zu schwingen. Mich mit meinen Oberschenkeln an seine Hüften zu klammern war mir ganz und gar nicht unangenehm. Und je länger mein Körper sich an seinem rieb und der Motor der schweren Maschine unter mir vibrierte, umso öfter wanderten meine Gedanken zu den unanständigen Versprechungen, die er mir gestern Abend gemacht hatte. Hingabe hatte er gefordert. Die Macht über mein Vergnügen. Er wollte, dass ich mich ihm unterwarf.

Und das wollte ich auch. Mit jeder Stunde, die verstrich, wuchs meine gespannte Erwartung und setzte meinen ganzen Körper unter Strom.

Doch wir fuhren und fuhren, und nichts deutete darauf hin, dass heute noch mehr als Sightseeing auf dem Programm stehen könnte.

Wir durchquerten die ganze Stadt, und Quincy zeigte mir seine Lieblingsmärkte, dann brachte er mich zu einem Stall am Hyde Park, wo wir zwei Pferde sattelten und die Gegend erkundeten. Oder sagen wir besser, ich erkundete. Quincy kannte sich hier bereits bestens aus, denn die beiden Pferde gehörten ihm.

»Ich bin gerne hier, habe aber selten genug Zeit dazu«, erzählte er, als wir an einem Teich Rast machten und uns mit Käse und Wein stärkten; er hatte einen der Stallburschen beauftragt, uns etwas zum Mitnehmen vorzubereiten. Quincy nahm meine Hand, und als sein Daumen leicht über meine Haut strich, fuhr es wie ein Feuerstrahl durch meine Adern. »Ich freue mich sehr, dass wir heute hier sind.«

Er sah mich an, als sei ich der einzige Mensch auf der Welt, der für ihn zählte, und ich genoss das Gefühl, weil es so selten war. Aber um die Wahrheit zu sagen, schien Quincy Talent dafür zu besitzen, denn auch gestern hatte ich mich in seiner Gegenwart wie etwas ganz Besonderes gefühlt.

Irgendwie war es ihm gelungen, eine private Führung durch den Tower mit den Kronjuwelen zu arrangieren – »Beziehungen«, sagte er geheimnisvoll, was mich nachhaltig beeindruckte –, und erst gegen Abend fuhren wir zu ihm, und zwar zu ebenjenem Haus, das er mir bei der Stadtrundfahrt gezeigt hatte. Nur dass Quincy, wie sich herausstellte, das ehemalige Dienstbotenhaus hinten im Garten zu seinem Privatquartier hatte umbauen lassen.

»Ich dachte, wie bestellen uns irgendein leichtes Abendessen nach Hause«, sagte er, als er mir vom Motorrad half.

»Ähm, klar«, antwortete ich und folgte ihm hinein. Ich hatte den Tag in vollen Zügen genossen, aber er hatte sich nicht so entwickelt, wie ich es ursprünglich gedacht hatte. Nach dem, was er gestern Abend angedeutet hatte, hatte ich irgendeine fantasievolle Inszenierung erwartet wie aus einer sexy Serie im nächtlichen Fernsehen vielleicht.

Als hätte er meine Gedanken gelesen, beugte er sich vor, um mir ins Ohr zu flüstern. »Gehörte alles zum Vorspiel. Besonders das Motorrad, findest du nicht? Diese Kraft, die zwischen den Beinen vibriert …«

Mein Mund war mit einem Mal knochentrocken, und er grinste frech, nahm mich an der Hand, führte mich ins Wohnzimmer und deutete aufs Sofa. »Wein?«, fragte er beiläufig, als habe er mir nicht gerade deutlich gemacht, dass er ganz genau wusste, wo ich den ganzen Nachmittag mit meinen Gedanken gewesen war.

Ich ließ mich nieder und nickte, und er brachte mir ein Glas Roten. Dankbar nahm ich einen tiefen Schluck, ohne wirklich etwas zu schmecken. Denn eigentlich wollte ich bloß, dass er mich endlich küsste.

Was er dann, Gott sei Dank, auch endlich tat.

Er fragte nicht. Er stellte einfach sein Glas auf den Tisch, nahm mir meins aus der Hand und stellte es daneben. Dann beugte er sich vor und schloss seinen Mund über meinem, und als ich seine Lippen spürte, seine Zunge, die Einlass verlangte, schmolz ich praktisch augenblicklich dahin. Er vergrub seine Finger in meinem Haar und hielt mich fest, und der Kuss wurde tiefer und leidenschaftlicher, als hätte er den ganzen Tag an nichts anderes gedacht und könne nun nicht genug von mir kriegen. Und weiß Gott – mir ging es nicht anders.

Anschließend lagen seine Hände auf meiner Taille und zogen mich auf seinen Schoß. Ich trug dünne schwarze Leggings und spürte seine Erektion durch die Jeans, und zu wissen, dass er genauso scharf auf mich war wie ich auf ihn, machte mich umso mehr an. Ich rieb mich an ihm, um das Ziehen zwischen meinen Beinen zu steigern, während wir uns küssten, und während er mich nach wie vor mit einer Hand in den Haaren festhielt, umfasste die andere sanft meine Brust.

Ich ließ mich in diesen Kuss vollkommen fallen. Ich fühlte nur noch ihn, und mein Körper begann in einer Intensität zu beben, wie ich es noch nie erlebt hatte.

»Zieh dich aus und steig aufs Bett«, sagte er, und ich hielt abrupt mit den kreisenden Bewegungen meiner Hüften inne.

»Was?«

Er lehnte sich ein Stück zurück und legte mir beide Hände auf die Brüste, um mit den Daumen über die Nippel zu streichen, die sich gegen die Spitze meines BHs drückten.

»Ich …«

»Vertraust du mir?«

Ich fuhr mir mit der Zunge über die Lippen, nickte aber. Ich vertraute ihm tatsächlich.

»Dann geh. Nackt«, fügte er hinzu, als hätte ich das vergessen können. »Leg dich auf den Rücken, Beine gespreizt.« Er sah mich von oben bis unten an, und bei der Glut in seinem Blick wäre ich fast schon gekommen. »Und wenn ich nachkomme, will ich sehen, wie du dich selbst anfasst.«

Ich schluckte. Ich war mir nicht sicher, ob es mir wirklich gefiel, mich derart zur Schau zu stellen. Das alles ging mir zu schnell. Und würde zwangsläufig bittere Erinnerungen aufsteigen lassen.

»Ich glaube nicht, dass ich …«

Er strich mir mit dem Daumen über die Unterlippe. »Du kannst Nein sagen, Eliza. Jederzeit.«

»Wirklich?« Aus irgendeinem kranken Grund war diese simple Feststellung wie eine Offenbarung für mich. Bei *ihm* hatte ich niemals Nein sagen können. Und Emma erst recht nicht. Meinte Quincy es ernst? Mein Blick fiel auf die große Schwellung in seiner Hose, und als habe er meine Gedanken gelesen, lachte er leise.

»Ich werde es überleben, versprochen. Wir haben ganz viele andere Möglichkeiten. Wir können auch bloß zusammen fernsehen.« Er zog mich an sich und küsste mich. »Ich will dich anfassen«, flüsterte er. »Ich will Dinge mit dir machen, die du noch nie getan hast, und ich will, dass du meinen Namen schreist, wenn du unter meinen Händen kommst. Aber ich will es nur, wenn du es auch willst. Es ist deine Entscheidung. Sag du mir, was du möchtest.«

Ich holte tief Luft, dann nickte ich. »Okay«, sagte ich und setzte mich in Bewegung.

»Warte.«

Einen Moment lang keimte Angst in mir auf, dass ich zu lange gezögert und er sich anders entschieden hatte.

»Weißt du, was ein Safeword ist?«

»Ich … ich glaube ja.«

»Es ist eine Möglichkeit, Nein zu sagen. Eine, die kein Missverständnis zulässt. Wie soll dein Safeword lauten, Eliza? Etwas, das du normalerweise im Bett nicht sagen würdest. Und das du nicht vergisst.«

»Enten«, entfuhr es mir spontan, als ich an unsere erste Begegnung gestern dachte. Es war irgendwie albern, aber er lächelte und nickte.

»Dann geh«, sagte er, und mit diesen zwei Worten änderte sich sein Verhalten grundlegend. Wo er gerade eben noch herzlich und rücksichtsvoll gewesen war, wirkte er nun geheimnisvoll und sinnlich und sogar ein bisschen gefährlich. Doch er machte mir keine Angst. Meine Angst war vollkommen verschwunden.

Ich ging und zog mich aus.

Nackt und mit hämmerndem Herzen stieg ich aufs Bett. Obwohl es mir zuerst entsetzlich peinlich war, mich selbst zu berühren, wurde es leichter, als ich die Augen schloss und mir vorstellte, dass Quincy mich beobachtete, und als ich schließlich seine Schritte hörte, kursierten bereits die Vorboten eines gewaltigen Höhepunkts durch meine Adern.

»Wunderschön«, murmelte er, und ich spürte, wie die Matratze sich unter seinem Gewicht neigte. Dann hob er behutsam meine Hände, und ich keuchte überrascht auf und hätte fast die Augen aufgeschlagen, als er mir eine Art Handschellen mit Klettband um die Handgelenke legte.

»Quincy …«

Ich hörte die Anspannung in meiner Stimme und er offenbar ebenso, denn er flüsterte: »Schsch, alles gut. Lass die Augen zu.« Und vielleicht um es mir zu erleichtern, verband er sie mir auch noch.

Ohne darüber nachzudenken, nahm ich meine Beine zusammen, als wolle mein Körper nun, da ich mich auslieferte, wenigstens einen Hauch von Anstand wahren.

»O nein, Liebes. So nicht.«

Ich wimmerte und biss mir auf die Unterlippe, aber er kannte keine Gnade. Er rutschte hinab, spreizte meine Beine und fesselte meine Fußknöchel ebenfalls ans Bett, und jetzt war ich dankbar für die Augenbinde. Vermutlich hätte ich mich in Grund und Boden geschämt, wenn ich hätte sehen müssen, wie er mich betrachtete, auch wenn seine Stimme und seine Worte mir sagten, dass ihm gefiel, was er sah, und er selbst schon ziemlich scharf war.

Ich hatte noch nie so etwas getan – oder tun lassen –, und bald schien nur noch die intensive, köstliche Sinnlichkeit seiner Liebkosungen zu existieren. Zuerst neckte er mich mit einer Feder, dann quälte er mich mit einem

Eiswürfel. Aber beides war nichts verglichen mit dem Vibrator, der einen solchen Aufruhr an Empfindungen in mir erzeugte, dass ich mich in meinen Fesseln drehte und wand, während ich verzweifelt versuchte, die Beine zusammenzupressen, um den harten Wonnen zu entgehen, die in ihrer Intensität an Schmerz grenzten.

Nahezu fachmännisch unterzog er mich einer süßen Folter und brachte mich immer wieder an den Rand des Orgasmus, bloß um sich dann immer wieder zurückzuziehen, bis jeder Nerv in mir brannte und ich um Erlösung flehte. Erst dann setzte er seinen erotischen Angriff mit Fingern und Mund fort, und ich bäumte mich schamlos auf und drängte mich ihm entgegen, um mir wenigstens etwas von der Kontrolle zurückzuholen, die er mir versagte.

Und als ich endlich kam – als er es mir endlich erlaubte! –, geschah es mit solch einer Wucht, dass sich jede meiner Körperzellen nach außen zu kehren schien und ich schlaff, erschöpft und vollkommen befriedigt in mich zusammenfiel und mich nie, nie wieder bewegen wollte.

»Du bist wunderbar«, flüsterte er, während er behutsam meine Hände und Füße befreite, damit ich mich an ihn schmiegen konnte, während er mich zärtlich streichelte. »Hast du eine Ahnung, wie aufregend es ist, dir zuzusehen, wenn du dich unter meinen Händen windest?«

Ich konnte nicht antworten; ich war zu erledigt. Aber ich verbarg mein Gesicht an seinem Hals, murmelte etwas von verschollen im Himmel und spürte sein Lachen als Rumpeln in seiner Brust. Er zog mich an sich und streichelte mein Haar, bis ich mich genügend gesammelt hatte, um wieder einen vernünftigen Satz zu bilden.

»Ich war fast sicher, dass ich es schlimm finden würde«, murmelte ich und stützte mich mühsam auf einen Ellenbogen, um ihn anzusehen. »Ich war fast sicher, dass ich das Safeword sofort rausbrüllen würde.«

Beunruhigt runzelte er die Stirn, und ich wusste, dass er verstand: Ich hatte nicht einfach als Frau gesprochen, die sich noch nie auf solche Art von Liebesspielen eingelassen hatte. Er hatte begriffen, dass mich mehr umtrieb.

Er strich mir hauchzart über die Wange. »Eliza, Liebling. Willst du es mir nicht erzählen?«

Ich wusste, ich hätte vorher etwas sagen müssen, doch trotz meiner Nervosität hatte ich es mit ihm ausprobieren wollen. Ich hatte wissen wollen, was er zu geben hatte, ohne befürchten zu müssen, dass er einen Rückzieher machte, weil ich vorbelastet war.

Jetzt allerdings, so entspannt wie ich war, erzählte ich es ihm. Mehr noch: Ich wollte es ihm erzählen. Zum einen, damit er mein Zögern verstand. Aber auch, weil ich zum ersten Mal das Bedürfnis hatte, mein schlimmstes, dunkelstes Geheimnis mit jemandem zu teilen.

Also erzählte ich ihm von meinem Vater.

Von dem Furchtbaren, was er Emma angetan hatte. Und mir.

Es ist wahr, wir waren nicht gefesselt. Es gab keine

Handschellen oder Ketten. Aber wir hätten dennoch nicht gehen können. Unser Vater hatte die absolute Macht.

Es war entsetzlich, und ich erzählte Quincy alles.

Während er mir meine Tränen abtupfte, gestand ich, dass ich befürchtet hatte, mit ihm würde es ähnlich sein. »Ich hatte Angst, dass ich mich benutzt fühlen würde, gefangen.« Verlegen zog ich den Kopf ein. »Aber so war es nicht.«

Einen Moment lang sah er mich nur an, und ich dachte, dass ich alles verdorben und besser den Mund gehalten hätte. »Du hast befürchtet, dich wieder hilflos zu fühlen«, sagte er schließlich. »Wie bei ihm, stimmt's?«

Ich nickte. Er schob einen Arm unter mich und hievte mich hoch, während er aus dem Fenster deutete. »Mit Hilflosigkeit habe ich auch so meine Erfahrung«, fuhr er fort. »Siehst du das Fenster dort drüben?«

Ich nickte wieder.

»Das war das Schlafzimmer meiner Eltern. An dem Abend, als die Männer kamen – die, die die Vendetta gegen meinen Vater führten –, spielte ich am Fuß des Bettes, während meine Mutter mir etwas vorlas. Ich war erst sieben. Sie stieß mich unters Bett und schärfte mir ein, auf gar keinen Fall hervorzukommen. Also lag ich dort auf dem Bauch, zitterte vor Angst und konnte rein gar nichts dagegen unternehmen.« Er wandte mir sein Gesicht zu. »Wie du siehst, weiß ich, wie sich Hilflosigkeit anfühlt. Du hast keine Kontrolle mehr, jemand hat sie dir entrissen. Wie mir, als die Männer kamen und ich meine Mutter nicht beschützen konnte. Wie dir, als dein Vater sich an euch vergangen hat.«

Ich blinzelte, als mir Tränen in die Augen traten.

»Dein Vater hat dir die Kontrolle genommen«, fuhr er fort. »Bei mir hast du sie kein einziges Mal aus der Hand geben müssen.«

»Aber … wie meinst du das?«

»Du hast mir die Kontrolle aus freiem Willen überlassen, El. Du hast jederzeit die Macht gehabt, alles zu stoppen. Aber du hast mir dein Vertrauen geschenkt und die Kontrolle an mich abgegeben. Ich habe sie mir nicht genommen. Verstehst du, was ich meine?«

»Ja.« Ich dachte einen Moment lang darüber nach, dann wälzte ich mich auf ihn und grinste auf ihn herab. »Sollen wir noch mal?«

Er lachte, weigerte sich jedoch nicht. Und tatsächlich hätte ich meine restliche Zeit in London problemlos in seinem Bett verbringen können. Ich war ihm regelrecht verfallen.

Letztendlich erforschten wir einander genauso gründlich, wie wir die Stadt erkundeten. Quincy gab mir das Gefühl einer neuen Freiheit. Und er gab mir ein ganz neues Selbstvertrauen. Vor allem aber fühlte ich mich geliebt, und jeden Tag kamen wir uns näher, indem wir unsere Grenzen ausloteten. Im Bett spielten, experimentierten und lachten wir, und ich lernte Züge und Eigenschaften von mir kennen, von denen ich nichts geahnt hatte. Vor allem aber fand ich heraus, dass ich Sex wirklich genießen konnte. Dass es nicht nur etwas war, das ich über mich ergehen lassen musste.

Vielleicht hätte ich das ohnehin irgendwann herausgefunden, aber das spielte keine Rolle. Denn ich hatte mich in Quincy verliebt.

Ich wäre für immer bei ihm geblieben, wenn er es zugelassen hätte, und drei Monate lang war ich davon überzeugt, dass er es täte.

Nie hätte ich gedacht, dass seine Liebe zu mir bloß eine Illusion war, die sich am Ende unserer gemeinsamen Zeit wie das weiße Kaninchen eines Magiers mit großer Geste in nichts auflöste.

Aber genau so kam es. Die Liebesgeschichte, die viel zu schön war, um wirklich sein zu können, war von heute auf morgen vorbei. Das war die harte Realität.

Jetzt sitze ich hier in Los Angeles in einem Mietwagen neben dem Mann, der mich damals einfach fallen gelassen hatte wie eine heiße Kartoffel.

Und ich kann nur daran denken, dass ich ihm diesmal nicht wieder vertrauen werde.

Denn ich weiß, er lügt.

KAPITEL 9

Und? Hast du schon was?«, fragt Quincy, als er an der Reihe Computer im Ruhezustand vorbeigeht, über deren Monitore dreidimensionale Versionen des SSA-Logos laufen. Die einzige Ausnahme ist der Rechner, an dem Denny sitzt. Sie trägt inzwischen eine schwarze Trainingshose und ein weißes Tanktop, beide ebenfalls mit dem Logo der Firma versehen.

»Ja, ich habe den Fall geknackt«, erwidert sie, ohne aufzuschauen.

Mir vollkommen unverständliche Zahlenreihen ergießen sich wie ein Wasserfall rasend schnell über den Bildschirm, und ich muss wegschauen, damit mir nicht schwindelig wird.

Denny wirft Quincy einen Blick über die Schulter zu. »Der Butler war's.«

Ich muss lachen, und Quincy richtet den finsteren Blick, der eigentlich für sie gedacht war, auf mich.

»Aber mal im Ernst, Q. Die Dateien sind verschlüsselt, wie du weißt, und du bist erst vor zehn Minuten durch diese Tür gekommen. Ich bin gut, ein bisschen Zeit musst du mir allerdings schon lassen«, sagt Denny.

Quincy sieht mich frustriert an. Ich dagegen finde diese Frau einfach nur großartig.

Ich habe mein Haar zu einem Pferdschwanz zusammengefasst und bin ähnlich gekleidet wie Denny, denn meine Sachen stammen aus dem Fitnessraum der Stark Security Agency. Laut Quincy ist die Agentur ein noch relativ neues Unternehmen im breit aufgestellten Geschäftsuniversum des Milliardärs Damien Stark.

Derselbe Damien Stark, der gerade – obwohl wir erst drei Uhr in der Früh haben – im verglasten Konferenzraum sitzt und mit einem Mann, den ich im Gegensatz zu Stark noch nie in den Medien gesehen habe, einen Videoanruf tätigt. Er hat die gleiche Haarfarbe wie ich und ein sehr sachliches, kühles Lächeln. Es ist Ryan Hunter, Chef der SSA, wie ich von Quincy weiß, und er hat mir versprochen, mir die beiden Männer vorzustellen, sobald sie ihr Gespräch beendet haben.

Als wir ankamen, war noch ein dritter Mann im Büro, Liam Foster. Ein großer Afroamerikaner mit militärischer Haltung, einem Körperbau wie ein Schrank und wissenden, freundlichen Augen. Er hat sich mit meinem Schlüssel auf den Weg zu Emmas Wohnung gemacht, um mein Telefon zu holen, das ich unbedingt auf Nachrichten überprüfen muss, aber auch, weil ich Quincy gesagt habe, dass Lorenzo und ich uns uneins waren, ob nicht doch jemand Emmas Sachen durchsucht hat. Wenn jemand Anzeichen für unerlaubtes Eindringen finden würde, so Quincy, dann Liam.

Ich werfe einen Blick auf die digitale Uhr an der Wand und ziehe in Erwägung, es noch einmal bei Lorenzo zu versuchen. Aber ich habe ihn schon zweimal angewählt. Einmal im Mietwagen mit Quincys Handy, dann über das Festnetz im Fitnessstudio. Beide Male wurde ich auf die Mailbox umgeleitet.

Das frustriert mich, macht mir allerdings noch keine großen Sorgen. Sicher, Lorenzo wusste, dass ich undercover auf diese Party gehen wollte, aber ihm war auch klar, dass ich die Rolle des Callgirls möglicherweise die ganze Nacht würde spielen müssen, damit meine Tarnung nicht auffliegt. Ich konnte die Missbilligung in seinem Blick sehen, als es ihm dämmerte, doch er versuchte nicht, es mir auszureden. Mit Ausnahme von Emma kennt mich niemand besser als Lorenzo, und er weiß genau, dass ich für meine Schwester alles tun würde.

Obwohl er also wusste, dass ich mich möglichweise erst am Morgen melden würde, hätte ich doch erwartet, dass er sein Handy stets bei sich hat. Aber vermutlich muss ich Nachsicht üben, immerhin ist es fast vier Uhr morgens.

Dafür steht er jeden Morgen um sechs auf, also werde ich es dann noch einmal versuchen. In der Zwischenzeit beobachte ich lieber, wie Dennys Finger über die Tastatur huschen. Weil es mir aber ein Rätsel bleibt, was sie da tut, lässt meine Aufmerksamkeit rasch wieder nach. Ich sehe mich nach Quincy um und entdecke ihn an einem anderen Rechner. Er trägt eine Halbbrille, die bei ihm sowohl intellektuell als auch ungemein sexy aussieht, und konzentriert sich stirnrunzelnd auf etwas auf dem Bildschirm. Ich überlege, ob ich zu ihm gehen und ihm über die Schulter spähen sollte, entscheide mich aber dagegen. Meine Dankbarkeit für die Rettung aus den Fängen des Rothaarigen beginnt nachzulassen, und in den Vordergrund rücken wieder Kränkung und Verunsicherung, und ich möchte mich nicht ausgerechnet hier in diesem schicken Büro vor den Augen fremder Personen damit auseinandersetzen müssen.

Also schlendere ich quer durch den riesigen Raum zu der Fensterfront, die nach Westen hinausblickt. Das Gebäude liegt in Santa Monica im Zentrum eines neuen Gewerbegebiets mit dem Namen The Domino. Laut Quincy hat die SSA vier Etagen belegt, von denen die unterste, in der wir uns befinden, für die Informatiker und Analytiker reserviert ist, was sich unschwer an den zahlreichen Reihen mit Monitoren bestückter Arbeitsplätze erkennen lässt.

Die verspiegelten Scheiben, die von außen keinen Einblick erlauben, gehen hinaus auf einen idyllischen Garten, der offensichtlich als Ruhepol inmitten hektischer Betriebsamkeit gestaltet worden ist.

Aufgrund der Beleuchtung kann ich Quincy in der Spiegelung hinter mir herankommen sehen. Er hat die Hände in die Hosentaschen gesteckt. Bisher hat er sich noch nicht umgezogen, und während ich mir in meinem Outfit vorkomme wie eine schlampige Studentin, die gerade aus dem Bett gefallen ist, um zur Vorlesung zu wanken, sieht er aus wie der Herrscher der Welt.

Diese Diskrepanz ärgert mich, was nicht fair ist, aber ich bin hundemüde und weiß noch genauso wenig wie zuvor, wo meine Schwester sein könnte. Nur bin ich jetzt nicht mehr verwirrt und allein, sondern verwirrt und umgeben von modernster Technik von unschätzbar hohem Wert.

Das macht mich nicht gerade glücklicher.

Und als wäre das alles noch nicht genug, habe ich die letzten Stunden mit einem Mann verbracht, den ich einst geliebt, aber anscheinend gar nicht gekannt habe. Und ich weiß nicht, ob es daran liegt, dass er nichts von sich preisgegeben hat oder ich unfassbar naiv gewesen bin.

Sein Blick begegnet meinem im Spiegel des Fensters. »Und? Wie geht's dir?«

»Super. Wer wird nicht gerne in den Kaninchenbau gestoßen?« Er zieht die Brauen hoch, und mein Herz verkrampft sich. Das war schon damals ein Markenzeichen Quincys und hat nie seine Wirkung auf mich verfehlt. Nun würde ich ihm am liebsten eine scheuern. »Was?«, frage ich gereizt.

»Für mich sieht es so aus, als seist du aus freiem Willen hineinmarschiert.«

»Die Party, meinst du?«

Er nickt, und in dieser Hinsicht muss ich ihm natürlich zustimmen. Vermutlich war es nicht die klügste aller Entscheidungen, wenn man bedenkt, dass der Rothaarige mich – oder vielmehr Emma – umbringen wollte. Aber daran habe ich jetzt gar nicht gedacht. »Ich meinte dich«, sage ich. »Du bist der Kaninchenbau.« Ich wende mich um, damit ich ihn direkt ansehen kann. »Es war ganz schön bitter zu erkennen, dass der Mann, mit dem ich drei Monate praktisch Tag und Nacht verbracht habe – dem ich meine Liebe gestanden habe! – und der mich von heute auf morgen ohne ein Wort verlassen hat, anscheinend nicht der war, für den ich ihn gehalten habe. Tja, dumm gelaufen, nicht wahr?«

Er reagiert nicht. Klar, warum auch? Quincy konnte schon immer ein Pokerface aufsetzen, wenn er es brauchte.

Ich rupfe das Haargummi aus meinem Pferdeschwanz, um etwas mit meinen Händen tun zu können, und lasse meine Haare auf die Schultern fallen. »Das hier ist kein neues Abenteuer für dich, habe ich recht? Du hast nicht ganz plötzlich die Hochfinanz sattgehabt und beschlossen, dem Geheimdienst beizutreten, oder?«

»Nein«, sagte er, »hab ich nicht.«

»Nein«, wiederhole ich. »Gut, einen Punkt für mich. Dann schauen wir mal, wie ich mich in der Bonusrunde mache. Wenn ich raten soll, würde ich sagen, dass dein einziger Berührungspunkt mit der Hochfinanz das Vermögen deiner Familie ist. Und dass du, ehe du hier angefangen hast, für die Regierung tätig warst, für die britische ganz offensichtlich, also tippe ich auf MI6. Oder keine Ahnung – wer weiß, was für paramilitärische Organisationen in London ihr Unwesen treiben.«

»Ihr Unwesen treiben?«

Ich neige den Kopf schief und verschränke die Arme vor der Brust. »Ich decke deine Machenschaften auf, und du kritisierst meine Wortwahl?«

»Erzähl mir mehr davon.«

Ich ziehe aufgesetzt die Brauen hoch. »Wie bitte? Das reicht dir noch nicht? Na schön. Ich gehe also jede Wette ein, dass du damals in London ein Spion der Regierung gewesen bist. Und ich verdopple den Einsatz sogar noch und behaupte, dass dich eine wichtige Mission weggerufen hat. Was ich dennoch nicht verstehe, ist, warum du dich einfach nie wieder hast blicken lassen. Denn, ernsthaft, Quincy, ich kann dir nicht sagen, wie ich überhaupt überlebt … ach, verdammt!«

Er sagt nichts, sondern sieht mich nur an. Ganz sicher werde ich ihm nicht verraten, wie tief getroffen ich damals war. Niemals!

Stattdessen rolle ich mit den Schultern und konzentriere mich auf sein Gesicht. »Ich habe dich geliebt.«

Er schluckt, doch seine Miene ändert sich nicht. Einen Moment lang schweigt er noch, dann fragt er: »Und jetzt?«

Ich ziehe in Erwägung zu lügen, aber welchen Sinn hätte das? »Jetzt? Jetzt hasse ich dich in gewisser Hinsicht.«

Ich atme aus. Das hat gutgetan. Ohne ihn noch einmal

anzusehen, wende ich mich um, kehre zu Denny zurück und setze mich neben sie.

Sie wirft mir einen Seitenblick zu, und ich habe das dumpfe Gefühl, dass sie mehr begreift, als es den Anschein hat. Zum ersten Mal denke ich über ihre Beziehung nach. Sind sie wirklich nur beruflich Partner, oder geht zwischen ihnen mehr vor sich?

In Anbetracht der Tatsache, dass ich Quincy gerade gesagt habe, ich würde ihn hassen, sollte mich eigentlich nicht kümmern, ob zwischen ihnen etwas läuft. Aber natürlich tut es das doch.

Ich räuspere mich und deute mit dem Kopf Richtung Bildschirm. »Ich bin etwas verwirrt«, gebe ich zu. »Ich dachte, ich hätte dieses Gerät halten sollen, damit darüber irgendeine Dekodierungssoftware runter zu Quincy gebeamt werden konnte. Aber falls dem so war, was entschlüsseln Sie denn jetzt?«

Sie wirft Quincy einen Blick zu, der uns vom Fenster aus beobachtet, und er gibt ihr mit einem Nicken die Erlaubnis, mich aufzuklären.

»Die Software war dazu gedacht, die Sicherheitsmaßnahmen zu umgehen und ein Highspeed-Klon-Programm aufzuspielen.«

»Sie haben also seine Datenbank gestohlen, die aber noch verschlüsselt ist?«

»So ungefähr.«

Ich ziehe die Stirn in Falten. »Aber Sie können sie entschlüsseln?«

»Ich persönlich? Nein. Aber zum Glück arbeite ich mit den besten Leuten zusammen, die man sich von Mr. Starks Geld kaufen kann.«

»Aber warum wollten Sie sie haben? Was ist darin enthalten, und wer hat Sie engagiert?«

Sie fährt sich mit den Fingern durch ihr feines blondes Haar. »Ich bin ziemlich sicher, dass das Ihre Besoldungsgruppe überschreitet.«

Ich stoße einen frustrierten Seufzer aus. »Na schön. Und wie lange wird es dauern? Ich bin nur hier, weil Ihre und meine Probleme offenbar eine Schnittmenge haben und ich wissen will, ob auf dem Ding da etwas über meine Schwester zu finden ist.«

»Tja, das ist die Preisfrage. Und der Grund, warum wir den Klon mitgenommen haben, statt uns dort die Zeit zu vertreiben. Vielleicht wissen wir in fünf Minuten mehr. Vielleicht in fünf Monaten.«

»Fünf Monate wohl kaum«, meldet sich Quincy zu Wort, der sich zu uns gesellt. »Ein Freund von mir, Noah, war Leiter des Teams, das diese Software entwickelt hat. Sie arbeitet schnell, darauf ist Verlass.« Er sieht zum Konferenzraum hinüber. »Komm, das Gespräch ist beendet. Ich stelle dich vor.«

Ich habe im Laufe der Jahre schon einige Berühmtheiten getroffen. Wenn man so viele unterschiedliche Rollen gespielt hat wie ich, liegt das beinahe in der Natur der Sache. Aber jemandem wie Damien Stark bin ich noch nie begegnet. Er ist groß und schlank, und mir fällt wieder ein, dass er Tennis-Profi war, ehe er sich als einer der reichsten Männer der Welt neu erfunden hat. Er ist dunkelhaarig und hat faszinierend zweifarbige Augen – eins ist schwarz, das andere bernsteinfarben. Eine Aura der Dominanz umgibt ihn, aber einschüchternd wirkt er seltsamerweise nicht.

»Ms. Tucker«, Stark streckt mir die Hand entgegen, »verzeihen Sie bitte, dass wir Sie haben warten lassen. Quince, gute Arbeit.«

»Nur sind die Daten leider noch nicht entschlüsselt«, sage ich, ehe ich mir Zurückhaltung auferlegen kann. Emma und Lorenzo gegenüber kann ich immer sagen, was ich denke.

»Denny wird sich darum gekümmert haben, bis wir hier fertig sind«, sagt Ryan Hunter. »Ich glaube, Damien hat von Ihnen gesprochen. Hätte unserer rothaariger Freund Sie nicht beinahe aufgeschlitzt?«

»Oh.« Mir wird bewusst, dass Quincy auf der Fahrt von Los Angeles nach Santa Monica sein Team bereits informiert haben muss. Ehrlich gesagt fühle ich mich geschmeichelt, dass Stark und Hunter mich nicht nur als jemanden betrachten, der die Mission beinahe vermasselt hätte. Aber ich verstehe, was er meint, und wende mich mit einem entschuldigenden Lächeln an Quincy. »Habe ich mich eigentlich schon bedankt?«

Amüsiert leuchten seine Augen auf. »Gern geschehen.«

Ryan nickt und deutet auf einige Stühle. Froh, dass die

Vorstellung vorbei ist, setze ich mich. Hunter wirkt zugänglicher als Stark, doch ich könnte mir vorstellen, dass das bloß Fassade ist. Laut Quincy ist Hunter der Leiter der SSA, was bedeutet, dass es zu seinem Job gehört, die Menschen in Sicherheit zu wiegen, um sie zu beobachten. Im Moment beobachtet er mich, und ich frage mich, was jene blauen Augen wohl sehen.

Wenn ich mir die drei Männer am Tisch so ansehe, komme ich mir vor wie die Quotenfrau in einer Hollywood-Produktion mit drei männlichen Superstars, denn so attraktiv sind sie wirklich. Gleichzeitig wirken sie wie echte Menschen mit Schönheitsfehlern, die nichts mit den Photoshop-Bildern der Medien gemein haben.

Da ich Quincy bereits kenne, kommt er mir natürlich am nahbarsten vor, aber selbst er wirkt hier ruppiger und härter – irgendwie ungezähmt. Vielleicht wie ein Jäger auf der Pirsch, oder ein Raubtier, das die Beute wittert. Es schimmerte schon damals in London durch, doch nun ist es deutlicher spürbar. Ausgeprägter.

Wahrscheinlich ist das ein Grund, warum ich mich bei ihm immer so sicher gefühlt habe, selbst in dieser Nacht, die eine der schlimmsten meines Lebens gewesen sein dürfte.

Aber mich bei Quincy sicher zu fühlen ist gleichzeitig auf andere Art gefährlich. Denn auch wenn ich heilfroh bin, noch am Leben zu sein, habe ich große Angst, den Schutzwall einzureißen, den ich um mein Herz errichtet habe, um Quincy Radcliffe auszusperren.

»… dann vielleicht eine kurze Zusammenfassung? Eliza?«

Ich fahre erschreckt zusammen und merke erst jetzt, dass Ryan Hunter mit mir spricht. Verdammt, ich war vorübergehend komplett weg. »Entschuldigung. Es war ein langer Tag.« Ja, das stimmt, aber das war nicht der Grund für meine geistige Abwesenheit. »Was hatten Sie gesagt?«

»Tut mir leid. Mir ist klar, dass Sie erschöpft sein müssen, aber offenbar haben wir in diesem Fall gemeinsame Interessen. Quince hat uns grob erklärt, was Sie zu dieser Party im Terrace geführt hat, aber könnten Sie es vielleicht noch ein wenig ausführen?«

Ich lehne mich auf meinem Stuhl zurück. »Kommt drauf an.« Ich blicke von ihm zu Stark und wieder zurück und bin selbst überrascht vom Ausmaß meiner Dreistigkeit. »Sagen Sie mir denn, warum Sie Scott Lassiters Computer gehackt haben? Denn wenn mich nicht alles täuscht, ist das illegal.«

»Herrgott, Eliza«, sagt Quincy scharf. Frustriert.

Ich werfe ihm einen düsteren Blick zu. »Oh, vergib mir, dass ich gerne wissen möchte, wie tief der Sumpf ist, in den ich geraten bin.«

»Ryan will doch nur wissen …«

»Nein«, sagt Ryan, »schon gut.« Er sieht zu Stark, der nahtlos übernimmt.

»Sagt Ihnen der Name Marius Corbu etwas?«

Ich runzele die Stirn und schüttele den Kopf. »Nein, sollte es?«

»Wahrscheinlich nicht. Er ist der Kopf eines Menschenhändlerrings mit Hauptsitz in Rumänien. Zwangsprostitution.«

»Oh.« Wieder setze ich mich zurück. Überrascht bin ich nicht. Im Gegenteil: Die Teile scheinen sich langsam zusammenzufügen. »Fahren Sie fort.«

»Die Organisation existiert schon seit über zehn Jahren. Sie muss zwar hin und wieder Rückschläge durch das Gesetz hinnehmen, fliegt aber größtenteils unterm Radar. Oder darüber, je nachdem, welche Perspektive man einnimmt.«

»Wie die Mafia.«

Er nickt. »Die meisten Opfer stammen aus unterentwickelten Ländern. Menschen, die sich ein besseres Leben erhofft hatten.«

»Ich weiß. Viele nigerianische Flüchtlinge geraten solchen Organisationen in die Fänge.« Tatsächlich weiß ich mehr als ich will über diese Art von Zwangsprostitution, da Emma bereits viel Zeit damit verbracht hat, dagegen vorzugehen, obwohl es im Grunde aussichtslos war.

»Die EU hat eine Einsatzgruppe gegründet, um diverse Schüsselfiguren ausfindig und dingfest zu machen, und bisher leistet sie ziemlich gute Arbeit. Aber Corbu ist wie der Heilige Gral – so wichtig und so schwer zu finden. Daher ist Stark Security damit beauftragt worden, der Taskforce Kontaktdaten zu verschaffen.«

»Auf der Party? Aber das erklärt doch nicht … oh!«

Quincy nickt, als ich begreife. »Offenbar gehört Corbu zu Lassiters Kunden. Ob Lassiter von Corbus Rolle in der Organisation weiß, lässt sich bisher nur vermuten. Alles deutet darauf hin, dass er der typische Drecksack ist, der Erpressung, Prostitution und Drogenhandel im Repertoire hat. Sicherlich interessant für die Strafverfolgung, aber momentan soll er uns vor allem zu den größeren Fischen führen.«

»Wie zum Beispiel Corbu«, sage ich. »Denn wenn er Lassiters Kunde ist, muss Lassiter ihn auch irgendwie kontaktieren können.«

»So ist es«, antwortet Hunter. »Und laut unserer Informationen speichert Lassiter alle Kundenkontaktdaten auf einer verschlüsselten Festplatte.«

»Die wir nun haben«, fügt Stark hinzu.

»Also gehört alles zu einer größeren verdeckten Operation«, schließe ich. »Sie verschaffen sich das Protokoll, nehmen Kontakt mit Corbu auf und …«

»Nicht wir«, sagt Hunter, »aber die Taskforce wird es vermutlich tun. Sobald Denny das Protokoll vom Stick zieht und wir es der EU übermitteln, ist unsere Rolle offiziell vorüber.«

»Okay«, überlege ich, »aber was hat das mit der Dreizehnjährigen zu tun, die Quincy erwähnt hat? Sie ist vermutlich dasselbe Mädchen, nach dem sich der Rothaarige erkundigt hat, oder?«

»Davon gehen wir aus«, bestätigt Hunter.

»Und wer ist das?«

»Prinzessin Ariana von Eustanzia. Sie ist vor Kurzem entführt worden.«

Unwillkürlich reiße ich die Augen auf. »Eine Prinzessin? Ernsthaft jetzt? Aus welchem Land?«

»Eustanzia«, wiederholt Stark.

»Eine kleine, aber sehr wohlhabende Monarchie zwischen der Schweiz und Italien«, erklärt Quincy. Ich habe noch nie davon gehört, glaube ihm jedoch. »Die Taskforce versteht nicht so recht, wieso Corbu das Risiko eingeht, jemanden mit solchem Bekanntheitsgrad zu entführen, aber die Quellen sind zuverlässig.«

»Und Stark Security arbeitet ebenfalls an dem Entführungsfall?« Ich kann nicht verhindern, dass ich ungläubig klinge, und hoffe bloß, dass ich damit niemandem auf den Schlips trete. »Ich meine, im Ernst jetzt, hat Europa nicht auch eine, ähm, Strafverfolgungsbehörde oder so was?«

»Wir haben mit der Prinzessin tatsächlich nichts zu tun«, meldet sich Hunter wieder zu Wort. »Oder wir hatten nichts damit zu tun, bis Sie auf den Plan traten.«

»Ich«, wiederhole ich und werfe Quincy einen Blick zu. »Sie meinen die Tatsache, dass der Rothaarige mich nach dem Mädchen gefragt hat?«

»Das ist bisher die erste konkrete Spur.«

»Aber vielleicht war es gar nicht die Prinzessin, die er gemeint hat.«

»Möglich«, erwidert Stark, »doch das Risiko geht der Regent ein. Er hat uns gebeten, der Spur nachzugehen, und da ich ihn und seinen Bruder persönlich kenne, werden wir den Auftrag annehmen.«

»Oh.« Mein einziger bisheriger Berührungspunkt mit der Aristokratie war eine Begegnung mit Queen Latifah, als ich in einem ihrer Filme eine Statistenrolle ergattert hatte, und vielleicht noch die Wachablösung vor dem Buckingham-Palast, die Quincy und ich uns damals zusammen ansahen. Daher bin ich schwer beeindruckt.

Auf Starks Lippen zeigt sich die Andeutung eines Lächelns; offenbar kann man es mir ansehen. »Und dabei scheinen wir Ihre Hilfe zu brauchen.«

»Ich bin wirklich nur ungern die Überbringerin schlechter Nachrichten, aber tatsächlich war das bereits alles, was ich weiß. Mir ist nicht klar, wie ich sonst noch helfen könnte.«

Hunter lehnt sich zurück. »Warum waren Sie im Terrace?«

»Das wissen Sie doch schon. Ich will herausfinden, was mit meiner Schwester geschehen ist.« Ich habe Quincy alles im Mietwagen erzählt, und er hat es an Hunter und Stark weitergeleitet, das weiß ich.

»Dieselbe Schwester, von der der Rothaarige dachte, sie wüsste etwas über das Mädchen?«

Ich nicke.

»Und wir gehen alle davon aus, dass Prinzessin Ariana gemeint ist?«

Wieder nicke ich, und Hunter breitet die Hände in

einer Geste aus, die »Sehen Sie?« besagt. »Wir müssen also anscheinend Ihre Schwester finden. Und dazu brauchen wir Ihre Hilfe.«

»Und«, fügt Quincy sanft hinzu, »ich denke, du brauchst auch unsere Hilfe, Eliza.«

Ich bin überrascht, wie groß die Erleichterung ist, die mich durchströmt. Lorenzo ist clever, und ich weiß, dass er sich genauso große Sorgen macht wie ich, aber seine Mittel sind nichts verglichen mit der Technik, die allein in diesem Raum steht. »Ja«, flüstere ich, als Denny an die Glastür klopft, »das denke ich auch.«

Ryan winkt ihr, und sie hüpft förmlich hinein. »Ich hab's«, sagt sie. »Bin ich gut, oder bin ich gut?«

»Deine Fähigkeiten bieten immer wieder Anlass zu ehrfurchtsvollem Staunen«, erwidert Quincy trocken.

Sie grinst und poliert sich die Nägel an ihrem Tanktop. »Er ist bloß neidisch auf meine Genialität«, sagt sie verschwörerisch zu mir.

Ich nicke und zwinge mich zu einem Lächeln, weil ich im Augenblick ebenfalls ein wenig neidisch auf sie bin.

Ihr gutmütiger Spott kümmert Quincy nicht. Er führt mich aus dem Konferenzraum, damit Ryan, Stark und Denny sich mit der Taskforce in Verbindung setzen und die Kontaktdaten durchgeben können.

Als wir in das Großraumbüro hinaustreten, sehe ich Liam durch die Eingangstür kommen. Er hebt zum Gruß die Hand, und wir begegnen ihm auf der Hälfte und nehmen uns drei Stühle von den Schreibtischen. »Sie hatten recht«, sagt er zu mir, »es war jemand in der Wohnung Ihrer Schwester.«

»Ich wusste es!«, antworte ich. »Lorenzo meinte, ich sei paranoid, aber ich kenne Emma.« Ich betrachte ihn mit geneigtem Kopf. »Sie sind offenbar so gut wie angekündigt. Doch wie können Sie so sicher sein?«

Er hält mir sein Telefon hin. Die Foto-App ist aufgerufen, und ich schnappe nach Luft, als ich das erste Bild sehe. Es ist eindeutig Emmas Wohnung, allerdings sieht sie aus, als sei ein Wirbelsturm hindurchgefegt. »Ich denke, sie sind zurückgekommen, nachdem unser Rothaariger den Abgang gemacht hat«, sagt er, und ich nicke wie betäubt. »Ihr Telefon ist nicht aufzutreiben. Die müssen es mitgenommen haben. Wahrscheinlich dachten sie, es sei Emmas.«

»Shit!«, entwischt es mir, obwohl ich viel wüster fluchen möchte. Auf meinem Handy befindet sich mein ganzes Leben, doch zum Glück sind die Daten in der Cloud gespeichert. Natürlich ist das Telefon gesperrt, aber ich gehe davon aus, dass es für die, die es mitgenommen haben, nicht schwer ist, es zu hacken, falls wir es wirklich mit einer internationalen Verbrechensorganisation zu tun haben. Was bedeutet, dass sie spätestens jetzt Emmas E-Mail-Adresse und ihre Telefonnummer kennen, falls sie sie nicht schon vorher hatten. Und sollte meine Schwester mir in der Zwischenzeit Nachrichten geschickt haben, dann haben sie die ebenfalls.

»Was ist, wenn sie mir geschrieben hat?«, frage ich

Quincy. »Dann wissen sie, wo sie ist – und können sich sogar als mich ausgeben. Und – oh, verdammt! Ich habe die Freunde-App aktiviert, mit der man jemanden orten kann. Sobald ihr Telefon an ist, wissen sie genau, wo sie ist!«

Quincy nimmt meine Hand, und diese winzige Geste stärkt mich augenblicklich. »Sie ist eine clevere Frau«, erwidert er. »Das hast du mir immer wieder gesagt. Wir sollten uns nun auf dein Telefon konzentrieren.«

Er hat recht. Ich denke nicht, dass sich etwas darauf befindet, was mir Schwierigkeiten bereiten könnte; ich mache kein Online-Banking und zahle auch nicht mit dem Handy. Dennoch wende ich mich der Reihe von Computern zu. Ich muss mich einloggen und das Ding aus der Ferne löschen, und zwar genau jetzt.

Quincy ist schneller als ich und navigiert bereits auf der iCloud-Site. Ich überfliege die Seite auf der Suche nach der Löschfunktion und stelle fest, dass ich Emmas Telefon auch auf diese Art nachverfolgen kann. Ich klicke, und eine Karte erscheint, und dann warte ich auf den kleinen Punkt, der meine Schwester darstellt.

Nichts.

»Auch sie hat ihr Telefon gelöscht«, stellt Quincy fest. »Oder es abgeschaltet.«

»Was bedeutet, dass sie Sie vermutlich nicht kontaktiert hat«, fügt Liam hinzu. »Zumindest nicht mit ihrem Telefon. Und auch nicht von ihrer üblichen E-Mail-Adresse, wenn sie so clever ist, wie Sie sagen.«

Ich nicke erleichtert. Ich beuge mich vor und starte den Löschvorgang für mein eigenes Handy, was eine Weile dauert, da der Rechner wild entschlossen ist, mich immer wieder zu fragen, ob ich das wirklich tun will. Doch schließlich ist alles weg.

Ich lehne mich zurück, weil mich die Erkenntnis dessen, was ich gerade getan habe, plötzlich mit voller Wucht trifft. Zum ersten Mal habe ich jegliche Verbindung zu meiner Schwester gekappt.

Quincy nimmt meine Hand. »Das wird schon«, sagt er leise.

Einst hätte ich es ihm vorbehaltlos geglaubt und Trost in seinen Worten gefunden.

Aber jetzt?

Jetzt habe ich bloß Angst. Und fühle mich trotz seiner Nähe total allein.

KAPITEL 10

Quincys Wohnung in Santa Monica ist kleiner, als ich erwartet hätte, passt aber perfekt zu ihm. Es gibt einen schmalen Eingangsbereich mit einem Garderobenschrank auf der rechten Seite und einer kleinen Einbauküche zur Linken, die sich mit einer Bar zum Wohnzimmer öffnet.

Im Wohnbereich sehe ich am schmalen Ende eine gläserne Schiebetür, die sich mit einer, momentan nach oben geschobenen garagentorähnlichen Metallblende sichern lässt. Gedämpftes Licht dringt vom Innenhof herein, auf dem ich einen Gartensessel und eine Liege erkenne.

Die Wohnung ist makellos aufgeräumt, sauber und spärlich möbliert. Schwarz und verschiedenen Grauschattierungen herrschen vor. Eine Wohnzimmerseite wird durch eine Schrankwand dominiert, in der eine beeindruckende Musikanlage, zahllose Schallplatten und CDs und eine ebensolche Unmenge an gebundenen Büchern stehen, unter denen sich auf den ersten Blick genauso bekannte Klassiker und moderne Thriller wie Sachbücher zu politischen und geschichtlichen Themen befinden.

Ich entdecke keinen Fernseher, was mich nicht weiter überrascht. Der Quincy, den ich kannte, sah nur Nachrichten, und das auf einem kleinen Bildschirm in seinem Schlafzimmer, den er einschaltete, wenn er sich rasierte. Ob er diese Angewohnheit wohl beibehalten hat? Oder holt er sich alles, was er wissen will, über die App auf seinem Smartphone?

Was mich allerdings überrascht, ist der Boxsack neben der Terrassentür. Es ist keiner von den kleinen Boxbirnen, sondern ein schweres großes Ding, das wahrscheinlich mehr wiegt als ich.

Nicht, dass Quincy sich nicht in Form gehalten hatte, als wir zusammen waren. Falls sich nichts geändert hat, stecken unter dem Anzug harte Muskeln, die er mit einem beeindruckenden Repertoire an Kampfsportvarianten trainiert. Damals dachte ich, seine Leidenschaft für Karate, Taekwondo und andere Disziplinen entstamme seiner schrecklichen Erfahrung mit dem Tod seiner Mutter, aber nun denke ich, dass wohl eher seine Arbeit für diverse Geheimdienste dahintersteckt. Und ich könnte mir vorstellen, dass seine Fähigkeiten trotz seiner britischen Herkunft eher in die Kategorie Liam Neeson als James Bond gehören.

Dennoch hätte der Londoner Quincy keine Trainingsutensilien in seinem Wohnbereich gehabt, und ich frage mich, ob es von Bedeutung ist, dass der Boxsack eine so prominente Position im Wohnzimmer innehat. Es ist, als bekäme ich einen Einblick in das jetzige Leben einer Person, die ich einst gut zu kennen glaubte, nur dass mir zum Verständnis die erklärenden Fußnoten fehlen.

Und es gibt noch mehr Hinweise auf den Mann, der er geworden ist. Zum Beispiel die Sammlung gerahmter Fotos auf einem Tischchen hinter der Couch. Das seiner Mutter kenne ich; es stand schon damals in London in seiner Wohnung. Ein anderes zeigt ihn mit dem allseits bekannten Playboy Dallas Sykes, auch »King of Fuck« genannt, der vor allem durch eine Affäre mit seiner Adoptivschwester eine zweifelhafte Berühmtheit erlangt hat.

Ich werfe Quincy einen Seitenblick zu, aber er bietet mir keine Erklärung an, und ich frage nicht nach. Ich hätte nie gedacht, dass Quincy mit jemandem wie Sykes befreundet sein könnte, doch ich habe in den letzten Stunden ja bereits erfahren, dass es verdammt viel gibt, was ich nicht über ihn weiß.

Diese schlichte Erkenntnis macht mich traurig, und ich verdränge den Gedanken. Ich will mich gerade abwenden, als mich ein Foto an der Seite innehalten lässt. Eine lächelnde Frau mit einem Stoffteddy, die vor einer Kirmesschießbude steht.

Denny.

Augenblicklich wird mir heiß. Nein, kalt. Oder ich bin mir nicht sicher, aber ich weiß, dass mir meine Reaktion nicht gefällt. Eigentlich gefällt mir nicht, dass ich überhaupt reagiere, denn was soll es mich noch kümmern, was Quincy in seinem Privatleben macht und mit wem er es macht?

Ich sollte mich abwenden und gehen. Doch stattdessen blicke ich auf und entdecke, dass Quincy mich beobachtet. »Mir war nicht klar, dass du und Denny zusammen seid.« Mein Kommentar klingt ganz beiläufig und locker, und ich bin stolz auf meine Showeinlage. Ich denke ja gar nicht daran, ihm zu zeigen, dass mich das kränkt. Weil es das überhaupt nicht tun dürfte – es sollte mir vollkommen egal sein.

»Nicht?« Er runzelt die Stirn, vermutlich aus gutem Grund. Ich meine, ich habe die beiden doch zusammen erlebt, und hätte mir das nicht auffallen müssen? »Jetzt ungefähr seit acht Monaten.«

»Oh. Sie ist toll. Ich mag sie sehr.«

»Ich auch. Und jetzt, da sie wieder mehr im Außendienst ist …« Er verstummt, neigt den Kopf und mustert mich einen Moment lang. Dann wandern seine Mundwinkel langsam aufwärts, und in seinen Augen funkelt es amüsiert.

»Was?«, frage ich gereizt. Entgeht mir hier was?

»Sie ist meine Partnerin, El. Im Job. Und sie ist nie etwas anderes gewesen. Und selbst wenn sie single wäre, hätte nie mehr daraus werden können.«

»Oh.« Und dann verstehe ich die Bedeutung seiner Worte. »Oh.«

Er tritt einen Schritt näher, sodass er mich berühren könnte, wenn er den Arm ausstreckte.

Er tut es aber nicht.

Ich auch nicht. Ich stehe nur da wie eine dumme Kuh,

schaue zu ihm auf und würde mich am liebsten treten, dass ich ihm mehr verraten habe, als ich wollte.

»Ich war seit dir mit niemandem mehr zusammen«, sagt er sanft.

»Oh.« Ich habe Mühe zu atmen, und die Luft zwischen uns knistert. Er kommt noch einen Schritt näher, und ich nehme das Rasierwasser wahr, das ihm noch immer anhaftet, obwohl er die ganze Nacht auf war. Er sieht mir in die Augen, doch ich habe keine Ahnung, was ihm im Kopf herumgeht. Mir stockt der Atem, und einen Moment lang bin ich sicher, dass er mich küssen wird. Aber was will ich? Mich an ihn schmiegen oder ihm eine Ohrfeige verpassen?

Ich habe keine Möglichkeit, es herauszufinden, denn er tut es nicht. Stattdessen deutet er hinter mich. »Das Schlafzimmer ist dort.«

»Das kann ich nicht machen. Ich schlafe auf der Couch.«

»Nein«, sagte er. »Mein Haus, meine Regeln. Und das bedeutet, dass du heute Nacht in meinem Bett liegst.«

»Oh. Na gut.« Ich werde rot, obwohl es keinen Grund gibt, verlegen zu sein.

In der Tür bleibe ich stehen und wende mich noch einmal zu ihm um. »Ich hätte Mr. Starks Angebot annehmen und ins Stark Century Hotel gehen sollen.«

»Dann würde ich trotzdem auf dem Sofa schlafen. Wenn du glaubst, dass ich dich heute Nacht alleine lasse, musst du verrückt sein.«

»Genau genommen ist es schon Morgen. Und Denny wäre ja mitgekommen.«

Er sieht mir direkt in die Augen. »Mag sein. Aber ich wollte dich hier bei mir haben.«

Mein Herz hüpft ein wenig in meiner Brust, was mich enorm ärgert, denn er hat kein Recht, mir dieses Gefühl zu verschaffen. Überhaupt keins.

Ich weiche in die Küche zurück und nehme mir eine Flasche Mineralwasser aus dem Kühlschrank. »Warum?«, frage ich, mit dem Rücken zu ihm.

Er antwortet mir nicht, also wende ich mich um. Nur die Küchenbar trennt uns.

»Quincy – warum?«

»Weil du in etwas reingeraten bist, das größer ist, als du erwartet hast. Weil du dir nicht im Klaren bist, worum es hier alles geht, und, nein – fang gar nicht erst an, mit mir zu diskutieren. Du bist dir nicht im Klaren darüber, und ich kann das behaupten, da ich es genauso wenig weiß wie du. Aber du steckst tief drin in der Sache, und solange ich nicht sicher weiß, dass du außer Gefahr bist, lasse ich dich nicht aus den Augen.«

»Weil es dein Job ist.« Mir gelingt es nicht, den sarkastischen Unterton zu unterdrücken.

Seine Miene verändert sich nicht, und er sieht mich weiterhin an, ohne dass ich irgendeine Reaktion erkennen könnte. Nichts.

»Ja«, sagt er schließlich, »weil es mein Job ist.«

Mistkerl.

Ich trinke aus der Flasche, um mein aufgewühltes Innenleben zu tarnen, und verlasse dann die Küche. Ich mache einen großen Bogen um ihn, während ich aufs Schlafzimmer zusteuere. »Als du sagtest, ich könnte hier übernachten, bin ich davon ausgegangen, dass du mindestens zwei Schlafzimmer hättest. Ist dir die Wohnung nicht zu klein?«

Er sieht sich um. »Mir reicht sie. Und sie ist ohnehin nur gemietet. Sie gehört einem Freund, und mir gefällt sie. So viel kleiner als meine Wohnung in Manhattan ist sie auch nicht.«

»Du wohnst in New York?«

»Habe ich. Ehe ich Ryans und Damiens Angebot angenommen habe, ganz für die SSA zu arbeiten, war ich bei einer kleinen Organisation in den Hamptons. Nur als Nebenbeschäftigung eigentlich. Auch während meiner Zeit bei Deliverance stand ich noch auf der Gehaltsliste vom MI6.« Er zuckt nachlässig mit der Schulter. »Als Deliverance sich auflöste, habe ich eine Weile überlegt, ganz aufzuhören, kam dann aber schließlich doch her. Liam traf dieselbe Entscheidung.«

»Ich verstehe«, sage ich, obwohl ich den Eindruck habe, dass viel mehr dahintersteckt, als seine Beiläufigkeit vermuten lässt. Nicht, dass es mich kümmert. Mir geht es um das Gesamtbild. »Wusstest du, dass ich auch noch immer in New York wohne?«

Er nickt, und ich schlucke den Kloß hinunter, der sich plötzlich in meinem Hals gebildet hat. Natürlich ändert sein Eingeständnis gar nichts. Aber irgendwie war der Gedanke, dass er mich quer über den Atlantik ignoriert hat, einfacher zu ertragen als zu wissen, dass er mich über ein paar Häuserblocks hinweg ignoriert hat.

Ich hebe das Kinn und kehre in sein Schlafzimmer zurück. »Gute Nacht, Quincy.« Ich bleibe auf der Schwelle stehen und drehe mich dann noch einmal zu ihm um. »Hast du eigentlich eine Ahnung, wie lange ich gebraucht habe, um über dich hinwegzukommen?«

Natürlich ist das eine alberne Frage. Ich bin noch immer nicht über ihn hinweg, wie sehr ich mir das auch einreden möchte.

»Es tut mir leid.«

»Das dachte ich mir. Was nützt mir das?«

Er antwortet nicht – aber was sollte er auch sagen?

Ich gehe hinein und setze mich auf die Bettkante, und er folgt mir und bleibt auf der Türschwelle stehen, als warte er darauf, dass ich ihn entlasse.

Ich tu's aber nicht.

»Irgendwann wirst du mir erklären müssen, warum«, sage ich. »Ich habe ein Recht darauf, es zu erfahren.«

Ich sehe etwas in seinen grauen Augen aufblitzen. »Das mag sein«, sagt er ruhig. »Aber ich denke, wir beide wissen, dass man im Leben nicht immer bekommt, was einem vielleicht zusteht.«

Dann legt er die Hand auf den Schalter und macht das Licht aus, ehe er behutsam die Tür zuzieht und mich mit meinen Erinnerungen allein lässt.

KAPITEL 11

Hier«, flüstert Emma und drückt mir Mister Wellington in den Arm. »Egal, was passiert, du tust, als ob du schläfst, kapiert? Du drehst dich mit dem Rücken zum Zimmer und kuschelst dein Gesicht in Mister Wellingtons Fell. Nicht umdrehen, nicht gucken. Versprochen?«

Ich nicke und ziehe den Stoffteddy an mich.

»Sag es«, befiehlt sie mir. »Es gilt nur, wenn du es aussprichst.«

Ich nehme den Daumen aus dem Mund und flüstere: »Versprochen.« Ich habe gerade meinen ersten Zahn verloren und daher Mühe mit der Aussprache.

Emma, die schon groß ist und alle Erwachsenenzähne hat, guckt mich stirnrunzelnd an. Ich weiß, dass sie nicht zufrieden ist, aber schließlich nickt sie und steigt zu mir ins Bett.

Es gibt zwei Einzelbetten in unserem feuchten, fensterlosen Zimmerchen, aber wir schlafen immer zusammen. Wir sind nur getrennt, wenn er reinkommt, und dann wird nicht geschlafen. Ich tu dann so, aber Emma muss wach bleiben. Er will, dass sie die Augen auf hat. Sie soll gucken, wenn er sich so komisch anfasst.

Ich gucke nicht. Ich will nichts sehen, aber selbst wenn, würde ich es nicht tun. Wenn Emma mir sagt, dass ich die Augen zukneifen soll, dann tu ich es. Weil sie immer auf mich aufpasst. Das sagt sie mir jeden Tag, und das glaub ich ihr, weil sie mir auch sagt, dass sie mich lieb hat. Niemand anderes sagt mir das. Und ich hab auch bloß sie lieb.

Ihn auf keinen Fall. Ich hasse ihn. Wenn ich ihm was tun könnte, würde ich das, aber ich bin zu klein. Sogar Emma ist noch zu klein, und sie ist schon vierzehn.

Manchmal wäre ich froh, wenn Mommy hier wäre, aber meistens denk ich gar nicht dran, denn das kann ja gar nicht passieren.

Ich kann mich sowieso nicht an sie erinnern, doch Emma sagt, sie hat uns sehr lieb gehabt. Sie hätte ihn auch gehasst und uns nie mit Absicht alleingelassen. Niemals. Er ist schuld, dass sie gestorben ist, sagt Emma, aber das weiß man nicht. Und sie hat gesagt, dass schon alles gut wird. Obwohl Mommy uns fehlt, brauchen wir keine. Emma sagt, sie könnte unsere Mommy sein, und eines Tages laufen wir weg.

Sie weiß nur noch nicht, wann.

»Los jetzt«, drängt sie mich und schiebt sich eine dicke rote Locke aus dem Gesicht. Ich finde, Emma sieht aus wie ein Filmstar, doch Emma will das nicht hören. Er findet ihr Haar auch toll, und Emma würde es am liebsten ganz abschneiden, aber dann würde er böse werden, und das ist nicht gut. Außerdem hat unsere Mommy ihre Haare auch geliebt. Emma hat mir erzählt, dass sie sie ihr früher immer stundenlang gebürstet hat. Daran denkt sie jetzt immer, wenn er ihr mit den Fingern durch die Haare geht. Sie sperrt ihn aus und denkt an Mommy.

Irgendwas ist heute anders, doch ich weiß nicht was. Ich weiß genau, dass ich nicht gucken darf, wenn er ins Zimmer kommt, ich versteh gar nicht, warum Emma mich heute dauernd daran erinnert. Sie benimmt sich komisch, und ich hab Angst, sage ihr das allerdings nicht, denn dann macht sie sich Sorgen. Also steck ich den Daumen wieder in den Mund und drücke mein Gesicht an Mister Wellington. Emma klettert hinter mir ins Bett und legt ihre Arme um mich, und ich gebe mir ganz viel Mühe, wirklich einzuschlafen.

Aber ich kann nicht.

Ich liege hellwach da, atme in das staubige Bärenfell und lausche dem Wind, der mit den Ästen der Bäume an die Mauer kratzt. Es klingt unheimlich, doch Emma ist bei mir und hält mich fest, und ich halte Mister Wellington fest, deshalb hab ich gar nicht so große Angst. Nicht vor dem Haus oder dem Baum.

Aber ich hab Angst, wenn er kommt.

Und das tut er. Schwere Schritte. Dieses Husten.

Ich höre das Rasseln vom Schlüssel im Schloss, dann das Quietschen der Tür. Emmas Arme schließen sich fester um mich, und sie atmet lauter. Danach spür ich seine Hand auf meiner Hüfte und rieche seinen sauren Atem an meinem Gesicht.

»Jetzt bist du dran, Mädchen.«

Ich erstarre, doch dann fällt mir wieder ein, dass ich ja so tun soll, als ob ich schlafe, egal was passiert. Also bleibe ich ganz still liegen, ich träume, ich rege mich nicht.

»Ach, nee, du raffinierte kleine Schlampe. Du stellst dich schlafend? Das wollen wir doch mal sehen.«

Die großen Hände packen mich um die Taille, und ich schreie und schreie und schreie, bis die Hände wieder weg sind und Emma sich über mich wirft und ihn anbrüllt, aber ich kann nichts verstehen, und plötzlich ist sie wieder weg, und als ich hochgucke, sehe ich, wie sie durch die Luft fliegt und auf dem anderen Bett landet.

Er greift wieder nach mir, doch sie schreit: »Nein! Ich! Lass Eliza in Ruhe. Ich mache alles, was du willst, ich schwör's.«

Er lässt mich los und bewegt sich von mir weg, und endlich muss ich nicht länger die Luft anhalten.

»Alles?«, sagt er mit gemeiner Stimme. »Okay, das ist mal ein Vorschlag.«

Er schlingt einen Arm um meine Taille, hievt mich hoch und lässt mich wieder fallen. »Mach die Augen auf, Mädchen. Oder es geht nicht gut aus für dich. Und für das kleine Miststück von deiner Schwester noch weniger.«

Ich wimmere und schniefe, aber ich kann Emma flüstern hören. »Schon gut, Eliza. Das musst du jetzt machen. Das müssen wir beide.«

Er zwingt mich zuzugucken. Jede Nacht muss ich mich hinsetzen, Mister Wellington umklammern und zugucken, was für schlimme Sachen er mit meiner Schwester macht. Einhundertsiebenundfünfzigmal. Ich zähle sie und mache Striche an der Wand, sobald er uns in der Kammer allein lässt und Emma sich in der kleinen Wanne in der Ecke wäscht.

Einhundertsiebenundfünfzigmal, bis Emma weiß, was zu tun ist. Bis sie uns rettet.

Oder es zumindest versucht.

Sie knackt das Schloss unserer Kammer und schleicht vor mir die Treppe hinunter. Wir passen auf und schleichen ganz langsam, weil die Stufen knarren.

Ich sehe die Eingangstür vor uns. Sie ist offen, und draußen scheint die Sonne, und es sieht wunderbar aus und ist so nah.

Wir sind fast da.

Und dann zerreißt Emmas Schrei die Stille. Sie fliegt an mir vorbei die Treppe hinab, kracht zu Boden und bleibt reglos auf den Kacheln liegen, und ich sehe Blut.

Entsetzt wende ich mich ab und sehe ihn hinter mir. Seine blutunterlaufenen Augen. Die verkrustete Haut.

Ein hässliches Grinsen verzieht seine Lippen, und als ich weglaufen will, packt er meine Arme und zieht mich zu sich, kommt nah an mein Ohr und greift mir zwischen die Beine.

»Du bist die Nächste«, sagt er, und ich schreie und schreie und schreie.

In Panik erwache ich, spüre den Arm meines Vaters um mich, und kann mich nicht befreien. Ich winde mich und trete und schreie, aber …

»Eliza. Eliza, ruhig. Alles ist gut. Er ist nicht hier. Du bist in Sicherheit. Ich passe auf.«

Quincy.

Die Spannung verlässt meinen Körper, und seine starken Arme lassen locker.

»Schon gut«, flüstert er. Sanft. Tröstend. Ich drücke mein Gesicht an seine Brust, kralle mich in sein Hemd und atme tief ein und aus. Ein und aus. Quincy streichelt beruhigend mein Haar, und die Liebkosung ist so vertraut wie sein Duft.

»Entschuldige«, murmele ich. Meine Stimme ist gedämpft, aber ich will mich nicht bewegen. Mein Herzschlag normalisiert sich, und ich finde wieder in die Wirklichkeit. »Entschuldige«, wiederhole ich, und meine Brust schmerzt von der furchtbaren Angst, die mir gerade noch die Luft abgeschnürt hat.

»Nein, Liebes, es gibt nichts zu entschuldigen.« In seiner Stimme schwingen Mitgefühl und Verständnis mit, und ich entspanne mich noch ein wenig mehr.

»Willst du darüber reden? War es dein Vater?«

Vor Quincy gab es niemanden, dem ich von meinem Vater erzählte habe, und nachher auch nicht.

Auch Emma hat es niemandem gesagt. Nicht einmal Lorenzo, den wir beide lieben. Es gibt Dinge, die man für sich behalten muss, weil sie eine gefährliche Dynamik entwickeln, wenn sie in die Welt hinausgelassen werden.

Ich erzählte es Quincy, weil ich ihn liebte. Weil er die Narben auf meiner Seele erkannte und sie hatte heilen wollen.

Ich habe ihm vertraut. Und vielleicht tue ich das noch immer, denn ich nicke, als seine Arme sich wieder fester um mich schließen. Dann hole ich tief Luft, schließe die Augen und versuche, den Schrecken zu beschreiben.

»Er hatte mich erwischt. Er hat mich zurückgezerrt, und Emma war weg. Er … er hat sie umgebracht, und ich war allein und wusste nicht, wie ich mich wehren sollte, und …«

»Schsch.« Er küsst mich sanft auf die Stirn, und es tut mir gut und ist fast quälend vertraut. »Alles in Ordnung. Ich bin ja hier.«

»Bist du das?« Ich weiß, ich sollte nicht, aber ich drehe meinen Kopf zu ihm, wünsche mir, was ich nicht wollen sollte, und sehne mich nach etwas, das ich nicht brauchen will. Quincy ist der einzige Mann, der das Geheimnis meiner Vergangenheit kennt. Der Einzige, dem es je gelungen ist, die Dämonen in mir zu zähmen, und, lieber Gott, ich brauche ihn jetzt. Ich möchte mich hingeben, mich vollkommen unterwerfen und mich in jenen Ritualen verlieren, die ich ausschließlich mit ihm vollziehen kann.

Unsere Blicke begegnen sich, und ich kann in seinen Augen sehen, dass sich darin ein Sturm zusammenbraut. Diese vertraute Intensität, die kontrollierte Wildheit, die beherrschte Kraft, die ich so brauche …

»Eliza«, sagt er, doch ich höre nur *Nein*.

»Bloß ein Kuss«, bettele ich, »das bist du mir schuldig.«

Er antwortet nicht, aber meine Hand liegt fest auf seiner Brust, und ich spüre das Hämmern seines Herzens, seinen Atem auf meinem Gesicht, die Wärme seiner Haut. Ich habe keine Ahnung, was mit uns geschehen ist, und mache mir keine Illusionen, dass es je wieder wie früher werden wird. Hier und jetzt will ich allerdings die

Vergangenheit zurück. Ich will mich in schönen Erinnerungen verlieren, nicht in den scheußlichen.

Ich will Quincy, verdammt, und ich strecke die Hand aus und fahre ihm durch das dunkle Haar. Normalerweise bin ich nicht so forsch, aber ich habe mich über vier Jahre lang nach etwas gesehnt, das ich nicht haben konnte. Ich war ausgehungert, ohne es überhaupt zu ahnen.

Er widersetzt sich mir nicht, als ich seinen Kopf zu mir herabziehe, und ich bin ihm lächerlich dankbar dafür. Ich sehne mich nach seinen Lippen, seiner Berührung. Mein Verlangen nach ihm ist so stark, wie es vor Jahren in London war, und ich bin mir nicht sicher, ob mein Stolz es verkraften kann, wenn er mich nicht auch wenigstens ein bisschen begehrt.

Die Atmosphäre um uns herum ist aufgeladen, und ich bin überzeugt, dass ich mir seine Begierde nicht nur einbilde. Er will mich genauso sehr wie ich ihn, und diese Erkenntnis macht mich mutiger. Ich küsse ihn federleicht auf die Lippen, aber ich will so viel mehr. Ich will, was wir damals hatten. Seinen Körper auf meinem, seine Hände um meine Handgelenke, die Spannung seiner harten Muskeln, wenn er sich nimmt, was er haben will, und ich mich der reinen Wonne, ihm zu gehören, hingeben darf.

Das will ich wieder. Ihn spüren. Lebendig sein. Ihm gehören.

Ich will das, ja, aber im Moment nehme ich alles, was ich kriegen kann, und wenn es bloß ein einziger Kuss ist, an den ich mich später in der Erinnerung klammern kann. Nur fass mich bitte, bitte an …!

Die Worte wummern durch meinen Kopf, als ich an seinen Lippen knabbere, um ihn dazu zu bringen, sich mir zu öffnen. Ich weiß nicht, was ihn damals von mir weggetrieben hat, aber im Augenblick ist es mir auch egal. Diese Tage existieren nicht mehr. Sie zählen nicht. Jetzt zählen bloß der Moment und er und ich. Ich brauche ihn. Nur er kann meine Albträume vertreiben.

»Bitte«, flüstere ich, »ich flehe dich an.«

Ich weiß nicht, ob die Worte letztlich den Ausschlag geben, aber der Damm bricht. Seine Finger fahren in mein Haar, halten mich fest, und sein Mund macht sich mit Zunge und Zähnen über meinen her. Endlich bekomme ich, worum ich gefleht habe, endlich ist es so weit.

Haben wir eben noch eher verlegen nebeneinandergesessen, packt er nun meine Schultern und drückt mich aufs Bett zurück. Ehe ich noch nach Luft schnappen kann, ist er bereits über mir, eine Hand auf meiner Brust, während sein Mund keine Sekunde von mir ablässt. Ich stoße ein Wimmern aus und kralle mich in sein Haar, als könnte ich den Moment festhalten und ihn damit zu mir zurückbringen.

Mein Herz hämmert, mein Körper steht in Flammen, und zwischen meinen Beinen breitet sich eine verzweifelte Hitze aus. »Bitte«, bettele ich wieder, und als ich sein gemurmeltes *Eliza* höre, weiß ich, dass ich ihn wiederhabe. Nein, es wird nicht für immer sein, aber jetzt gehört er mir, und ich werde …

»Verzeih mir, El.«

In der Zeit, die ich brauche, um seine Worte zu verarbeiten, ist er schon vom Bett geklettert und hat das Zimmer durchquert. Er hat die Augen weit aufgerissen und atmet schwer. Er wirkt wie ein Mann, der auf dem Fensterbrett steht und sich selbst vom Springen abzuhalten versucht.

Verwirrt setze ich mich auf und ziehe unwillkürlich das Laken zur Brust, obwohl ich Top und Höschen trage. »Quincy? Was ist denn?«

»Ich kann nicht.« Die Worte wiegen schwer, und sein Gesichtsausdruck ist unsagbar traurig. »Verzeih mir«, wiederholt er, »es tut mir so wahnsinnig leid.«

»Aber …«

Er hebt die Hand und schüttelt den Kopf. »Es tut mir leid«, sagt er wieder und blickt mir direkt in die Augen. »Ich will dich und begehre dich, aber …«

Ich runzele die Stirn und versuche, ihn nicht zum Weiterreden zu drängen. Ich verstehe nichts mehr. Außer vielleicht, dass er mich nicht will.

»Du solltest dich anziehen«, sagt er. »Wir besorgen dir auf dem Weg ins Büro ein neues Telefon.«

Ich nicke stumm, weil es mir die Sprache verschlagen hat, und er verlässt das Zimmer und zieht die Tür hinter sich zu.

Ich schlinge meine Arme um meine angezogenen Knie

und versuche mich mit tiefen Atemzügen zu beruhigen. Inzwischen strömt Tageslicht ins Zimmer, und während ich verzweifelt versuche, die Tränen zu unterdrücken, entdecke ich gerahmte Fotos auf der Kommode an der gegenüberliegenden Wand. Irgendetwas kommt mir bekannt vor, und ich runzele die Stirn und krieche an die Bettkante, um sie mir näher anzusehen.

Ich schnappe nach Luft, weil es Bilder von mir sind. Neben dem Springbrunnen am Buckingham-Palast. Beim Entenfüttern im Hyde Park. In Paris im Gras sitzend, in der Ferne der Eiffelturm. Und das eine, das ein Fremder von uns gemacht hat: Quincy und ich Hand in Hand auf dem Montmartre und hinter uns der Blick auf ganz Paris wie auf einer Postkarte.

Er hat sie noch.

Ich schlinge die Arme um mich, als neue Hoffnung in mir aufsteigt. Aber je länger ich darüber nachdenke, umso schneller erstirbt sie wieder.

Denn auch wenn er mich offenbar noch begehrt, hat er mir gerade sehr deutlich gemacht, dass er sich von mir fernzuhalten gedenkt.

KAPITEL 12

Quincy rammte seine Faust in den Boxsack und ließ der Geraden einen linken Haken folgen. Er hatte sich nicht die Mühe gemacht, Handschuhe anzuziehen oder die Knöchel auch nur zu tapen, sondern prügelte mit bloßen Händen auf das schwere Gerät ein, seit er gehört hatte, wie Eliza die Dusche aufgedreht hatte. Verflucht, aber er begehrte sie so sehr, und beinahe hätte er sich selbst davon überzeugt, dass er doch wieder mit ihr zusammenkommen konnte. Aber – nein! Verdammt, nein!

Er hätte sie niemals anfassen dürfen. Sie hatte schon zu viel durchgemacht, als dass sie einen Mann verdient hätte, der ihr unweigerlich wehtun würde. Es spielte keine Rolle, wie sehr er sie begehrte. Er hätte niemals damit anfangen dürfen.

Aber das hatte er, und nun stiegen die Erinnerungen mit Macht an die Oberfläche. Die Demütigung, der unerträgliche Schmerz. Entsetzen. Und Reue.

Der nächste Schlag. Und noch einer. Immer wieder.

Als müsse er nur die richtige Kombination finden, um sich wieder in die Vergangenheit zurückzubeamen. Dann hatte er vielleicht eine Chance, alles zu stoppen. Noch einmal neu anzufangen.

Dann wäre sie vielleicht nicht tot.

Dann hätten diese Bastarde vielleicht nicht … nein!

Er holte tief Luft und zwang sich, weiter auf den Boxsack einzuschlagen. Immer schneller, bis seine Muskeln schrien und die Knöchel bluteten, als könne er sich die Erinnerungen mit Blut austreiben und wieder normal werden.

Verrückte Vorstellung. Und zwar so was von, verdammt, und er war zu alt für Märchen. Er hatte schon zu vieles gesehen, um noch daran zu glauben, dass am Ende das Gute siegte. Er wusste es besser – gerade er. Die Guten wurden am Ende bestraft. Und verloren alles.

Und es gab rein gar nichts, was er dagegen unternehmen konnte.

Verdammt!

Ein letzter Hieb mit letzter Kraft, dann stützte er sich auf seinen Oberschenkeln ab und rang um Atem. Er konnte nicht mehr. Körperlich und emotional.

»Hilft das?«

Er erstarrte, als hätte ihre Stimme ihn paralysiert. Nach einem Augenblick richtete er sich auf und wandte sich ihr zu. Sie trug die SSA-Trainingshose vom Abend zuvor, aber das Hemd war eines von seinen, ein fadenscheiniges Manchester-United-T-Shirt, das über zehn Jahre alt war.

Sie zupfte am Saum. »Ich habe in dem Top geschlafen,

daher hab ich mir das hier geliehen. Es lag gefaltet in einem Wäschekorb, also bin ich davon ausgegangen, dass es sauber ist. Macht es dir was aus?«

Was ihn betraf, hatte das T-Shirt nie besser ausgesehen. »Ja. Ich meine, ja, es ist sauber, und nein, es macht mir nichts aus.«

Der Hauch eines Lächelns huschte über ihre Lippen, und sie nickte. Er konnte sich gut erinnern, wie oft sie sich Sachen von ihm geborgt hatte, während sie zusammen waren. Eliza war eine Frau, die sich gerne gut anzog, um auszugehen, zu Hause aber in einer alten Jogginghose und einem Top vollkommen glücklich war, und er hatte ihr gerne seine Garderobe überlassen. In seinen Augen sah sie nie appetitlicher aus, als wenn sie seine Sachen trug. Außer vielleicht wenn sie gar nichts trug.

»Und?«

Er begriff, dass sie ihm eine Frage gestellt hatte. »Entschuldige – was?«

Sie nickte in Richtung Boxsack, während sie sich auf die Küche zubewegte. »Ich hatte gefragt, ob es hilft.«

Er betrachtete sie einen Moment lang eingehend. Wusste sie, was sie ihn da fragte? »Ja und nein.« Das war die einfachste Antwort, und es war die Wahrheit. Ihm war jedoch klar, dass es ihr nicht reichen würde. Während sie sich eine Tasse Kaffee einschenkte, wartete er darauf, dass sie ihn erneut fragen würde, was damals in London geschehen war – dass sie ihn so lange drängen würde, bis er ihr schließlich von dem Monster in seinem

Inneren erzählte, das er seitdem permanent und immer wieder unter größtem Kraftaufwand zurückschlagen musste.

Aber sie tat es nicht, und darüber war er froh. Redete er sich zumindest ein.

Doch er machte sich selbst etwas vor, das wusste er.

»Okay«, sagte Denny, als Quince und Eliza ihr über die Schulter blickten. »Damit sollte alles erledigt sein.« Sie gab Eliza das neue iPhone, die es misstrauisch beäugte.

»Und ich kann es einfach so wieder benutzen? Obwohl diese Leute es in den Fingern hatten? Mit meinen E-Mails und allem?«

»Wir haben ja alles gelöscht und Sie aus den Apps ausgeloggt, die noch liefen. Ich habe nur Ihre ID geändert und mich vergewissert, dass Sie nicht noch irgendwo sonst angemeldet sind. Die Apps sind auch wieder aufgespielt. Sie dürften kaum einen Unterschied zu vorher merken.«

Eliza biss sich auf die Unterlippe und schaute zu Quincy auf. »Was meinst du?«

Denny lachte. »Ah, jetzt kenne ich meinen Wert. Dann doch lieber den Kerl fragen, mit dem man einmal im Bett war.«

Quincy zog den Kopf ein, als Eliza mit gerunzelter Stirn zwischen ihm und Denny hin- und hersah.

Falls Denny es überhaupt bemerkte, ließ sie sich nichts anmerken. Stattdessen plapperte sie munter drauflos:

»Ich schwör's, dass das Ding jetzt sicher ist. Aber ich habe dennoch einen Filter installiert. Falls Ihre ID oder E-Mail-Adresse auf einem anderen Gerät benutzt wird, werde ich gewarnt.« Sie zuckte die Achseln. »Nur um sicherzugehen.«

Eliza nickte. »Okay, das klingt gut. Ich will weder eine neue Nummer noch eine andere E-Mail-Adresse, denn was, wenn Emma doch versucht, mich zu erreichen?«

Quince sah sie an. »Du weißt, dass alles gelöscht sein wird, falls sie dir bereits geschrieben hat. Aber da Denny deine Passwörter für Apple und Gmail geändert hat, müsste eigentlich alles Neue bei dir ankommen.«

Wieder blickte sie von ihm zu Denny und zurück. »Okay, ich vertraue dir.«

Der Satz war einfach so dahingesagt, aber er setzte sich in Quincys Herz fest, was sich nicht nur schön anfühlte, sondern auch gefährlich war.

»Und jetzt?«, fragte sie.

»Briefing in fünf Minuten«, sagte Denny. Sie deutete auf das Großraumbüro, in dem nun im Gegensatz zu gestern Nacht fast alle Arbeitsplätze besetzt waren. »Ich warte noch auf ein paar Berichte, dann treffen wir uns mit Ryan und Liam im Konferenzraum.«

»Noch jemand sonst im Team?«, fragte Quince.

Denny schüttelte den Kopf. »Nur wir. Trevor und Leah sind in New York, Winston ist noch in Hongkong.« Die Organisation war noch relativ neu, und Ryan war extrem wählerisch, weswegen die SSA erst über eine

Handvoll aktiver Agenten verfügte. »Aber wenn wir noch mehr Leute brauchen, versorgt uns Ryan bestimmt mit Personal von der dunklen Seite.«

»Der dunklen Seite?«, fragte Eliza. »Was heißt das?«

»Denny hat vorher bei Stark International im Security-Bereich gearbeitet«, erklärte Quince. »Und Ryan war ursprünglich drüben der Boss. Das ist er eigentlich immer noch, obwohl das Alltagsgeschäft dort nun ein anderer erledigt, während Ryan hier den Überblick behält.«

»Wenn wir aber Manpower brauchen, holen wir sie uns am liebsten von da«, fügte Denny hinzu. Sie stand auf und legte die Hände auf den Monitor. »Wird das dieses Jahr noch was, Mario?«

»Ich schicke es gerade«, sagte ein dürrer IT-Mitarbeiter, der auf der anderen Seite des Großraumbüros saß.

»Das sollte der letzte Bericht sein«, bemerkte Denny. »Gerade rechtzeitig, wie es aussieht.«

Quincy wandte sich in ihre Blickrichtung um und sah Ryan den Konferenzraum betreten. Sie gesellten sich zu ihm, und einen Moment später kam auch Liam, der sich mit einem breiten Grinsen im Gesicht niederließ.

»Lass mich raten«, sagte Quincy. »Im Automaten gibt es wieder Pepsi.«

»Witzig«, sagte Liam und wandte sich mit einem verschwörerischen Funkeln in den Augen an Eliza. »Manchmal muss man den Mann einfach ignorieren.«

»Das weiß ich, glauben Sie mir.« Sie bedachte Quincy

mit einem kurzen frechen Grinsen, und ihm wurde es plötzlich eng in der Brust. Einen kurzen Moment lang fühlte es sich so herrlich unbeschwert an wie früher.

»Also – was ist los, Liam?«, fragte Ryan.

»Ich habe gerade eben mit Enrique Castille telefoniert«, antwortete Liam. Castille war der Leiter der europäischen Einsatzgruppe. »Sie verwenden die Informationen, die ihr beide uns beschafft habt, um an Corbu heranzukommen. Es soll heute Abend passieren. Mit etwas Glück ist der Kerl morgen schon in Gewahrsam.«

»Wunderbar«, sagte Quincy.

»Und gute Arbeit, ihr zwei.« Ryan nickte Denny und ihm zu.

»Ich wäre zufriedener, wenn wir wüssten, wo Emma und die Prinzessin sich befinden.«

»Ich habe eben eine E-Mail geschickt«, meldete sich Eliza zu Wort. »Aber ich glaube kaum, dass sie darauf reagiert. Sie hat mir mein ganzes Leben lang vorgebetet, dass man in einer Notlage am besten niemals durch reguläre Kanäle kommuniziert.«

»Ziemlich strikte Philosophie für eine Privatermittlerin«, bemerkte Liam und sprach damit aus, was Quince dachte.

»Sie ist eben gründlich«, antwortete Eliza und schlug die Augen nieder, was den anderen vermutlich nicht auffiel, Quince' Aufmerksamkeit jedoch weckte. Er hatte mit Eliza gepokert; bei jeder kleinen Schwindelei wich sie den Blicken anderer aus.

Was war es, was sie ihnen in Bezug auf Emma verschwieg?

»Wir greifen vor«, sagte Ryan, lehnte sich zurück und blickte die Anwesenden nacheinander an. »Im Moment nehmen wir an, dass Emma die Prinzessin bei sich hat. Diese Annahme gründet aber auf einem Haufen Indizien. Haben wir inzwischen etwas, das als handfester Beweis gelten kann? Findet heraus, wie die beiden zueinandergekommen sind – falls überhaupt –, und wir haben eine bessere Chance herauszufinden, wo sie sich aufhalten könnten.«

Eliza beugte sich vor, damit sie an Quincy vorbei Denny ansehen konnte. »Waren die Usernamen, die ich Ihnen gestern genannt habe, von Nutzen?«

Ehe sie gegangen war, hatten Denny und sie eine Liste potenzieller Usernamen erstellt, mit denen Emma möglicherweise im Darknet unterwegs gewesen war.

»Leider nein«, gab Denny zurück. »Aber wir wussten ja, dass es ein reines Ratespiel war.«

»Was heißt das?«, wollte Liam wissen.

»Wir hatten gehofft, dass Emma sich in den Foren mit Usernamen bewegt hat, die Eliza kannte. Dann hätten wir ihrer Spur folgen können.«

»Ich habe Lorenzo sofort geschrieben, nachdem ich wieder ein Handy hatte, doch er hat sich noch nicht gemeldet. Allerdings bezweifle ich, dass er das Passwort kennt. Normalerweise denkt Emma nicht daran, so etwas zu hinterlegen.«

»Macht aber nichts«, sagte Denny. »Denn ich habe eine andere Spur. Ich bin unter einem eigenen Usernamen ins Darknet gegangen. Wir wussten ja, dass Emma in Fällen von Zwangsprostitution ermittelte, also habe ich mich in den einschlägigen Foren umgehört.«

Quince hörte die Aufregung in ihrer Stimme und lächelte. »Und da du uns das alles in epischer Breite erzählst, gehe ich davon aus, dass du auf etwas gestoßen bist.«

»O ja, auf das Perlmutter Hotel in Pasadena. Und jetzt ratet mal, wem es gehört.«

»Scott Lassiter?«, fragte Eliza.

Denny tippte sich an die Nase. »Kluges Kind. Und es kommt noch besser. Ich habe etwas von einer Versteigerung absolut hochwertiger Ware gelesen.«

Eliza riss die Augen auf und schauderte. Er nahm ihre Hand und drückte sie sanft. Emma und sie waren zwar nicht verkauft worden, aber dennoch missbraucht, und das alles hier konnte nicht leicht für sie sein.

Sie drückte zurück. Und ließ nicht mehr los.

Ryan drückte sich vom Tisch ab und erhob sich. »Wir denken also alle, dass die Prinzessin mit der hochwertigen Ware gemeint ist. Und das erscheint mir ziemlich logisch.«

Eliza runzelte die Stirn. »Würde das dann bedeuten, dass Emma es wusste und das Mädchen vorher da rausgeholt hat?« Sie neigte nachdenklich den Kopf. »Sie schnüffelt also auf der Suche nach Informationen über

Mädchenhandel online herum, und Mr. X kontaktiert sie und arrangiert ein Treffen. Behauptet vermutlich, etwas Wichtiges zu wissen.«

»Während er gleichzeitig plant, sie umzubringen«, nahm Denny den Faden auf. »Denn sie schnüffelt dort herum, wo sie nichts zu suchen hat.«

»Dann erfährt sie jedoch von der Versteigerung«, fuhr Eliza fort. »Wie sie die Prinzessin wegschaffen kann, ist mir allerdings ein Rätsel.«

»Wir nehmen im Moment ja auch nur an, dass es so war«, warf Quince ein. »Jedenfalls hatte sie anscheinend andere Dinge zu tun, als Mr. X zu treffen.«

»Doch da ich all das nicht wusste, sondern bloß festgestellt habe, dass meine Schwester verschwunden ist, beschloss ich, mich an ihrer Stelle mit dem Kerl zu treffen.«

Liam nickte nachdenklich. »Mr. X entdeckt Sie auf der Party und ergreift die Gelegenheit beim Schopf, Sie zu fragen, wo die Prinzessin ist, weil er aus irgendeinem Grund überzeugt davon ist, dass Sie sie haben.«

»Aber wieso sollte ich die einzige Verdächtige sein?«, fragte Eliza.

Quince ließ ihre Hand los und schob den Stuhl zurück, als die Wucht der Erkenntnis ihn in Aktion treten ließ. Er stand auf. »Weil es ein Video gibt«, sagte er. »Irgendwo existiert Filmmaterial einer Überwachungskamera.« Er lächelte Eliza zu. »Und darauf bist du zu sehen, wie du mit der Prinzessin fliehst.«

KAPITEL 13

Ich?« Vor Verblüffung bleibt mir der Mund offen stehen, bis mir bewusst wird, wie albern ich aussehen muss, und mich zusammenreiße. »Aber … aber ich verstehe nicht. Wovon sprichst du? Ich soll eine Prinzessin mitgenommen haben? Ich wüsste nicht einmal, wie ich so etwas anfangen sollte!«

»Du vielleicht nicht, aber Emma schon, oder?«

Ich nicke. »Na ja, vermutlich hast du recht. Es ist auf jeden Fall im Bereich des Möglichen. Und passt zu dem, was wir bisher annehmen. Aber wieso soll ich auf einem Überwachungsvideo sein?«

»Lass es mich anders formulieren. Das Video zeigt jemanden, der aussieht wie du. Und, Eliza, ihr zwei seht euch wirklich ziemlich ähnlich.«

»Ich weiß nicht. Sie ist zehn Zentimeter größer und hat rote Haare. Und sie hat viel, viel mehr Oberweite als ich.« Ich blicke unwillkürlich an meiner Brust herab.

»Das mag ja alles sein, aber erinnerst du dich daran, dass du mir das Foto von euch beiden am Santa Monica Pier gezeigt hast? In Schwarz-Weiß sieht euer Haar praktisch gleich aus. Ihr habt diese komischen weiten Sweatshirts getragen, die keinen Rückschluss auf Körbchengröße erlauben, und die Größe lässt sich auf einem Video auch nur ermitteln, wenn eine entsprechende Person dabei ist.«

Ich starre ihn immer noch an und versuche zu begreifen, aber Denny ist offensichtlich schneller als ich. Sie beugt sich vor, und ihr blondes Haar hängt wie ein Vorhang um ihr Gesicht. »Du meinst, Emma hat die entführte Prinzessin entführt und ist dabei von einer Überwachungskamera gefilmt worden?«

»Genau das meine ich«, erwidert Quincy, und als ich die Worte der beiden sacken gelassen habe, muss ich einsehen, dass mir dazu kein Gegenargument einfällt.

»Dummerweise können wir den Rothaarigen nicht mehr fragen, ob wir recht haben oder nicht«, sagt Denny. »Aber zumindest müssten wir bald etwas zu den Fingerabdrücken bekommen.«

Quincy und ich wenden uns ihr gleichzeitig zu. »Du hast seine Fingerabdrücke?«, fragt Quincy.

Denny grinst. »Nun ja, ich war doch bei ihm auf der Straße und hab als besorgte Bürgerin seinen Puls gefühlt. Leider kam ich zu spät.«

»Sie sind wirklich gut«, sage ich.

Sie zieht vergnügt die Nase kraus. »Ich weiß.«

Quincy geht nicht auf unser Geplänkel ein. Er stemmt sich hoch und beginnt, auf und ab zu gehen. »Wenn unsere Annahmen stimmen, müsste Emma es irgendwie geschafft haben herauszufinden, wo die Prinzessin festgehalten wird, dorthin zu gelangen, die Security zu umgehen und das Mädchen zu befreien.« Er wirft mir einen knappen Seitenblick zu. »Auch hier wieder: ziemlich beeindruckend für eine Privatermittlerin.«

Ich zucke die Achseln. »Wir rannten weg, als sie fünfzehn war. Man lernt eine Menge Tricks, um zu überleben, wenn man so jung auf sich allein gestellt ist.«

»Es muss das Perlmutter sein«, sagt Liam, und wir alle wenden ihm die Köpfe zu. »Es ist zu vermuten, dass Emma mit ähnlichen Informationen gearbeitet hat wie wir, also ist auch sie auf das Perlmutter Hotel gestoßen. Es gehört Lassiter, von dem wir bereits wissen, dass er schmutzige Geschäfte macht.«

»Dennoch hatten wir ihn noch nie im Zusammenhang mit Menschenhandel auf dem Schirm«, fügt Ryan hinzu.

»Vielleicht ist er da ja bloß versehentlich reingeraten«, überlegt Quincy. »Aber Liam hat recht. Wir sollten uns auf das Perlmutter konzentrieren. Es ist nicht nur unsere einzige konkrete Spur, sondern hat darüber hinaus auch noch einen Keller.«

»Quince hat recht«, wirft Ryan ein. »Ich erinnere mich, dass Jackson einmal darüber gesprochen hat.«

Ich brauche einen Augenblick, ehe mir wieder einfällt, dass Jackson Steele, der Architekt des berühmten Winn-Gebäudes in Manhattan, auch Damien Starks Bruder ist. Und ganz nebenbei auch der Architekt des Domino.

»Er hat erzählt, dass das Perlmutter untypisch für Südkalifornien sei, weil es unterkellert ist, und zwar auf zwei Ebenen. Bevor es zu einem Hotel umfunktioniert wurde, befand sich eine Bank in dem Gebäude, und im zweiten Untergeschoss lagen die Schließfächer und der Tresor. Damien und er haben überlegt, das Haus zu kaufen, wovon sie augenscheinlich Abstand genommen haben, wenn man bedenkt, dass es inzwischen in Lassiters Besitz ist.«

»Ein zweites Untergeschoss ist bestimmt ein interessanter Austragungsort für eine Versteigerung hochwertiger Ware«, bemerkte Liam.

»Allerdings«, sagte Ryan.

»Ich setze Mario darauf an«, sagte Denny. »Wenn er sich nicht ins Sicherheitssystem hacken kann, dann niemand. Aber falls Emma auf einem Sicherheitsvideo zu sehen gewesen ist, werden wohl große Abschnitte gelöscht worden sein.«

»Such nach Verkehrskameras, Bankomaten, privaten Security-Anlagen in der Umgebung«, schlägt Quincy vor. »Im Augenblick brauchen wir doch nur eine Bestätigung.«

»Außerdem sollten wir mit Lassiter ein Schwätzchen halten.«

»Vielleicht ist er ja bloß ein Königsbauer«, sagt Quincy. »Seine Partys im Terrace sind ein offenes Geheimnis und nicht illegal. Scheint mir etwas riskant, plötzlich Menschenhandel ins Repertoire zu nehmen. Vor allem auf dieser Ebene. Die Entführung einer Prinzessin gehört wohl kaum zum Tagesgeschäft.«

»Aber eine weiße Weste hat er auf keinen Fall«, wirft Denny ein. »Die Festplatte, die wir geklont haben, ist nichts anderes als eine Anleitung für Geldwäsche und Erpressung. Das reicht, um ihn für eine lange Zeit wegzusperren.«

Quincy nickt. »Wir reden also mit ihm, finden heraus, was er über Emma und die Prinzessin weiß, falls überhaupt etwas, und übergeben ihn danach den Behörden. Ollie?«

Mir ist von dem raschen Hin und Her, mit dem ein Plan Gestalt anzunehmen beginnt, ganz schwindlig. Ich habe zwar auch Emma schon im Ermittlungsmodus erlebt, doch es ist lange her. Zuhören ist aufregend und mitreißend, aber auch erschöpfend.

Ich beuge mich zu Quincy und frage flüsternd: »Wer ist Ollie?«

Offenbar habe ich zu laut geflüstert, denn Ryan erklärt mir, dass Orlando McKee, ein Anwalt, ein guter Freund von Damiens Frau Nikki ist und nun beim FBI arbeitet. »Macht sich bestimmt ganz gut in seinem Lebenslauf. Und wenn wir Lassiter jetzt ausliefern, ist das Risiko geringer, dass er den Einbruch in sein Computersystem bemerkt und Corbu vorwarnt.«

»Liam und ich holen ihn her«, sagt Quincy. »Dann können wir in Ruhe mit ihm reden.«

Liam grinst. »Das machen wir. Und das Reden solltest wohl du übernehmen, mein Freund.«

Quincy dreht sich auf seinem Stuhl, sodass er mir in

die Augen sehen kann. Hitze durchströmt mich einen Moment lang so intensiv, dass ich kaum noch atmen kann. Plötzlich ist es, als sei überhaupt keine Zeit seit damals vergangen, und ich weiß genau, was er denkt. Er sieht vor seinem inneren Auge, wie Lassiter mich auf der Party angefasst und an seine Seite gezogen hat.

»O ja«, antwortet Quincy und lehnt sich gemütlich zurück, »ich glaube, wir werden uns gut unterhalten.«

KAPITEL 14

Hier rechts und an der Ampel links«, sage ich zu Denny. Es ist kurz nach Mittag, und wir befinden uns in Venice Beach. Ich habe Lorenzo eine Nachricht geschickt, dass wir unterwegs zu ihm sind, und er hat umgehend mit einem *Gott sei Dank, Kleines. Du hast mich zehn Jahre meines Lebens gekostet* geantwortet.

In Anbetracht der Tatsache, dass er mir weder geschrieben noch mich angerufen hat – jedenfalls nicht laut meines nagelneuen Telefons –, fand ich das einen Hauch melodramatisch, aber ich war so nervös, was die Party im Terrace anging, dass ich vielleicht etwas missverstanden habe. Anscheinend verlangt die Etikette für eine verdeckte Ermittlerin, die sich als Callgirl getarnt auf einer Sexparty herumtreibt, anschließend schnellstens ihren Vermittler zu kontaktieren, während besagter Vermittler unter gar keinen Umständen sie kontaktieren darf.

Jedenfalls werde ich ihn gleich sehen, und darüber bin ich unfassbar froh.

»Und was weiß dein Lorenzo über Quincy und dich? Ich will nicht gleich ins Fettnäpfchen treten.« Sie schenkt mir ein leises Lächeln. »Dafür habe ich nämlich Talent.«

Ich ziehe die Stirn in Falten, während ich über die Frage nachdenke – und alles, was sie nach sich zieht. »Eigentlich nichts. Nur, dass wir in London zusammen waren. Und er Schluss gemacht hat.« Lorenzo ist für mich wie ein Vater, aber es gibt Dinge, die Eltern nicht wissen müssen. »Und, ähm, wie viel weißt du?«

Sie hebt eine Schulter und lässt sie fallen.

Ich bin mir nicht ganz sicher, wie ich das interpretieren soll, doch ich tippe mal auf *alles*. Ich runzele die Stirn. »Hör mal, Quincy hat mir gesagt, dass … ich meine, habt ihr zwei was miteinander?« Quince hat es abgestritten, und ich möchte es ihm glauben, aber hundertprozentig vertrauen kann ich ihm nicht.

Denny tritt an einer Ampel fester als nötig auf die Bremse, und ich lande im Gurt. »Oh, verdammt, ganz bestimmt nicht. Und sei nicht sauer. Wir arbeiten nun schon eine ganze Weile zusammen und sind richtig gute Freunde geworden. Er, na ja … er hat ziemlich viel Mist hinter sich und versteht daher, wenn ich mies drauf bin.«

»Mies drauf?«

Sie wirft mir einen raschen Blick zu, während sie auf die Kreuzung fährt. »Da ist zum Beispiel die Situation mit meinem Mann«, sagt sie schließlich. »Nicht ganz einfach.«

»Oh, das tut mir leid. Seid ihr … ich meine …« Ich breche ab, denn ich nehme an, dass sie von Trennung oder Scheidung spricht, aber ich weiß nicht, wie ich es formulieren soll.

Einen Moment lang blickt sie mich verwirrt an. Dann

reißt sie die Augen auf. »O nein. Nein, nein, nein. Ich … wir sind glücklich, alles gut. Wir sind nur nicht zusammen. So was von nicht.«

Sie seufzt, und ich kapiere noch immer nichts.

»Er ist Geheimagent im Außendienst, geheimer als geheim, taucht nirgendwo offiziell auf, und ich kann nicht drüber reden, weil sie sonst kommen und uns abmurksen.«

»Dann ist es sicher nicht das Dümmste, den Mund zu halten.« Ich räuspere mich. »Ich nehme an, dass er oft von zu Hause weg ist?«

»Seit zwei Jahren jetzt.« Wieder wirft sie mir einen kurzen Blick zu. »Nervt ziemlich.«

»Aber ihr könnt doch sicher skypen oder über Facetime kommunizieren, oder? SMS? E-Mail?«

Sie schüttelt den Kopf.

»Nichts? Nicht einmal E-Mail? Gar nichts?«

Sie schweigt, dann zuckt sie mit den Schultern. Sie biegt ab, als ich nach rechts deute, was vollkommen unnötig ist, da das Navigationssystem jeden Abzweig zuverlässig anzeigt. »So ist es.«

»Das tut mir total leid.«

»Ach, um Mitleid geht es mir eigentlich nicht. Ich wollte dir nur begreiflich machen, dass Q und ich sozusagen seelenverwandt sind, weil wir beide den Menschen, den wir lieben, nicht um uns haben können.«

Abrupt setze ich mich zurück. Meine Brust ist plötzlich so eng, dass ich kaum noch atmen kann.

»Es hat ihn innerlich zerrissen.«

Ihre Stimme ist sanft, aber sie tröstet mich ganz und gar nicht. »Stopp!«, bringe ich hervor, ehe ich mich daran hindern kann. »Glaubst du, das hilft mir? Wenn es ihm so wehgetan hat, dann hätte er mich verdammt noch mal nicht verlassen sollen.«

»O Gott, es tut mir leid. Ich …«

»Weißt du es?« Ich fahre in meinem Sitz herum, sodass ich sie direkt ansehen kann. »Weißt du, wo er war? Was mit ihm geschehen ist? Ob es irgendeinen Grund gibt, der halbwegs plausibel ist, damit mein Herzschmerz nachlässt? Denn falls nicht, dann sei bitte einfach still; es tut nämlich so verdammt weh, dass ich es kaum aushalten kann.«

Tränen brennen in meinen Augen, und ich kneife sie zu und werfe mich im Sitz zurück, ziehe meine Knie an die Brust und schlinge die Arme darum. Ich werde nicht weinen! Nicht jetzt!

Aber ich habe solche Angst zu scheitern, denn Emma zu verlieren und Quincy wiederzufinden ist mehr, als ich im Augenblick verkraften kann.

»Es tut mir furchtbar leid«, sagt sie. »Und der Zeitpunkt ist wirklich denkbar schlecht gewählt. Aber wir sind da.« Im gleichen Moment verkündet die Navigatorstimme, dass wir unser Ziel erreicht haben.

Sie reicht mir ein Taschentuch. »Willst du dich einen Moment sammeln?«

Ich schüttele den Kopf. Ich will nicht umsorgt werden.

Ich muss mich auf Emma konzentrieren, nicht auf Quincy. Dann kann ich mich vielleicht auch zusammenreißen. Ich drücke die Autotür auf. »Nein, gehen wir.«

Sobald ich ausgestiegen bin, gehe ich unverzüglich auf die Tür von Double-T-Investigations zu. Tate und Tucker, für Lorenzo und Emma. Nicht der einprägsamste Name, aber an Kundschaft scheint es den beiden nie zu mangeln. Zum Teil liegt es natürlich daran, dass Emma viele Empfehlungen von ihren Freunden aus dem Geheimdienst bekommt, wenn Lorenzo auch glaubt, dass ihr erstklassiger Ruf dafür verantwortlich ist.

Das Büro liegt in einem Geschäftsgebäude an einer Straße, die direkt zum Meer führt. Nicht, dass man von hier aus den Pazifik sehen könnte. Vom Dach aus kann man manchmal einen blauen Streifen in der Ferne erkennen, wenn der Himmel nicht bedeckt ist, doch das war's auch schon. Nicht jede Gegend von Venice Beach ist chic. Aber hier fühlen wir uns zu Hause, und das Büro gehört meiner Schwester, die die erste Anzahlung bereits mit sechzehn leistete. Ihr wurden immer wieder Steine in den Weg gelegt, aber Emma hat sich durchgebissen. Außerdem ist sie unglaublich zäh. Und genau deshalb weiß ich auch, dass ihr nichts Schlimmes passiert sein kann. Nach allem, was wir durchgemacht haben, ist es absolut undenkbar, ohne sie zu existieren.

Denny und ich haben die Tür noch nicht ganz erreicht, als sie aufgerissen wird und Marissa uns entgegenstürmt. Lorenzos Nichte, gerade zwanzig, arbeitet seit gut einem halben Jahr für uns, nachdem ihr Stiefvater der Ansicht war, dass sie den Wert eines Dollars kennenlernen müsste. In Anbetracht der Tatsache, dass sie von Kopf bis Fuß in Designerkleidung steckt, fürchte ich allerdings, dass die Lektion keine große Wirkung zeigt und ihr gesamter Lohn in trendige Edelklamotten investiert wird.

»Eliza, Gott sei Dank! Onkel Lorenzo ist gestern Nacht vor Sorge fast umgekommen.«

»Stimmt überhaupt nicht«, kommt eine brummige Stimme aus der Tür. Er zwinkert mir zu. »Schließlich weiß ich, dass sie auf sich aufpassen kann.« Seine buschigen Brauen ziehen sich zusammen, als er Denny bemerkt. »Und wer zum Teufel sind Sie?«

»Denny«, sagt sie unbekümmert. »Und ich lehne mich jetzt mal aus dem Fenster und behaupte, Sie sind Lorenzo.«

»Kluges Kind«, erwidert Lorenzo. Er neigt den Kopf und fordert uns mit einer Geste auf einzutreten. Bei dem Büro handelt es sich im Grunde nur um einen einzigen riesigen Raum mit vier großen Schreibtischen für Lorenzo, Emma, Marissa und wer immer sonst gerade einen Arbeitsplatz braucht.

Ich hieve mich auf den freien, während Denny sich auf einen der Besucherstühle niederlässt. Marissa setzt sich im Schneidersitz auf ihren Tisch, Lorenzo ordentlich hinter seinen.

Er deutet auf mich. »Ich weiß ja, dass du dein Telefon nicht ins Terrace mitgenommen hast, aber warum zum

Teufel hast du mir denn heute Morgen nicht zurückgeschrieben? Nicht, dass ich Angst gehabt hätte«, fügt er mit warnendem Blick zu Marissa hinzu. »Ich wollte bloß wissen, wie es gelaufen ist.«

Ich begegne Dennys Blick, und sie übernimmt. »Ihr Handy wurde gestohlen. Offenbar wurden alle eingehenden Nachrichten und Anrufe gelöscht, ehe wir in der Lage waren, das Ding auf Werkseinstellung zurückzusetzen.«

»Na toll«, murmele ich. Was mag mir noch entgangen sein? Und was für persönliche Dinge mögen diese Leute nun über mich wissen?

»Gestohlen?«

»Aus Emmas Wohnung«, erkläre ich. Und weil mir alles plötzlich viel zu kompliziert wird, fange ich ganz von vorne an und erzähle nacheinander, was alles geschehen ist – die Begegnung mit Quincy eingeschlossen.

»Dieser elende Mistkerl?«, fragt Marissa und reißt entrüstet die Augen auf, als Lorenzo ein Gummiband zu ihr schleudert. »He! So nennt Emma ihn doch immer. Das ist der Typ, mit dem du in London zusammen warst, oder? Der dich einfach sang- und klanglos sitzen gelassen hat, nicht wahr?«

»Das heißt noch lange nicht, dass man so was laut ausspricht«, sagt Lorenzo. »Hat meine Schwester dir keine Manieren beigebracht?«

»Entschuldigung.«

»Natürlich hast du recht«, fügt Lorenzo hinzu. »Jeder,

der meine Mädchen mies behandelt, ist bei mir unten durch, ob er nun Quincy Radcliffe heißt oder der engste Vertraute der Queen ist. Er hat meiner Eliza wehgetan. Mehr Mistkerl geht nicht.«

Denny rutscht unbehaglich auf ihrem Stuhl umher.

»Er hilft mir bei der Suche nach Emma«, sage ich, »und Denny auch. Das zählt mehr.«

»Aber um es einmal festzuhalten: Sie haben recht«, sagt Denny. »Das sieht Quincy genauso. Er hat sich wegen der Sache in London schon ausgiebig zerfleischt. Er hat Eliza nie wehtun wollen.«

»Tja, dann ist er eben ein Mistkerl und auch noch ein Idiot. Was erwartet er? Applaus und ein Freudentänzchen?«

Denny schneidet eine Grimasse. »Jedenfalls ist er in dieser Sache dabei. Bei der Suche nach Emma, meine ich. Und ich bin es auch.«

»Warum?«, will Lorenzo wissen und sieht von Denny zu mir.

Ich blicke ihn indigniert an. »Warum er hilft?« Darauf weiß ich keine Antwort. Um etwas gutzumachen? Weil ich ihm noch wichtig bin? Weil sein Fall sich mit Emmas überschneidet?

Dass Letzteres der Fall ist, ist das Einzige, was ich sicher weiß, aber das darf ich Lorenzo nicht sagen.

»Warum sich überhaupt beteiligen?«, hakt Lorenzo nach. »Der Mann ist Banker. Zumindest hat Emma mir das gesagt.«

»Das müssen Sie missverstanden haben«, erwidert Denny leichthin. »Quincy arbeitet in der Unternehmenssicherheit. Als Eliza und er sich kennenlernten, war er für eine internationale Investmentfirma tätig.«

»Genau«, stimme ich ihr hastig zu. »Im Übrigen spielt das jetzt keine Rolle mehr. Emma zu finden ist das Einzige, das zählt.«

Ich würde ihnen so gerne vom Perlmutter Hotel und der Prinzessin erzählen, aber alle haben mir vorhin noch einmal eingeschärft, dass ich nichts preisgeben darf, und natürlich wäre ich auch von allein darauf gekommen. Merke: Sind eine EU-Sondereinsatzgruppe und eine verschwundene Adelige Teil der Gleichung, behält man gewisse Einzelheiten besser für sich.

»Hast du inzwischen etwas von ihr gehört?«, frage ich der Form halber, denn natürlich rechne ich mit einem Kopfschütteln.

Stattdessen breitet sich ein breites Grinsen auf seinem Gesicht aus. *»Was?«*, frage ich ungläubig. »Wann? Und warum hast du das nicht eher gesagt?«

»Ich sag's ja jetzt. Marissa hat vorhin eine Nachricht von ihr bekommen. Zumindest gehen wir davon aus, dass die Nachricht von ihr ist.«

»Wie haben nur keine Ahnung, was sie uns damit sagen will«, fügt Marissa hinzu.

»Okay«, sage ich. »Dann zeig sie mir.«

Marissa hält mir ihr Telefon hin, und ich rutsche vom Tisch, um es mir zu nehmen. Ich lese den kryptischen

Text und blicke von Lorenzo zu Marissa und zurück. »Aber …«

Lorenzo nickt. »Nicht wahr? Das ergibt keinen Sinn.«

Ich lese die Nachricht noch einmal, und jeder Nerv in meinem Körper beginnt zu vibrieren. Denn für mich ergibt sie absolut Sinn, und ich möchte nur noch ins Auto springen und sofort zu Emma fahren!

KAPITEL 15

Sag meinem Freund, der mit den Tieren spricht, nicht wütend zu fahren, sondern die Kombination einzukreisen.

Quince blickte stirnrunzelnd auf den Bildschirm, aber auch beim dritten Mal erschloss sich ihm der Sinn der Zeilen nicht. Ärgerlich, dass Denny schon wieder ins Hauptquartier zurückgefahren war. Wenn es um Rätsel ging, war sie immer sehr gut zu gebrauchen.

Schließlich schüttelte er den Kopf. »Okay, ich gebe auf. Wer von euch wäre so gnädig, es mir zu übersetzen?«

»Die beiden verstehen es ja auch nicht«, sagte Eliza und deutete auf Marissa, ein schlaksiges College-Mädchen, das sich ständig eine Haarsträhne um den Zeigefinger wickelte. »Dabei solltest du es wissen. Du bist schließlich auch schon dort gewesen. Zweimal sogar.«

»Wo denn, verdammt noch mal?«, fragte Lorenzo.

Quince war vor einer Viertelstunde eingetroffen, nachdem Denny ihn angerufen und herbeordert hatte. Da die Sache mit Lassiter schneller über die Bühne gegangen war als erwartet, hatte er sofort nach Venice Beach fahren können.

In den ersten zehn Minuten, die er hier gewesen war, hatte Lorenzo ihn permanent mit finsteren Blicken bedacht. Inzwischen schien er jedoch zum Glück mehr an der mysteriösen Nachricht interessiert als daran, Quince den Hals umzudrehen.

»Die Ranch«, sagte Eliza, als müsse jeder sofort verstehen. Und nach dem Aufstöhnen und den *Ach ja!*-Ausrufen der beiden zu urteilen, taten Lorenzo und seine Nichte es tatsächlich.

»Würdest du es mir bitte erklären?«, fragte Quince, der ungern der Einzige war, der nichts begriff.

»Mein Freund, der mit den Tieren spricht …« Eliza ließ den Satz offen und blickte Marissa erwartungsvoll an.

»Das ist Eliza selbst«, sagte Marissa. »Emma meint Eliza damit.«

Quince warf Lorenzo einen Blick zu und war froh, dass der Ältere ähnlich ratlos wirkte.

Marissa verdrehte die Augen und seufzte. »Wer spricht denn mit den Tieren, hm? Dr. Doolittle. Ich meine, hallo? Der Kerl ist doch sogar Brite – und kapiert es noch immer nicht?«

»Also, ich bin kein Brite und kapier es auch nicht«, knurrte Lorenzo.

»Dr. Doolittle. *Eliza* Doolittle. *My Fair Lady!* Klingelt es jetzt? Sie heißt Eliza.«

Eliza, die sich auf einen Tisch gesetzt hat, hob die Schultern. »So ist es. Damit bin ich gemeint.«

»Dann will ich das mal glauben«, sagte Quince. Vielleicht war das so ein Schwesternding. »Und was hat es mit dem wütenden Fahren auf sich?«

»Das mit dem wütend ist mir auch nicht ganz klar«, gab Eliza zu. »Aber fahren bedeutet das, was es heißt, denke ich. Wütend könnte schnell bedeuten. Sie will uns sagen, dass wir uns nicht zu beeilen brauchen. Weil sie sich irgendwo versteckt hat, wo sie in Sicherheit ist.«

Er nickte. »Macht Sinn. Weiter.«

»Die Kombination einzukreisen spielt auf den Kombi an«, sagte Marissa. »So kamen wir dorthin. In Emmas hässlichem alten Kombi. Und vor dem Haus befindet sich ein Kreis aus Steinen«, fügte sie hinzu, als es ihr klar wurde. »Wir haben so getan, als sei es ein Fort.«

»Siehst du?«, sagte Eliza, jedoch zu Marissa, nicht zu ihm. »Das war doch leicht. Ich verstehe gar nicht, wieso du nicht sofort darauf gekommen bist.«

Marissa ließ die Schultern nach vorne fallen. »Ich auch nicht.«

Eliza wandte sich an Quince. »Alles klar?«

»Das ist wohl die schrägste Nachricht, die ich je gehört habe, aber okay. Wenn ihr es so erklärt, ergibt es Sinn. Immer angenommen, dass ihr wisst, wo sich dieser Ort befindet.«

Sie lachte, und ihr Gesicht leuchtete regelrecht auf. Zum ersten Mal, seit er ihr im Terrace begegnet war, konnte er keinen Hauch Sorge oder Angst in ihrer Miene entdecken. In ihren Augen hatte ihre geniale Schwester alles im Griff.

Er war nicht ganz so optimistisch, aber nie und nimmer würde er etwas sagen, das die Freude in ihrem Ausdruck trübte.

»Natürlich weiß ich das. Hast du nicht zugehört? Die Ranch! Sie meint unsere Ranch.«

Ihm wurde plötzlich eiskalt. »Eure? Emma und dir gehört diese Ranch?« Das bedeutete Grundbucheinträge. Daten, die man aufstöbern konnte. Die Chance, dass Corbu und seine Leute schon dort waren, standen gut, verschlüsselte Nachricht hin oder her. »Wir müssen los.«

»Ja, das müssen wir«, sagte sie. »Aber nicht wegen dem, was du jetzt denkst. Das Haus ist nicht auf meinen oder Emmas Namen eingetragen. Nicht einmal auf den unseres Vaters.«

»Aber es ist eures? Es gehört euch?«

Sie nickte.

»Dann erklär es mir auf dem Weg.«

»Ich habe hinten eine Kühlbox. Darin sind Softdrinks und Chips, die ihr mitnehmen könnt«, sagte Lorenzo. »Schlafsäcke auch, falls ihr welche braucht.« Er deutete auf die beiden Frauen. »Ihr zwei packt den Wagen. Ich muss mit dem Jungen hier reden.«

Eliza schenkte ihm im Hinausgehen ein aufmunterndes Lächeln, als Quincy auf Lorenzo zuging und sich dabei mehr wie ein Junge fühlte als je zuvor. »Ja, Sir?«

»Ich weiß nicht, was in London zwischen euch beiden vorgefallen ist, und ich weiß auch nicht, was jetzt vor sich geht. Nein«, er hielt abwehrend die Hände hoch,

»geht mich nichts an. Aber Sie sollten wissen, dass das Mädchen und seine Schwester für mich wie Töchter sind. Wenn Sie ihr etwas antun – ihr oder ihrer Schwester –, dann hetze ich Sie wie einen tollwütigen Hund und bringe Sie mit bloßen Händen um.« Er musterte Quincy mit zusammengekniffenen Augen. »Haben wir uns verstanden?«

»Ja, Sir«, sagte Quince, »das haben wir.« Er nickte Lorenzo zu und trat dann zur Tür. »Um es nicht unerwähnt zu lassen, Sir: Sie hat Glück, Sie zu haben.«

Und damit ging er, ohne sich noch einmal umzusehen.

Auf dem kleinen Parkplatz vor der Agentur knallte Marissa gerade die Heckklappe seines schwarzen Range Rover zu. »Sie können jetzt. Schicker Wagen. Auch wenn er viel zu wuchtig ist.«

Eliza, die an der Beifahrertür stand, verdrehte die Augen. »Marissa will einen Ferrari.«

»Ich sollte eigentlich einen zu meinem Zwanzigsten bekommen, aber dann hat mein lieber Herr Papa meine Mutter bequatscht, und beide kamen mir plötzlich mit privilegiertem Leben und Verantwortung und dem ganzen Kram. Leute, ich bitte euch! Der Mann hat zwei Ferraris und einen Porsche.«

»Ja, du hast es wirklich schwer.« Eliza drückte das Mädchen an sich und stieg in den Wagen.

»Sie halten uns auf dem Laufenden?«, fragte Marissa ihn, während sie auf den Bürgersteig zurückwich.

»Selbstverständlich.«

»Cool. Finden Sie Emma bloß. Die Sache nervt.«

Er setzte sich hinters Steuer und wiederholte Eliza gegenüber Marissas Einschätzung der Lage.

»Tja, sie hat nicht unrecht. Es nervt tatsächlich. Wir müssen übrigens die Interstate 10 nehmen.«

»Interessantes Mädchen«, bemerkte er, als er den Wagen in den fließenden Verkehr lenkte.

»Sie ist schon in Ordnung. Sie weiß einfach noch nicht, wohin genau sie gehört.« Auf seinen fragenden Blick hin fuhr sie fort. »Ihre Mutter, Lorenzos Schwester, war alleinerziehend und hat in Inglewood gelebt; sie sind also nicht gerade in Geld geschwommen. Sie hat sich als Schauspielerin durchgeschlagen, erst Statisterie, dann eine Sitcom, schließlich bekam sie eine kleine Rolle in einem großen Kinofilm als Prostituierte, die ermordet wird, nachdem sie mit einem Cop eine Affäre hatte.«

»Ich glaube, den habe ich gesehen. War der Cop nicht dieser bekannte Schauspieler, wie hieß er noch gleich? John Irgendwas?«

»Genau der. Sie haben geheiratet, als Marissa fünfzehn war. Nachdem sie also gerade noch an der Armutsgrenze vorbeigeschrammt ist, hat sie plötzlich einen Stiefvater, der halb Australien aufkaufen könnte.«

»Und das ist ein Problem?«

»Wohl dann, wenn Mom und Stiefvater der Ansicht sind, sie müsse erst einmal begreifen, wie man mit Geld umgeht.«

»Ah, die frustrierte Jugend.«

»Wie ich schon sagte, sie ist lieb. Und laut Emma arbeitet sie immer öfter in der Agentur. Ich könnte mir vorstellen, dass sie sich beweisen will. Oder aber genug verdienen, um mit ihren Freundinnen shoppen zu gehen, die selbstverständlich alle Geld haben.« Sie rutschte auf ihrem Sitz herum und zog ein Bein unter. »Sie ist irgendwie eine Kreuzung aus dir und mir. Als Kind war sie so bitterarm wie ich, als junge Erwachsene ist sie finanziell dort angekommen, wo du bist.«

»Nur dass ich immer an mein Geld herankam.«

»Stimmt. Muss hart sein. Dennoch kenne ich sie schon fast ihr ganzes Leben lang. Sie wird den Spagat schon schaffen. Den meisten gelingt das.«

Er warf ihr einen stirnrunzelnden Blick zu. »Was gelingt ihnen?«

»Es hinzukriegen«, präzisierte sie. »Das Leben bewirft einen mit Dreck, man wälzt sich drin und macht sich schmutzig, aber dann steht man wieder auf und klopft sich den Dreck ab.«

Wieder warf er ihr einen Blick zu. »So machst du das also immer?«

»Meistens, denke ich. Aber was dich betrifft, ist mir das mit dem Abklopfen nicht wirklich gelungen.«

»Ich habe das dumpfe Gefühl, dass mir die Analogie nicht gefällt.«

Sie lehnte sich zurück, streifte die Schuhe ab und stemmte die Füße ans Armaturenbrett. »Ich habe das dumpfe Gefühl, dass ich das auch nicht beabsichtigt habe.«

Er sagte nichts darauf – er hatte es schließlich verdient – und protestierte auch nicht, als sie sich vorbeugte und das Radio einschaltete. »Fahr auf die 101 Richtung Norden«, sagte sie, lehnte sich wieder zurück und schloss die Augen, als klassische Rockmusik aus den Lautsprechern um sie herum drang. »Wir müssen ganz hinauf nach San Luis Obispo.«

Drei Stunden lang dröhnten The Doors, die Beatles, AC/DC, Aerosmith und Queen aus dem Radio, und Eliza verschlief sie alle. Nicht, dass ihn das überraschte. Er erinnerte sich noch gut daran, wie sie damals in London immer tief und fest geschlafen hatte, wenn er in der Früh aufgestanden war. In der ersten Woche war er nur auf Zehenspitzen gegangen, um sie nicht zu wecken, zumal er sie nachts immer lange wach gehalten hatte.

Doch nach einigen Tagen hatte er begriffen, dass er sich nicht einzuschränken brauchte. Tatsächlich hatte er sich angewöhnt, im Bett Kaffee zu trinken und die Nachrichten zu hören, weil es sich so schön anfühlte, sie neben sich zu wissen.

Das fehlte ihm – verdammt, sie fehlte ihm. Aber er wusste ja bloß allzu gut, dass er sie nicht zurückhaben konnte. Nicht nach …

Das musikalische Klingeln seines Telefons riss ihn aus dem Gedankengang, der zunehmend düster zu werden drohte, und er warf Eliza einen raschen Blick zu. Aber natürlich würde sie nicht einmal aufwachen, wenn ein Kanonenschlag neben ihr losginge.

Er tippte auf Annehmen und grinste, als Liams tiefe Stimme im Wagen ertönte. Liam und er hatten schon bei vielen Aufträgen zusammengearbeitet, und Quincy freute sich sehr, dass sein Freund ebenfalls bei Stark unterschrieben hatte. »Hab deine Nachricht gelesen. Was hat es mit dieser Ranch auf sich?«

»Eliza hat erzählt, dass sie ihrem Großvater gehörte – eine Jagdhütte. Er hat sie irgendeinem reichen Spekulanten überlassen, der um die Hütte herum Ranchland aufgekauft hatte. Weil er aber zuerst nicht wollte, hat der Käufer ihm erlaubt, die Hütte noch für fünfzig Jahre frei zu nutzen. Dieser Deal ist jedoch nirgendwo anders verzeichnet als auf einem separaten Papier, das bei dem Käufer im Safe liegt. Wer immer im Grundbuch nachsieht, findet nur dessen Namen als Besitzer.«

»In diesem Fall ist es wirklich kein schlechtes Versteck«, sagte Liam.

»So klingt es zumindest. Aber wie wir beide wissen, können manchmal auch Dinge, die sich gut anhören, den Bach runtergehen.«

Liam stieß ein humorfreies Lachen aus. »Wohl wahr.«

»Wo wir gerade beim Thema sind: Für Lassiter war es heute kein so guter Tag.« Der schmierige Bastard war leichte Beute für Ryan und Liam gewesen, die ihn zu Quincy ins Hauptquartier gebracht hatten. »Wie geht es unserem Hausgast denn?«

Quincy hatte sich beim MI6 viele Fähigkeiten aneignen können, doch die hohe Kunst des Verhörs hatte sich als die nützlichste erwiesen. Nun, um fair zu bleiben, hatte der MI6 ihm bloß die Grundlagen beigebracht; im Laufe der Jahre hatte Quincy seine Arbeitsweise erweitert, die Techniken verfeinert, die Utensilien verbessert und seine eigenen pharmazeutischen Hilfsmittel gemischt.

Zu Beginn seiner Ausbildung hatte er einige Methoden als moralisch bedenklich abgelehnt, doch damals war er noch naiv gewesen. Als er erst einmal tief in die Katakomben der kriminellen Welt hinabgestiegen war und das Ausmaß an Verrat und Grausamkeit gesehen hatte, hatten sich seine Skrupel aufgelöst. Und nachdem er selbst zum Opfer geworden war, hatte er erkannt, dass er tun würde, was immer nötig war, um den Abschaum dieser Welt zur Strecke zu bringen und die Unschuldigen zu schützen.

»Ich sage es ja nicht zum ersten Mal, aber du bist in dem Job wahrhaftig Furcht einflößend. Lassiter hat gerade erst bemerkt, was und wie viel er dir alles erzählt hat, und kriegt sich kaum noch ein vor Wut auf sich selbst.«

»Der Kerl hat mein Talent nicht einmal herausgefordert. Er pfeift auf die Konsequenzen, solange er dabei verdienen kann, was beweist, dass er einfach kein Rückgrat hat.« Es war lächerlich einfach gewesen, Lassiter Informationen abzuringen. Er wusste, dass sein Hotel für einen Privatverkauf genutzt werden sollte, und obwohl man es ihm nicht explizit gesagt hatte, hatte er vermutet, dass ein Mädchen namens Ariana versteigert werden sollte. Doch nachdem Quincy dieses Thema eine gute Stunde lang weiterverfolgt hatte, war er überzeugt, dass Lassiter keine Ahnung hatte, welch hohen Gast er unter seinem Dach beherbergt hatte. »Immerhin wissen wir jetzt, dass die Prinzessin wirklich nicht mehr da ist.«

Sie war in ein Zimmer gesperrt worden, vor dem eine Wache gestanden hatte, aber irgendwie hatte sie entkommen können, und Quincy und der Rest des Teams gingen davon aus, dass Emma dafür verantwortlich war. Ehe sie allerdings nicht mehr wussten, waren die Spekulationen müßig.

Weil es aber so schön leicht gewesen war, Lassiter Informationen aus der Nase zu ziehen, hatte Quince sich die Zeit genommen, um sich die Daten von Lassiters Festplatte genauer anzusehen.

»Stark hat seinen Freund Ollie kommen lassen«, erklärte Liam. »Das FBI wird sich wohl nur allzu gerne mit Lassiters Büchern beschäftigen. Diese Bundesagenten sind wahrhaft pingelig, wenn es um Erpressung und Geldwäsche geht.«

»Hab ich auch schon mal gehört«, bemerkte Quince und verbiss sich ein Grinsen.

Sie beendeten das Gespräch, nachdem Quincy ihm versichert hatte, dass er sich melden würde, sobald sie die Ranch erreicht hatten. Eliza schlief noch, aber er brauchte einen Kaffee und der Wagen Benzin, daher fuhr er auf eine Tankstelle, schaltete den Motor aus und ließ die schlummernde Eliza im Auto, um sich das dringend benötigte Koffein zu beschaffen.

»Ihr habt Lassiter also einkassiert«, sagte sie, sobald sie wieder fuhren.

Er warf ihr einen Blick zu. »Du bist die ganze Zeit wach gewesen?«

Sie gähnte und setzte sich auf, dann entdeckte sie den Kaffee im Becherhalter. »Sag mir, dass der für mich ist, und ich werde dich ewig lieben.« Sein Mund war plötzlich trocken, und sie riss die Augen auf. »Entschuldige, ich meinte natürlich nicht, dass … verdammt! Ich bin noch nicht ganz bei mir.«

»Macht nichts. War doch nur eine Redensart. Und ja, der ist für dich. Da sind auch Kekse.« Er deutete auf eine Schachtel in der Mittelkonsole zwischen ihnen.

Sie schnappte sich die Schachtel und riss sie auf, aber ob sie nun wirklich Appetit auf Kekse hatte oder sich bloß beschäftigen wollte, um ihren Fauxpas zu überspielen, hätte er nicht sagen können. »Nein, ich habe dich nicht belauscht. Ich habe dein Gespräch wohl in den Traum eingebaut. Sehr surreal. Ist es denn richtig, was ich gehört habe? Ist die Prinzessin entkommen? Mit Emma?«

»Entkommen, ja. Ob mit Emma wissen wir nicht, nehmen es aber an.«

»Und das ist jetzt unser Job, oder?«, fragte Eliza. »Deiner und meiner? Zur Hütte zu fahren und zu bestätigen, dass meine Schwester sie bei sich hat?«

»Denny sitzt ebenfalls dran. Sie sucht nach Überwachungsvideos, auf denen deine Schwester zu sehen ist. Wenn wir Emma selbst finden, brauchen wir sie natürlich nicht, aber …«

»Wir werden sie finden«, sagte sie bestimmt und lehnte sich zurück, um die bloßen Füße gegen das Armaturenbrett zu stemmen. Ihre Zehennägel waren rosa lackiert. Sie hatte verdammt niedliche Füße, wie er zugeben musste.

Nach einem Augenblick wandte sie sich ihm zu und betrachtete ihn mit gerunzelter Stirn.

Er warf ihr einen Blick zu. »Ist was?«

»Wie ich schon sagte – surreal.«

Er versuchte, sich die Unterhaltung von eben in Erinnerung zu rufen, aber das half ihm auch nicht. »Was meinst du damit?«

»Du und ich. Zusammen unterwegs. Ich hätte nie gedacht, dich je wiederzusehen, geschweige denn, mit dir zusammen zu sein. Auch wenn das Zusammensein nur nebeneinanderzusitzen bedeutet.«

»Ah.« Er hielt den Blick auf die Straße gerichtet und holte tief Luft. Dann wandte er sich ihr gerade so weit zu, dass er sie sehen konnte, und sprach endlich an, was bereits die ganze Zeit unübersehbar zwischen ihnen stand. »Ich habe dir nie gesagt, dass es mir leidtut.«

»Stimmt, hast du nicht. Tut es dir denn leid?«

»Natürlich.«

»Hm.«

Er runzelte die Stirn. »Mehr kommt nicht? Nur hm?«

»Ja. Nein. Ich weiß nicht. Du hast dich vermutlich nie entschuldigt, weil es ohnehin sinnlos war. Du hast geglaubt, mich nie wiederzusehen, warum sich also die Mühe machen?«

»So war es nicht«, erwiderte er scharf. Ihre Worte trafen ihn wie ein Messer, und er bereute es, das Thema überhaupt angeschnitten zu haben. Oder hatte sie es ursprünglich getan? Er war sich nicht mehr sicher.

Er wartete darauf, dass sie fragte, wie es denn stattdessen gewesen war, aber sie schwieg, und ihre Gleichgültigkeit traf ihn tiefer, als er es für möglich gehalten hatte – vor allem nach so langer Zeit.

Doch eine Meile verstrich, dann noch eine, vier, sechs. »Ich habe bei dir im Büro angerufen«, sagte sie schließlich leise. »Man sagte mir, du hättest dich nach Taipeh versetzen lassen. Hattest einfach mal Lust, hier die Zelte abzubrechen und nach Asien zu gehen, wie man es eben so macht.«

»Ich hätte nicht …«

»Ich weiß, dass du nach London zurückgekommen bist.« Sie sprach tonlos, nüchtern, fast kalt.

»Was?« Er hatte sie nur allzu gut verstanden.

»Ich habe dich gesehen.«

Er sog die Luft ein, hatte aber größte Mühe, vernünftig zu atmen. »Es tut mir so leid.«

»Na, wenigstens kannst du jetzt mit Fug und Recht behaupten, dass du dich entschuldigt hast.«

»Eliza …«

»Nein, schon gut. Mehr als gut. Ich meine, ich hab's schließlich überlebt, oder nicht? Dabei war ich mir anfangs gar nicht so sicher, dass ich es schaffen würde. Weißt du, Q, ich war so verliebt in dich, dass ich schier überwältigt war. Die drei Monate fühlten sich wie ein ganzes Leben an, und ich wollte lediglich mehr davon. Dann war wie durch Zauberei alles weg, und ich verstand die Welt nicht mehr. Erst hatte ich Angst, dass dir etwas zugestoßen war. Dann war ich wütend. Dann dachte ich, es läge an mir. Dass mit mir etwas nicht stimmt.«

»Nein.« Er streckte die Hand nach ihr aus, aber sie wich zurück.

»Stimmt, es lag nicht an mir. Sondern an dir.« Laut holte sie Luft. »Du bist derjenige, der alles kaputt gemacht hat, Quincy. Wir hatten etwas so Wunderschönes, und du hast es kaputt gemacht. Du!« Einen Moment lang war sie still. Dann: »Ich wollte bloß sichergehen, dass du das weißt.«

»Ja«, sagte er, »das weiß ich nur allzu gut.«

KAPITEL 16

Hier entlang«, sage ich und deute auf einen zugewachsenen Trampelpfad, der nach rechts abbiegt.

»Sicher?«

Frustriert stampfe ich mit dem Fuß gegen das Armaturenbrett. Ich bin seit Jahren nicht mehr hier gewesen. Wahrscheinlich nicht mehr, seit Emma und ich mit Marissa zu ihrem elften Geburtstag hier gezeltet haben.

»Es ist fast zehn Jahre her, seit ich zum letzten Mal hier war«, fauche ich ihn an. »Und ich bin nie selbst gefahren. Also nein, ich bin mir überhaupt nicht sicher. Willst du den Navigator spielen?«

Er nimmt die Hände in einer ergebenen Geste vom Lenkrad.

Prompt tut es mir leid. »Entschuldige. Ich habe Angst und bin frustriert und … warte! Das war gar nicht der Abzweig. Erst der nächste.«

Er sieht mich an, sagt aber nichts, doch die Frage steht ihm ins Gesicht geschrieben: Ob wir wohl überhaupt ankommen?

»Wirklich«, versichere ich ihm. »Siehst du das rote X da

auf dem großen Stein? Es ist verblasst, aber man kann es noch ausmachen, wenn man davon weiß. Es markiert den Weg. Ich habe es damals auf Emmas Geheiß aufgesprüht, aber ich hatte es total vergessen. Ich war damals erst acht oder neun.«

Ich bin heilfroh, dass meine Schwester so vorausschauend gewesen war. Denn die Hütte steht auf einem Grundstück von gut sechshundert Morgen. Ohne irgendwelche Landmarken ist die Chance, sie zu finden, ziemlich gering. Und obwohl gerade diese Tatsache sie zu einem idealen Versteck macht, stehe ich kurz vor einem Nervenzusammenbruch. Ich möchte Emma jetzt wirklich, wirklich, wirklich gerne finden, um mich davon zu überzeugen, dass es ihr gut geht.

»Kommt dir der Weg noch bekannt vor?«, fragt Quincy, nachdem wir dem holprigen Trampelpfad schon eine halbe Ewigkeit gefolgt sind.

Ich zögere, weil ich nicht zugeben möchte, dass ich es nicht weiß. Wie auch? Hier gibt es nur Bäume und Büsche, und die wachsen schließlich permanent. Allerdings …

Ja!

»Wir sind fast da«, sage ich und deute auf einen toten Baum, der fast exakt mittig gespalten ist. Irgendwann hat einmal der Blitz eingeschlagen, und anscheinend hat der neue Besitzer sich nicht die Mühe gemacht, das Ding aus der Erde zu holen. »Wir müssen über einen Hügel, dann liegt die Hütte im Tal dahinter. Da«, füge ich erfreut hinzu und zeige auf eine kleine Erhebung, die kaum als Hügel durchgeht, aber gerade hoch genug ist, um den Blick auf das zu versperren, was sich dahinter verbirgt.

Ich bin so aufgeregt, als wir hinauffahren, dass mein Körper förmlich vibriert. Ich stelle mir vor, wie Emma auf der Veranda steht und mit der Hand die Augen vor der Nachmittagssonne abschirmt.

Doch das ist es nicht, was ich sehe.

Statt Freude packt mich das reine Entsetzen. Mein Magen zieht sich zusammen, und ich schreie Quincy an, den Wagen anzuhalten, damit ich hinausspringen kann, ehe ich mich übergeben muss.

Die Hütte.

Existiert nicht mehr. Lediglich verkohlte, noch qualmende Stützbalken und ein Teil des Dachs stehen noch. Die Erde um das kleine Haus ist ebenfalls verbrannt, die Vegetation schwarz.

Nur vage ist mir bewusst, dass ich die Tür aufstoße und losrenne. Dass ich stürze, mir Knie und Hände aufschürfe, mich wieder aufrappele. Dann Quincys starke Arme, die mich umfassen, zurückziehen und festhalten, als ich an seiner Brust haltlos schluchze.

»Sie konnte entkommen«, flüstere ich, während Quincy mich behutsam wiegt. »Sie muss entkommen sein.«

Quincy sagt nichts, und nach einem Moment schaue ich auf und folge seiner Blickrichtung.

Ihr Jeep. Ausgebrannt. Verkohlt.

Meine Knie knicken ein, und bloß Quincys fester Griff kann verhindern, dass ich hart zu Boden gehe.

Er kauert sich neben mich und dreht mein Gesicht an seine Brust, und meine Tränen durchnässen sein Hemd, während er mir unablässig über das Haar streicht. Mühsam versuche ich, wieder zu Atem zu kommen. Damit ich klar denken kann.

»Wir finden sie«, verspricht er mir.

Ich ziehe den Kopf zurück, um ihm ins Gesicht zu sehen. »Du glaubst, sie haben sie mitgenommen«, sage ich, und trotz der Finsternis, die mich einhüllt, sehe ich einen Lichtblick.

»Du nicht?«

Langsam nicke ich. Denn natürlich müssen sie sie mitgenommen haben. Sie wollen die Prinzessin – sie ist ihre Ware. Was Emma betrifft … nun, sie wäre sicher auch viel wert, wenn sie sie verkaufen könnten. Was sie nicht würden, dessen bin ich mir ziemlich sicher. Aber sie werden sie zumindest befragen wollen. Um herauszufinden, was sie über diese Organisation weiß – und wem sie es erzählt hat.

»Ja«, sage ich. »Ja, natürlich brauchen sie beide lebend.« Ich drücke mich von ihm ab. Seine Arme sind zu tröstend, und ich will mich nicht auf etwas verlassen, das ich nicht wirklich haben kann. Im Übrigen fällt es mir schwer, klar zu denken, wenn er mich festhält.

Ich will mich aufrichten, halte aber wieder inne. »Aber wie konnten sie sie nur finden? Selbst wenn sie Emmas

Nachricht abgefangen haben, hätten sie sie doch unmöglich entschlüsseln können, oder?«

Sein Stirnrunzeln sagt mir, dass die Frage ihm ebenfalls zu schaffen macht. »Das kann ich mir auch nicht vorstellen. Sie könnten sie vom Hotel aus verfolgt haben. Oder sie haben der Prinzessin irgendeinen Sender eingepflanzt. Ich habe keine Ahnung, aber das ist definitiv beunruhigend. Im Augenblick haben wir allerdings ein dringenderes Problem, denn wir müssen diejenigen sein, die sie zuerst aufspüren.«

»Stimmt«, sage ich. »Und wie?«

Er küsst mich sanft auf den Scheitel, zärtlich und wie beiläufig, doch ich bin mir der Liebkosung nur allzu bewusst. Dann steht er auf und holt sein Telefon hervor. »Ryan, ich bin's. Wie stehen die Chancen, bei der Satellitenüberwachung einen Gefallen einzufordern?«

Während Quincy den Superspion spielt, beginne ich, die unmittelbare Umgebung der Brandstelle abzulaufen. Irgendetwas ist hier merkwürdig, aber natürlich ist nichts normal an dieser Situation. Nimmt man hinzu, dass hier ausgerechnet das Häuschen zerstört worden ist, an dem tatsächlich ein paar gute Kindheitserinnerungen hingen, ist es ein Wunder, dass ich mich überhaupt auf etwas konzentrieren kann.

Nicht, dass die Hütte ein schöner Ort war, als unser Vater noch lebte. Er sperrte uns im Keller ein, wenn er auf die Jagd ging, damit wir nicht herumliefen und uns verirrten oder sogar versehentlich erschossen wurden, wie er behauptete, aber Emma sagte, er wolle einfach bloß die Macht haben und immer wissen, wo wir uns gerade aufhielten.

Damit er sich an uns vergreifen konnte, wann immer er Lust dazu hatte.

Ich schaudere bei der Erinnerung und bin einmal mehr froh, dass das Schwein tot ist. Und so dankbar, dass Emma uns damals da rausgeholt hat.

Und ich habe eine Heidenangst, dass ihr etwas Schlimmes passiert ist. Etwas, das noch schlimmer ist, als unser Vater es je hätte sein können.

Ich fahre zusammen, als Quincy mir eine Hand auf die Schulter legt und mich damit wieder in die Gegenwart zurückholt. »Alles okay?«

»Mein Vater hat uns oft hergebracht.«

Er sagt nichts, tritt aber hinter mich und schlingt die Arme um meine Taille. »Und danach?«

»Danach?«

»Du und Emma wart doch später auch hier, oder? Ihr habt Marshmallows unter den Sternen gegrillt. Seid am Fluss entlanggeschlendert. Du hast mit der alten Canon Schmetterlinge fotografiert. Und ihr seid mit Marissa hergekommen und habt es zu einem Ferienhäuschen für eure echte Familie gemacht. Das Monster aus den Mauern vertrieben.«

Verblüfft und dankbar, dass er mich versteht, schließe ich die Augen. »Marshmallows haben wir nie gegrillt«, sage ich mit einem leisen Lächeln. »Emma hatte Angst, dass wir alles hier abfackeln würden, wenn wir ein Lagerfeuer machten.« Ich gebe ein ironisches Schnauben von mir. »Tja, jetzt hat es ein anderer gemacht. Aber du hast recht«, füge ich hinzu, drehe mich in seinen Armen um und lehne mich ein Stückchen zurück, um ihn anzusehen, »wir haben es umgebaut und renoviert. Vor allem diesen schrecklichen Keller. Wir haben literweise weiße Farbe gekauft und alle Wände neu gestrichen. Wir haben sogar den Entwässerungstunnel gereinigt, damit wir den Schimmelgeruch loswerden konnten, ehe wir … Oh!«

Ich trete so hastig zurück, dass ich beinahe stürze.

»El?«

»Der Tunnel. Heiliger Strohsack, den hab ich ganz vergessen.«

»Wovon sprichst …«

Aber ich renne schon los.

Emma nannte es einen Entwässerungstunnel, weil das Wasser, das sich nach einem Regen im Keller sammelte, immer in diese Richtung ablief. Tatsächlich wussten wir aber nicht, wozu der Tunnel diente. Doch wie es schien, war unsere Hütte nicht das erste Bauwerk auf diesem Grundstück gewesen. Als wir einmal einen Gemüsegarten anlegen wollten, entdeckten wir in ein paar Metern Entfernung ein Fundament aus Stein. Emma meinte, dass es vermutlich einmal ein Haus gewesen war und der Tunnel ursprünglich dazu gehört hatte.

Wir erfuhren nie, wozu er da war, aber einmal krochen wir hindurch. Ein entsetzliches, klaustrophobisches

Erlebnis, bei dem ich am Ende in Tränen aufgelöst war, weil der Gang sich derart verengte, dass meine Schultern an der Wand entlangschrammten und mein T-Shirt zerriss. Ich wollte zurück, hatte aber Angst, rückwärts zu kriechen, und Emma drängte mich behutsam weiter, indem sie mir versprach, dass es bald besser werden würde.

Was auch der Fall war, denn wir erreichten das Ende. In einer kleinen Höhle in einem Felsen, der über einem reißenden Fluss hinausragte.

Und das ist mein Ziel, als ich, Quincy auf den Fersen, über die Ebene sprinte, und als ich den Felsen erreicht habe, lege ich mich auf den Bauch und beuge mich über die Kante. »Emma! Ariana! Seid ihr da?«

Quincy hat mich eingeholt und zieht mich hoch. »Was soll das?«

»Der Tunnel!« Ich deute hinunter. »Er führt hierhin!«

Nun packt auch ihn die Aufregung, und einen Moment später liegt er auf dem Bauch und sieht zu, wie ich vorsichtig in die Kerben trete, die Emma im Laufe der Jahre als Tritthilfen in den Fels geschlagen hat. Ich zwänge mich in die kleine Höhle und schalte die Taschenlampe meines Telefons ein.

»Und?«, fragt er, als ich erleichtert auf die Knie sinke. Denn dort, auf der Wand, steht eine Botschaft für mich. *Am Leben*. Mehr nicht.

Aber das ist genug.

KAPITEL 17

Es ist spät, als wir die Ranch wieder verlassen. Wir sind beide zu Tode erschöpft, sowohl körperlich als auch emotional, und ich freue mich nicht auf die lange Rückfahrt.

Dennoch bin ich überrascht, als Quince in die Auffahrt eines hübschen kleinen Hotels am Avila Beach fährt, keine halbe Stunde von der Ranch entfährt. Ich drehe mich auf meinem Sitz zu ihm um. »Soll das ein Witz sein?«

Er holt tief Luft und sieht mich an. »Wir sind beide nicht in Bestform, Eliza«, sagt er sanft. »Wir brauchen etwas zu essen, und wir brauchen Schlaf. Wir fahren morgen nach Los Angeles zurück.«

Ich würde ihm gerne sagen, dass hier zu schlafen nichts an meinem Zustand ändern wird. Zumindest nicht im seelischen Bereich. Das Einzige, was mir helfen würde, wäre, in sein Bett zu kriechen und mich an ihn zu schmiegen, seine Arme um mich zu spüren und meinen Herzschlag an seinen anzugleichen. Denn so froh ich auch bin, dass er mir hilft, meine Schwester zu finden, so sehr tut mir seine Nähe doch weh.

Daher würde ich ihm am liebsten sagen, dass ich nur nach Hause will. Aber ich weiß ja, dass es nichts ändern würde. Denn selbst in L. A. würde er an meiner Seite bleiben. Ich habe mich auf Lassiters Party eingeschlichen. Der Rothaarige wollte mir Informationen entringen und starb nach einem Kampf. Und ich habe Denny und Quince geholfen, wichtige Daten zu stehlen. Emma mag für mich oberste Priorität haben – und die Prinzessin für Quince –, doch er wird argumentieren, dass ich ebenfalls in Gefahr bin. Und an mir haften wie eine Klette.

»Na gut, von mir aus bleiben wir. Aber ich will im Restaurant essen. Keinen Zimmerservice.« Das Wetter ist herrlich, das Meer wunderbar, und der Sonnenuntergang wird bestimmt atemberaubend. Das Einzige, was ein solches Essen noch besser machen könnte, wäre ein Date, doch ich schätze, wenn drei von vier Bedingungen stimmen, sollte man sich nicht beschweren.

Da wir kein Gepäck haben – was der Rezeptionist, der kaum der Pubertät entwachsen ist, amüsant zu finden scheint –, steuern wir direkt aufs Restaurant zu. Ich brauche was Alkoholisches und bestelle eine Flasche Wein. Roten, weil ich den am liebsten trinke. Pinot Noir, weil das Quincys Favorit ist.

»Denkst du, wir finden sie?«, frage ich, sobald der Kellner uns eingeschenkt und einen Korb mit Brot gebracht hat. Ich bin nicht in der Stimmung für Small Talk oder Höflichkeiten, und ich trinke einen großen Schluck Rotwein, genieße das pelzige Gefühl auf der Zunge und freue mich schon auf die angenehme Benommenheit, die sich bald in meinem Schädel einstellen wird. Ich habe den ganzen Tag nichts als trockene Kekse vertilgt und will nur noch meinen Salat essen, den Wein trinken, ins Bett plumpsen und traumlos schlafen.

Das rede ich mir zumindest ein. Denn was ich wirklich will, werde ich nicht mehr bekommen. Denn ich will es ausschließlich mit dem Mann tun, der mir gegenübersitzt.

Ich hole tief Luft, sammele mich und betrachte ihn.

Dass er weder meiner Frage noch meinem Blick ausweicht, spricht für ihn. »Ja«, antwortet er, »ich denke, wir finden sie.«

»Gute Antwort. Und jetzt erklär mir, warum das die Wahrheit ist und kein Schwachsinn.«

»Weil ich nicht gewillt bin, eine Niederlage hinzunehmen, und keinen Schwachsinn rede.«

Ich lehne mich zurück und trinke wieder einen großen Schluck Wein. »Du sprichst eindeutig von deiner Arbeit. Denn was persönliche Beziehungen betrifft, gehören Niederlagen und Schwachsinn eindeutig in dein Repertoire.«

Er schiebt den Stuhl zurück und erhebt sich. »Irgendwann, Eliza, wirkt auch die aufrichtigste Entschuldigung lächerlich.«

»Ach, und du denkst, an dem Punkt sind wir schon?« Mein Herz hämmert. Einerseits möchte ich meine Worte zurücknehmen. Ich will in Frieden essen. Zur Ruhe kommen.

Andererseits möchte ich schreien und toben. Ihm den Wein ins Gesicht kippen und das Glas zu Boden schmettern. Ich will eine Erklärung, keine Entschuldigung, und mir ist es völlig egal, ob es ihm leidtut. Jedem tut immer irgendwas leid. Ich will wissen, warum!

Ich will wissen, was zum Teufel ich falsch gemacht habe.

Ich sehe verblüfft zu, wie er sich wieder auf den Stuhl sinken lässt. Seine Miene wird weich, und er nimmt meine Hand. »Ach, Eliza, Liebes. Du hast nichts falsch gemacht. Rein gar nichts.«

Oh, verflucht! »Hab ich das laut gesagt?«

Seine Mundwinkel zucken. Damals in London habe ich ständig Dinge gesagt, die ich nicht aussprechen wollte. Meistens, dass er unanständig scharf aussah oder dass ich jetzt am liebsten noch unanständigere Sachen mit ihm im Bett machen würde anstatt das, was wir gerade anstellten. Jedes Mal wäre ich am liebsten im Boden versunken, aber er fand die Eigenart bezaubernd. So bezaubernd, dass mein Wunsch in Bezug aufs Bett gewöhnlich in Erfüllung ging.

Tja, wahrscheinlich habe ich deswegen nie ernsthaft versucht, diese kleine Marotte zu unterdrücken.

Nun jedoch bin ich wirklich total verlegen, und je roter meine Wangen werden, umso fester schließen sich seine Finger um meine.

»Nicht«, flüstere ich.

»Nicht was?«

Behutsam entziehe ich ihm meine Hand. »Fass mich nicht an. Mir wäre es lieber, wenn du … wenn du mich nicht berührst.«

Wir sind nicht zusammen. Das weiß ich. Er will es nicht, ich hab's kapiert. Aber mein Körper reagiert dennoch auf ihn, und allein die simple Berührung seiner Finger jagt mir Schockwellen durch den Körper.

Ich bin heilfroh, dass wir eine Suite haben – heilfroh, dass er mir das Schlafzimmer überlässt –, denn ich weiß jetzt schon, dass ich heute Nacht mit der Hand zwischen den Beinen einschlafe. Jämmerlich, ja, vielleicht, aber das ist mir egal. Ich dachte eigentlich, dass ich Quincy Radcliffe nie wiedersehe, und unter den gegebenen Umständen habe ich schließlich ein Recht auf ein bisschen Gejammer und einen selbst verschafften Orgasmus.

Er nickt. »Klar, was immer du willst.«

»Aber das stimmt ja so auch nicht, nicht wahr?«

Darauf sagt er nichts, und ich kann's ihm nicht verübeln. Ich bin ziemlich sicher, dass ich die Grenze zwischen gekränkt und gehässig überschritten habe. Ich trinke noch einen Schluck, um mich zu erden. Und dann – was soll's! – trinke ich das Glas aus und schenke mir nach. Dabei stelle ich fest, dass auch sein Glas leer ist, und ich applaudiere ihm im Stillen. Schließlich soll man nicht allein trinken, daher fülle ich auch sein Glas wieder auf.

Unser Essen kommt, und wir machen uns schweigend darüber her, während die Sonne am Horizont versinkt. Der Anblick ist atemberaubend, und vor Ehrfurcht geht mir das Herz auf. Einen Moment lang empfinde ich die gleiche Hoffnung, die gleiche Freude über die unbegrenzten Möglichkeiten, wie ich sie einst in Quincys Gegenwart kannte, und die Tatsache, das verloren zu haben, macht mich derart traurig, dass ich mit der Frage herausplatze, die ich nie im Leben stellen wollte.

»Hast du mich eigentlich jemals geliebt?«

Schmerz huscht über seine Miene, ehe er den Blick auf seinen Teller senkt. Der Nachhall meiner Frage verklingt, und mein Herz zieht sich zusammen, als mir klar wird, dass er mir nicht einmal eine Antwort gönnt.

Doch dann hebt er den Kopf und sieht mich ruhig an. »Wie kannst du nur fragen? Natürlich habe ich dich geliebt. Ich habe niemals aufgehört, dich zu lieben.«

Mein Herz setzt einen Schlag aus, und ich ringe um Atem. Hastig wende ich den Blick ab, und ich schlucke, um die Tränen niederzukämpfen. »Aber warum dann alles?«

»Bitte. Bitte frag mich das nicht.«

Ich will es gerade dennoch tun, als eine Kellnerin an unseren Tisch tritt und Quincy um die Rechnung bittet. Er zeichnet sie ab und steht auf, ohne mich zu fragen, ob ich fertig bin. Das bin ich natürlich nicht, aber ich erhebe mich trotzdem gehorsam und gehe mit ihm. Sobald wir im Zimmer sind, werde ich das Thema erneut ansprechen. Er liebt mich. Wenn er mich liebt, dann schaffen wir das auch. Und ich begreife nicht, warum er das nicht genauso sieht.

»Wir müssen darüber reden«, sage ich, als die Tür unserer Suite ins Schloss fällt.

»Wir sind beide todmüde. Ich gehe rasch duschen, dann hast du das Schlafzimmer für dich.«

»Quincy, bitte. Wir …«

»Morgen«, sagt er. »Morgen im Auto bin ich über drei Stunden ganz Ohr, versprochen.« Und damit dreht er sich um und geht ins Bad, und ich stehe im Wohnbereich und weiß nicht, was ich tun soll.

Ich bin jedenfalls noch nicht bereit aufzugeben. Ich kann nicht bis morgen warten, bis er sich gefasst und noch weiter zurückgezogen hat. Der Mann hat mir gerade gesagt, dass er mich liebt. Derselbe Mann, der mich vor Jahren ohne ein Wort des Abschieds sitzen gelassen hat.

Ich finde nicht, dass ich ihm etwas schuldig bin. Am wenigsten die Höflichkeit, seiner Bitte um Vertagung dieser Unterhaltung zu entsprechen.

Im Gegenteil. In London hat er sich mies benommen, und das kann ich auch.

Obwohl ich Angst habe, eine Grenze zu überschreiten, hinter der es kein Zurück gibt, ziehe ich meine Sachen aus, gehe aufs Bad zu, öffne die Tür und trete ein.

Die Dusche ist riesig und komplett verglast. Er steht mit dem Rücken zu mir, legt den Kopf zurück und lässt sich das Wasser über das Gesicht laufen. Er sieht mich nicht, und einen Moment lang genieße ich den Anblick seines muskulösen Rückens und des festen Hinterteils.

Er hat ein Grübchen über dem linken Hüftknochen, und ich weiß noch genau, wie es sich anfühlt. Wie oft habe ich mit den Fingern über diese Stelle gestrichen, wenn wir nach dem Sex herrlich träge zusammen auf dem Bett lagen und wieder zu uns kamen …

Ich möchte das zurück. Diese Nähe. Und dabei geht es mir nicht einmal in diesem Augenblick ausschließlich um den Sex, obwohl ich nicht leugnen kann, dass mein Körper sich verzweifelt nach seinem sehnt. Doch das ist nicht das Wesentliche. Ich vermisse die Verbundenheit. Die sanften Liebkosungen. Die langen Gespräche mitten in der Nacht. Seine Arme um mich, die mir immer ein Gefühl von Geborgenheit geben konnten.

Ich schlucke und bin plötzlich unendlich traurig, und beinahe trete ich den Rückzug an, weil ich befürchte, dass er mich erneut zurückweist und ich es diesmal wirklich nicht verkrafte.

Aber habe ich es denn damals bewältigt? Eigentlich nicht.

Seit London befinde ich mich in der Schwebe. Nichts ist abgeschlossen, meine Trauer über den Verlust immer präsent.

Vielleicht ist es ein Fehler, ihn nun zu drängen, doch seine Art, mich zu verlassen, war nicht besser.

Ich brauche etwas Konkretes. Ich muss wissen, ob es für uns noch eine Chance gibt.

Ich muss entweder versuchen, die Bruchstücke unseres gemeinsamen Lebens wieder zusammenzusetzen, oder ihn dazu bringen, seine Arbeit zu beenden und mich ein für alle Mal von sich zu stoßen. Es wird mich umbringen, aber vielleicht kann ich mich ja irgendwann wieder aufrappeln. In jedem Fall ist es Zeit für einen Neuanfang, und der erste Schritt dazu führt durch das Bad.

Also straffe ich die Schultern und setze mich in Bewegung. Er hat sich noch immer nicht umgedreht, was es einfacher macht, obwohl mich überrascht, dass er mich noch nicht bemerkt hat, denn ich kenne Quincy nur extrem wachsam.

Ich bleibe vor der Dusche stehen und nehme meinen ganzen Mut zusammen. Dann fasse ich den Griff der Glastür.

Er verspannt sich, als ich die Tür aufziehe. Ich erstarre, doch – was soll's? Ich bin schon jetzt zu weit gegangen; an dieser Stelle aufzuhören wäre unsinnig.

»Ich habe gehofft, dass du dich noch anders entscheidest«, sagt er, nach wie vor mit dem Rücken zu mir. Also hat er meine Anwesenheit längst bemerkt.

»Das hätte ich auch fast«, gebe ich zu. »Aber ich fand, dass wir beide es wert sind.« Ich trete behutsam hinter ihn und lege ihm die Arme um die Taille.

»Ich wollte dich nicht abweisen müssen«, sagt er.

»Du musst es ja nicht.« Ich lege meine Lippen auf sein Schulterblatt, und meine Hände streichen leicht über seinen Unterleib. »Es gibt ein Konzept, das man den freien Willen nennt. Schon mal was davon gehört?«

Ich sehe kein Lächeln, höre kein Glucksen. Seine

Muskeln beben allerdings wie bei einem Lachen, und das stimmt mich optimistisch.

»Du wärest besser nicht hergekommen.«

Ich wage es, lasse eine Hand abwärtsgleiten und lächle, als ich fühle, dass er hart ist. »Nicht? Du scheinst aber nicht abgeneigt.«

Dieses Mal bin ich mir sicher, ein leises Lachen zu hören. »Ich bin ein Mensch, Eliza. Ich habe nie behauptet, ich würde dich nicht mehr begehren. Aber ich kann mich nicht mehr auf dich einlassen.«

Eine Welle der Verzweiflung schlägt über mir zusammen, und ich muss mich anstrengen, mir nichts anmerken zu lassen. »Doch, du kannst. Ich bin schließlich hier.« Ich schiebe mich um ihn herum, weil ich ihn ansehen muss. »Sprich mit mir, Quincy. Sag mir, was geschehen ist, damit ich es wenigstens begreife. Du schließt mich aus. Damals war es, als sei eine riesige Stahltür herabgefallen. Mit einem Mal warst du weg, und ich wusste überhaupt nicht, was los war. Weißt du, wie weh das tut?«

Sein Gesicht wirkt gequält, und ich bin mir sicher, dass er es weiß. Er weiß, dass er mich zutiefst verletzt hat.

Und er begehrt mich.

Aber er gibt keinen Millimeter nach.

Ich verstehe es einfach nicht.

»Habe ich etwas falsch gemacht?« Diesmal klingt meine Stimme genauso frustriert, wie ich mich fühle. »Oder hast du einfach beschlossen, im Zölibat zu leben?« Er gibt ein Geräusch von sich, das sich fast wie ein Lachen anhört, und heiße Eifersucht durchströmt mich. »Oh, toll. Du hast mit anderen Frauen geschlafen, seit du abgehauen bist? Tja, dann wird es wohl doch an mir liegen.« Mistkerl. Und ich muss mich ungeheuer zusammenreißen, um das Wort nicht laut auszusprechen.

»Geschlafen, nein. Gevögelt, ja.«

Dumme, dumme Tränen brennen in meinen Augen. »Und warum nicht mit mir?«

Seine Miene ist plötzlich so zärtlich, dass die Tränen fast zu laufen beginnen, und ich bin froh, dass wir in der Dusche stehen, wo er es vielleicht nicht wahrnimmt.

Behutsam umfasst er mein Gesicht. »Weil du mir wichtig bist.«

Ich schüttele den Kopf, weil ich nicht weiß, ob ich verwirrt, traurig oder wütend sein soll. »Du hast mir einmal versprochen, mich zu beschützen, weißt du noch? Du hast auf das Fenster gezeigt, hinter dem das Schlafzimmer deiner Mutter gewesen war, und mir die furchtbare Geschichte erzählt.« Ich kann mich an jedes Detail erinnern. Wie sie ihn unters Bett geschubst hat. Wie sehr er sich gewünscht hat, hervorzukommen und um sie zu kämpfen, aber zu große Angst hatte. Und wie er sich später schwor, es niemals wieder zu einer solchen Situation kommen zu lassen.

»Hab ich das Versprechen denn nicht gehalten?«, fragt er mit harscher Stimme, und mir wird klar, dass ich einen Nerv getroffen habe. »Hab ich dich nicht aus dem Terrace rausgeholt?«

»Das hast du. Aber das macht es nicht besser. Denn du bist derjenige, der mich verletzt hat. Du hast mich tief getroffen, als du gingst.«

Zorn huscht über seine Züge, wird aber schnell unterdrückt, und schließlich nickt er langsam. »Glaubst du nicht, dass ich das weiß? Dass ich mich nicht jeden Tag dafür verabscheue?«

»Warum dann?« Ich zittere jetzt, aber nicht wegen des Wassers, das noch immer heiß aus dem Duschkopf rauscht und uns in Dampf hüllt. Nein, ich zittere aus Angst vor seiner Antwort, denn ich bin sicher, dass sie mir nicht gefallen wird.

Er macht den Mund auf, und ich warte darauf, dass er spricht, doch stattdessen holt er aus und schmettert seine Faust so hart gegen das Glas, dass es eigentlich zerbersten müsste.

Mit offenem Mund starre ich ihn an – einerseits entsetzt, andererseits zufrieden, dass ich ihm eine Reaktion abgerungen habe. Aber ehe ich noch etwas sagen kann, packt er meine Schultern und drückt mich gegen die gekachelte Wand. Seine Augen blicken wild, als er über mir aufragt. »Willst du es denn nicht verstehen? Ich bin nicht mehr der Mann, den du brauchst.«

»Ich rede ja gar nicht von der Ewigkeit«, lüge ich. »Nur von jetzt. Willst du es denn nicht verstehen?« Forsch lege ich meine Hand auf seine Erektion. »Wenn du mich fragst, scheinst du der Aufgabe durchaus gewachsen.«

Einen Moment lang starren wir einander bloß an. Wir

atmen beide schwer. Dann neigt er den Kopf, legt seine Lippen auf meine und küsst mich.

Es fühlt sich an wie Himmel und Hölle zugleich. Das war es, was ich wollte. Wonach ich mich sehne. Und weil ich befürchte, dass er sich doch wieder zurückzieht, beschließe ich, alles zu nehmen, was ich kriegen kann, und auf mögliche Spätfolgen zu pfeifen.

Mit diesem Gedanken als Endlosschleife in meinem Kopf schlinge ich die Arme um seinen Nacken und klettere buchstäblich an ihm hoch, bis mein Rücken fest an der Wand liegt und meine Beine seine Hüften umklammern.

Er wendet sich halb um, dreht das Wasser ab und trägt mich aus dem Bad und zum Bett. Wir sind beide noch nass, aber das interessiert mich nicht. Um keinen Preis würde ich ihn jetzt loslassen. Nicht, bis er mich aufs Bett fallen lässt und seine Lippen sich um meine Brust schließen.

Ich stöhne und biege mich ihm entgegen, als er zu saugen beginnt und elektrische Ströme wie Blitze direkt zwischen meine Beine schießen. Als ob die Nervenbahnen sichtbar wären, arbeitet er sich mit den Lippen an meinem Körper abwärts, bis er sein Gesicht zwischen meinen Beinen vergräbt und mit der Zunge Wunder wirkt. Gleichzeitig stoßen seine Finger tief in mich, und ich lasse meine Hüften kreisen und will doch nur noch mehr. So viel mehr.

Als er beginnt, sich wieder mit Küssen an mir hochzuarbeiten, weiß ich, was kommt – was wir beide wollen –, und ich zittere vor Vorfreude und Verlangen. Ich hebe die Arme über meinen Kopf, damit er meine Handgelenke packen kann, um mich festzuhalten und zu nehmen. Oder mich herumzuwälzen und auf den Hintern zu schlagen, ehe er sich tief in mich versenkt.

Und doch tut er nichts davon.

Sein Mund neckt und liebkost, seine Hände streicheln mich, und alles ist wunderbar und prickelnd. Ich beschwere mich nicht, aber ich will vor allem zurück in die Vergangenheit. Ich will den Quincy, dem ich gehörte. Der die Kontrolle über mich hatte und mich zwang, mich ihm zu unterwerfen, und der es mir erlaubte, mich ohne Angst fallen zu lassen. Ich brauche es jetzt. In meiner Furcht um Emma möchte ich für eine kleine Weile alles um mich herum vergessen, und das kann ich nur, wenn er mich dorthin lässt, wo ich mich ganz und gar hingeben kann, weil er auf mich aufpasst und mich wieder zurückholt.

Aber er tut nichts davon. Er kennt mich so verdammt gut – er wusste immer, was ich brauche –, und doch macht er genau das nicht.

Stattdessen stößt er in der klassischen Missionarsstellung in mich, und ja, es fühlt sich verdammt gut an, auch wenn es vielleicht ein bisschen brav ist. Ich umklammere ihn mit meinen Beinen und packe seinen Hintern, um ihn anzufeuern, und er gehorcht und rammt sich härter und weiter in mich, bis die Reibung unserer Körper mich schließlich zum Höhepunkt bringt, und ich explodiere, ziehe alle Muskeln um ihn zusammen und reiße ihn einen Moment später mit.

Es war unglaublich. Wahnsinn.

Und nicht annähernd genug …

Ich unterdrücke ein Seufzen und schiebe meine Finger durch sein Haar. Er lässt sich neben mir aufs Bett sinken und zieht mich an sich. Ich öffne den Mund, um etwas zu sagen und die seltsame Stille zu durchbrechen, doch er legt mir einen Finger auf die Lippen und bringt mich zum Verstummen.

»Du hast den Krieg gewonnen, Liebes. Lass mir diesen kleinen Triumph. Ich möchte dich bloß festhalten und mit dir in meinen Armen einschlafen.«

Da das ganz sicher nicht zu viel verlangt ist, nicke ich nur, schmiege mich an ihn und fühle mich zum ersten Mal seit einer halben Ewigkeit wieder geliebt und geborgen.

Ich weiß nicht, wie lange ich geschlafen habe, als ich plötzlich erwache, weil sich der Mann neben mir im Bett hin- und herwirft.

Ich rutsche etwas zurück, stütze mich auf einen Ellenbogen und lege ihm sanft eine Hand auf die Brust, um ihn aus dem Albtraum zu holen.

Aber ehe ich weiß, wie mir geschieht, packt er mein Handgelenk und reißt mich aus dem Bett. Mein Schrei hallt im Zimmer wider, als er mich so stark gegen die

Wand rammt, dass ich im ersten Moment keine Luft mehr bekomme.

Ich ringe um Atem, doch vergeblich – seine Hand packt meine Kehle, und für einen Augenblick bin ich vor Verwirrung vollkommen handlungsunfähig. Dann beginnt meine Sicht zu verschwimmen, und Todesangst steigt in mir auf.

Ich reiße mein Knie hoch und ramme es ihm zwischen die Beine, und er brüllt, lässt mich los und reißt die Augen auf, aber er sieht mich nicht. Als er wieder nach mir greifen will, tue ich das Einzige, was mir einfällt. »Ente! Entenküken! Ente!«, schreie ich aus vollem Hals und bete, dass wenigstens das Safeword zu ihm durchdringt.

KAPITEL 18

Ente! Entenküken! Ente!

Die Wörter drangen in seinen Schädel und durch den roten Schleier der Erinnerungen, und Quince taumelte zurück, als er voller Entsetzen erkannte, dass er vor einer verängstigten Eliza stand.

Das war es. Das war der Grund, warum er gegangen war. Warum es richtig gewesen war, nicht zurückzukehren. Die Berlin-Mission hatte aus ihm ein Wrack gemacht. Er hatte Shelley verloren. Er hatte sich selbst verloren.

Und obwohl sie ihm Eliza nicht genommen hatten, hatte er auch sie verloren.

Scharf sog er die Luft ein und versuchte, den Tumult seiner Gedanken und Gefühle zu besänftigen. Gott, wieso hatte er sie bloß angefasst? Er hätte es besser wissen müssen. Was war er nur für ein Vollidiot, dass er geglaubt hatte, es könne vielleicht doch klappen. Sie beide könnten vielleicht doch noch eine Chance haben.

Nein, er war kaputt, ein gebrochener Mann, und das durfte er unter keinen Umständen mehr vergessen.

»Quincy?« Sie streckte vorsichtig die Hand nach ihm

aus, während sie ihn wachsam beobachtete. Kluges Mädchen. »Es war nur ein Traum. Du bist wieder wach. Alles ist gut.«

Er stieß einen kehligen Laut aus – nichts war auch bloß ansatzweise gut –, und wich dann kopfschüttelnd von ihr zurück. Er öffnete den Mund, als gäbe es Worte, mit denen er es ihr erklären konnte, aber das war Unsinn. War es denn nicht eindeutig, was aus ihm geworden war? Sie brauchte ihn doch nur anzusehen. Was sollte er dem noch hinzufügen?

Er hob die Hände, als wolle er ihr Mitgefühl abwehren. Um ihre verwirrte und besorgte Miene nicht mehr sehen zu müssen, wandte er sich um, entdeckte seine Jeans ordentlich gefaltet über dem Stuhl und zog sie an. Ein Hemd brauchte er nicht. Und auch keine Schuhe. Er trat hinaus auf die Terrasse, öffnete das kleine schmiedeeiserne Tor und nahm den Pfad, der zum Meer führte.

Die Nacht war klar, ein fast voller Mond hing tief am Himmel, und in seinem fahlen Schein toste die Gischt der brechenden Wellen. Er blieb im feuchten Sand stehen und ließ seine Füße vom kalten Pazifi kwasser umspülen. Er konnte hineingehen. So weit gen Horizont schwimmen, bis die Erschöpfung ihn nach unten zog und er in die schwarzen Tiefen sank, nur um triumphierend und von allem geläutert wieder aufzusteigen – befreit von all den Scheußlichkeiten, die er gesehen und erlebt hatte und die an ihm hafteten wie Blut, das ihn besudelte und für alles andere verdarb.

Aber er hatte keine Zeit für alberne Wunschträume, und er wusste verdammt gut, dass sich dieses Blut niemals abwaschen lassen würde. Daher schlang er seine Arme gegen die Kälte um den Oberkörper und ging am Ufer entlang, um einen klaren Kopf zu bekommen und vielleicht wieder ein bisschen müde zu werden. Mit etwas Glück konnte er gleich zurück ins Zimmer schlüpfen, ohne Eliza zu wecken, sich auf die Couch legen und noch etwas schlafen, ehe sie wieder losfahren mussten.

Aber natürlich wurde es ihm nicht so einfach gemacht, und das hätte er wissen müssen. Er hatte keine Chance, Eliza aus dem Weg zu gehen, weil sie mitten auf dem Weg auf einer Decke im Sand saß und auf ihn wartete.

»Du solltest schlafen«, sagte er und blieb vor der Decke stehen.

Sie hielt ihm sein Hemd hin, und er nahm es dankbar. »Du auch.« Sie deutete auf den Platz neben sich auf der Decke. »Wir sollten reden.«

»Ich bin müde. Ich möchte nur rein.«

»Setz dich«, sagte sie, »das bist du mir schuldig.«

»Weil ich dich angegriffen habe.« Es war keine Frage.

Sie schnitt ein Gesicht. »Nein, verflixt. Weil du abgehauen bist. Weil du mich jahrelang im Dunkeln gelassen hast. Weil du mir nicht zutraust, dir helfen zu können, wie du mir helfen konntest.« Sie verschränkte die Arme vor der Brust. »Ernsthaft jetzt? So wenig hältst du von mir? Dass ich dir wegen eines Albtraums den Laufpass gebe?«

Er gab keine Antwort, setzte sich aber.

Es sprach für sie, dass sie ihn nicht drängte. Sie sah ihn nicht einmal an. Sie saß einfach nur mit angezogenen Knien auf der Decke, eine zweite um die Schultern gelegt, und griff nach seiner Hand. Und obwohl er sie im ersten Impuls wegziehen wollte, tat er es doch nicht. Er wollte sie spüren, denn ihre Nähe war tröstend, und er brauchte eine Rückversicherung, dass sie ihn nicht für das, was er getan hatte, hasste. Und er sie nicht ein für alle Mal verjagt hatte.

Er wollte nicht, dass sie wusste, was in Berlin passiert war, aber gleichzeitig sehnte er sich danach, es ihr zu erzählen. Gott, er hatte sie so vermisst. Vielleicht hätte er mit dem Loch in seinem Herzen, das sie hinterlassen hatte, leben können, wenn er sie nicht wiedergesehen hätte. Aber so war es nun einmal geschehen. Sie waren sich nach Jahren im Terrace Hotel wiederbegegnet, und jetzt war alles anders.

Vor allem er.

»Quincy?«

Sie machte Anstalten, sich ihm zuzuwenden, aber er drückte ihre Hand. »Nein«, sagte er, »bleib so. Gib mir nur eine Minute.«

Sie gehorchte.

Er begann zu reden, selbst wenn er das nie für möglich gehalten hatte. »Du bist ja bereits selbst darauf gekommen, dass ich nicht in der Finanzberatung tätig war. Und obwohl ich schon oft in Hongkong, China und Taipeh zu tun hatte, war ich in jenem Sommer nicht da.« Er verstummte, aber sie sagte nichts und wandte sich auch nicht zu ihm um. Dankbar atmete er tief durch und fuhr dann fort. »Stattdessen ging es um simplen Geleitschutz. Ein schneller, leichter Auftrag, sehr geringes Risiko, ein Gefallen für einen wichtigen Informanten in Berlin. Nicht mehr als ein Wochenendtrip. Zu dem Zeitpunkt stand ich auf der Gehaltsliste vom MI6 und Deliverance, hatte aber gerade Urlaub und genoss ihn in vollen Zügen.« Sie zog den Kopf ein, und er sah den Hauch eines Lächelns in ihrem Profil. Er legte ihr den Finger unters Kinn und drehte ihr Gesicht zu sich. »Du warst das Beste an dieser Auszeit.«

Sie lächelte und wollte sich wieder abwenden.

»Nein, schon gut«, sagte er und schloss seine Finger fester um ihre Hand. »Jedenfalls ließ es sich als leichter, harmloser Job an. Das Mädchen war mit Freunden gereist, die aber bloß feiern wollten, also rief sie ihren Vater an und bat ihn, sie in London abzuholen, aber er war in Hongkong. Deshalb rief er meinen Chef an und bat ihn um den Gefallen. Ich brauchte sie nur nach Berlin heimzubringen.«

»Ich vermute, es ist nicht gut gelaufen.«

»Nein, ganz und gar nicht.« Er holte erneut tief Luft, um sich Zeit zu verschaffen, die ganze Sache so schnell und einfach wie möglich zu formulieren. Er wollte es ihr erzählen, aber unter keinen Umständen bei den Erinnerungen verweilen. Sobald er es ausgesprochen hatte, würde er ins Bett gehen und hoffentlich schlafen. Hoffentlich ohne zu träumen.

»Wir gerieten in einen Hinterhalt«, sagte er rasch. »Und wurden in ein verlassenes Lagerhaus gebracht. Fünf Männer. Ich hatte sie noch nie gesehen. Dachte ich zuerst. Tatsächlich hatte ich aber ihre Füße gesehen, als ich sieben war.«

Ihr Kehlkopf bewegte sich, als sie schluckte. »Der Mord an deiner Mutter?«

»Ich schätze, es reichte ihnen nicht, dass sie und mein Vater tot waren. Sie wollten die gesamte Familie auslöschen. Aber nicht einfach so. Sie wollten uns auch foltern.« Er stand auf, weil er den Rest nicht im Sitzen erzählen konnte. »Sie fingen mit Shelley an«, sagte er mit dem Rücken zu ihr, den Blick aufs Meer gerichtet. »Ein simpler Job. Begleite das Mädchen zurück nach Berlin.« Seine Stimme stockte, Tränen verschlossen seine Kehle. »Ich hatte ihr versprochen, sie sicher nach Hause zu bringen. Sie stellten mich mit einem Betäubungsgewehr ruhig. Als ich aufwachte, war ich an einer Wand festgekettet. Splitterfasernackt. Shelly saß auf einem Stuhl vor mir, Hände und Füße gefesselt, noch angezogen. Sie kämmten ihr das Haar. Sie sollte hübsch für mich aussehen, sagte man mir.« Er wandte den Kopf gerade weit genug, um ihre entsetzte Miene zu sehen. »Sie machten Bilder von ihr, Polaroids. Ließen sie einfach auf den Boden fallen. Dann zielten sie mit dem Gewehr auf ihren Kopf und sagten ihr, dass sie jetzt sterben würde. Aber wenn sie mich anflehte, dann würde ich sie vielleicht retten.«

»O Gott.« Ihre Worte waren kaum zu hören, drangen aber bis in sein Herz.

»Sie war erst sechzehn. Und ja, sie flehte mich an. Und jeder Schrei, die Tränen, ihr Flehen fraß sich in meine Seele. Ich schwör's, an diesem Tag bin auch ich gestorben.«

»Sie haben sie erschossen.«

Er wandte sich wieder dem Ozean zu, der dunkel und unendlich vor ihm lag. »Direkt zwischen die Augen.«

»Und dich haben sie gehen lassen?«

Er schnaubte. »Sie haben mich vergewaltigt.« Seine Stimme war tonlos, frei von jeder Emotion. »Immer und immer wieder.«

Als er ihr erneut einen Blick zuwarf, wirkte sie betäubt. So wie er sich fühlte.

»Wie bist du entkommen?«

Er verschränkte die Finger in seinem Nacken und schloss die Augen, um nur dieses eine Mal die Erinnerungen zuzulassen. »Zu meiner Ausbildung gehörte ein Resistenztraining gegen Drogen. Manchmal gaben sie mir irgendwas, das mich zwar bewegungsunfähig machte, aber nicht völlig ausschaltete, und banden mich los – wahrscheinlich machte es ihnen dann mehr Spaß, über mich herzufallen. Einmal war die Dosis zu niedrig. Bei jedem anderen hätte sie wohl gereicht, aber wie gesagt – ich hatte ein spezielles Training hinter mir. Als sie mich anfassten, rastete ich aus. An viel mehr kann ich mich nicht erinnern. Nur an den roten Schleier in meinem Kopf, den Geruch von Blut und ihre Schreie.«

Sie hatte die Knie an die Brust gezogen und umklammerte sie fest. Ihr blieb der Mund offen stehen, und sie hatte vor Entsetzen die Augen weit aufgerissen.

»Als ich wieder bei Sinnen war, waren alle tot und im Lagerhaus verteilt. Fünf blutige Leichen. Ich ließ sie dort, floh zu unserem sicheren Haus in Berlin und funkte um Hilfe. Dann wurde ich ohnmächtig. Später gab ich unseren Leuten die Koordinaten durch, aber die Leichen waren weg. Ich lag wochenlang im Krankenhaus. Dann kehrte ich zur Physiotherapie nach London zurück. Ich muss etwa zwei Wochen wieder dort gewesen sein, als du mich gesehen hast, aber ich hatte dich bereits vorher gesehen.«

Ihr Kopf fuhr hoch. »Was? Wo denn?«

»Du warst mit deiner Freundin unterwegs. Die dünne Frau mit den dunklen Locken. Du hast uns einmal im Theater einander vorgestellt …«

»Ach, Alicia. Ich bin ein paarmal mit ihr essen gewesen, nachdem du … Na ja, jedenfalls haben wir öfter etwas miteinander unternommen.«

»Ich konnte nicht«, sagte er. »Ihr habt gelacht, saht fröhlich aus. Und ich war voller Hass und wollte Rache, schlief nicht mehr, schlug mich mit den Albträumen herum und war nicht mehr in der Lage …« Er brach ab und schüttelte den Kopf.

»Was?«

Er machte eine abwehrende Geste. »Sexuell. Emotional.« Wieder schüttelte er den Kopf und rieb sich die Schläfen. »Ich war in keinem guten Zustand. Das bin ich noch immer nicht.«

Er beobachtete ihr Mienenspiel und war sicher, dass sie nach Worten suchte, die ihn trösten würden, obwohl es für ihn keinen Trost geben konnte.

»Manchmal denke ich, ich bin verflucht«, sagte er. »Meine Mutter. Mein Vater. Und dann ich.«

»Nein«, sagte sie, woraufhin er verächtlich schnaubte. Er hielt ihr die Hand hin und zeigte ihr die Patek Philippe.

»Habe ich dir je erzählt, warum ich sie trage? Sie ist mein Kompass.«

»Sie ist nicht nur eine Uhr?«

»Ich will damit sagen, dass sie mich leitet. Sie hat meinem Vater gehört, weißt du? Ich durfte durch seine Sachen gehen, nachdem sie ihn gefunden hatten. Die Uhr war ein Geschenk der Königsfamilie. Er hat sie verraten, sie und das Land. Daher wurde die Uhr für mich zum Kompass. Ich trage sie, um mich immer daran zu erinnern, dass ich mich selbst stets im Griff haben muss. Erst denken, dann handeln.« Er atmete tief ein und stieß die Luft wieder aus. »Heute Abend habe ich das nicht getan. Verzeih mir.«

»Du hattest einen Albtraum.«

»Ich hätte niemals mit dir ins Bett gehen dürfen.«

Sie stand auf und trat einen Schritt näher. »Du hast mir nichts getan. Du bist vorher zu dir gekommen.«

Ihre Worte blühten wie die Saat der Hoffnung in ihm auf. Aber er traute dem Ganzen nicht. »Du hast mir gefehlt«, sagte er stattdessen.

Ein leises Lächeln huschte über ihre Lippen. »Ich bin unglaublich froh, dass es nicht nur mir so gegangen ist.«

»Du hast mir gefehlt«, wiederholte er. »Und dich anzufassen fühlte sich verdammt gut an. Aber ich weiß nicht, wie es mit uns funktionieren soll.«

»Wollen wir es versuchen?«

Innerlich rang er mit sich. »Ich weiß nicht.«

»Es war nicht deine Schuld, das weißt du. Weder das, was Shelley passiert ist, noch das, was mit dir geschehen ist.«

»Ja, ich weiß«, antwortete er. »Aber das zu wissen ist einfach nicht genug.«

KAPITEL 19

Ist alles klar zwischen euch beiden?«

Verblüfft sehe ich auf. Ich sitze am Rand von Damien Starks Pool und lasse die Füße ins Wasser baumeln. Denny steht neben mir und blickt auf mich herab.

»Was? Zwischen mir und Quincy? Klar.« Ich versuche, überzeugt zu klingen; vielleicht wird es ja allein dadurch wahr. »Warum fragst du?«

Denny schüttelt den Kopf. »Nur so ein Gefühl.« Sie streift die Sandalen ab, setzt sich neben mich an den Beckenrand und taucht ebenfalls ihre Füße in das kristallklare Wasser. »Ich kenne ihn inzwischen ziemlich gut, und irgendwie erscheint er mir heute merkwürdig. Du übrigens auch.«

»Mich kennst du doch gar nicht gut genug, um das beurteilen zu können.«

»Das stimmt. Wir sollten uns also besser kennenlernen.«

Ich muss lachen. »Dazu ist heute vielleicht nicht gerade der beste Zeitpunkt. Sie sind bestimmt bald zurück.«

Das gesamte Team von Stark Security – meine Wenigkeit mangels Alternative eingeschlossen – hat sich spontan zum Empfang von Prinz Michel von Eustanzia, Prinzessin Arianas Onkel und Leiter der nationalen Sicherheitsbehörde, in Starks Luxusvilla in Malibu eingefunden. Er ist mit einem kleinen Kader an Leibwachen gekommen, während seine Geheimdienstler mit Liam Foster als Vertretung der SSA in ihren Räumlichkeiten im Stark Century Hotel geblieben sind.

Im Augenblick befinden sich der Prinz und die meisten anderen in Starks gigantischer Tiefgarage. Anscheinend ist Prinz Michel ein ebensolcher Oldtimerfan wie Damien Stark.

»Um es genau zu sagen, scheint mir heute grundsätzlich nicht der beste Zeitpunkt, um über meine Beziehung zu Quincy zu sprechen. Wir sollten uns doch lieber auf die Prinzessin konzentrieren.«

Denny schüttelt den Kopf. »Darf ich dir einen kleinen Rat geben? Ich verspreche dir, dass er mehr wert ist, als ich dafür berechne.«

»Hm, na gut.«

»So solltest nie denken. Nicht, wenn du in diesem Geschäft überleben willst.«

»Ich bin Schauspielerin. Ich habe mit eurem Geschäft eigentlich nichts zu tun.«

Denny verdreht die Augen und tritt mit den Zehen eine kleine Wasserfontäne in die Luft. »Na schön, lass es mich anders formulieren. Wenn du es möglich machen willst, mit jemand zusammen zu sein, der in dieser Branche arbeitet, kannst du es dir nicht leisten, mit dem

Reden darauf zu warten, dass gerade eine ruhige Phase eintritt. Denn die kommt nie.«

Sie blinzelt, und erst jetzt erkenne ich, dass sie mit den Tränen kämpft. »Denny?«

»'tschuldigung.« Sie schnieft und reibt sich die Wangen mit der Handfläche ab. »Tut mir leid. Manchmal ist alles okay und plötzlich wieder nicht. Aber im Grunde ist es genau das, was ich meine. Ich würde alles dafür geben, Mason bei mir zu haben. Alles zu klären, was ansteht, ein gemeinsames Leben zu führen. Vor … na ja, vor seiner Mission habe ich das für selbstverständlich gehalten. Doch jetzt ist er schon so lange weg, dass ich mich zu fragen beginne, ob wir überhaupt je eine Chance haben werden, all das anzusprechen, was ungesagt geblieben ist.«

Ich nehme ihre Hand und drücke sie. »Bestimmt.« Das ist natürlich ein dummer Spruch, weil er so beliebig ist, aber ich möchte es glauben. Und wie mir scheint, möchte auch sie gerade nichts anderes hören.

Sie zieht die Füße auf den Beckenrand. »Ach, tut mir leid. Ich wollte nicht so rührselig daherkommen.«

Ich denke an die vielen Jahre ohne Quincy. »Ich versteh dich, glaub mir. Und ich denke, ich hab's kapiert.«

»Gut. Dann rede mit ihm. Ihr beide habt etwas Wertvolles. Lass nicht zu, dass es in dem ganzen Getöse untergeht.« Geräuschvoll stößt sie den Atem aus. »Gott, ich klinge, als ob ich auf alles eine Antwort hätte. Aber manchmal denke ich, ich müsste nur genug Beziehungskarmapunkte sammeln, damit das Universum keine andere Wahl hat, als ihn mir zurückzubringen.«

Da ich nicht weiß, was ich dazu sagen soll, drücke ich ihre Hand einfach erneut. »Danke.«

Sie hebt die Schultern. »Wenn ich mich zu viel einmische, dann sag's mir einfach, und ich bin still. Aber Quince ist wie ein Bruder für mich, und ich mag dich wirklich. Ich würde mich freuen, wenn das mit euch beiden Irren klappt.«

Ich lache. »Ich mag dich auch«, sage ich, was eine totale Untertreibung ist. Ich zögere, werfe Denny einen Blick zu und beschließe dann, es zu wagen. Was habe ich schon zu verlieren? »Wie viel weißt du? Über Quincys Vergangenheit, meine ich.«

»Ah, na ja, das könnte ich dich auch fragen.«

Ich grinse. »Aber ich hab zuerst gefragt.«

»Na schön. Das bleibt allerdings unter uns, ja? Wenn ich versehentlich etwas sage, das du noch nicht wusstest, hast du es nicht von mir. Außerdem rede ich nur mit dir, weil es zu seinem eigenen Besten ist. Und weil … na ja, Klatsch und Tratsch eben auch dazugehören.«

»Großes Indianerehrenwort«, sage ich und bekreuzige mich.

»Da verwechselst du gerade etwas, fürchte ich, aber macht ja nichts.« Sie schürzt nachdenklich die Lippen, als würde sie ihre Worte sorgfältig abwägen. »Weißt du das von seinem Vater?«

»Ja, und auch das von seiner Mutter. Und dass ihm das

Haus noch gehört – jedenfalls tat es das, als wir uns in London begegnet sind.«

»Dann weißt du, dass ihm das immer noch zusetzt. Was sein Vater getan hat. Und dass er seine Mutter nicht retten konnte.«

Ich nicke.

»Und da ist noch etwas anderes. Es muss etwas Einschneidendes passiert sein, als er noch beim MI6 und Deliverance gearbeitet hat. Dallas hast du kennengelernt, oder?« Der letzte Satz scheint völlig aus dem Zusammenhang gerissen, bis mir wieder einfällt, dass Dallas Sykes Quincys Freund und Gründer von Deliverance ist, eine inzwischen nicht mehr bestehende paramilitärische Schutzorganisation, deren hauptsächliche Funktion es war, entführte Kinder zu finden und zurückzubringen.

»Noch nicht«, antworte ich, »aber ich habe ihn schon öfter in den Medien gesehen. Ist er nicht auch hier?«

Sie nickt. »Er und Stark sind befreundet, und ich glaube, er kennt auch den Prinzregenten – Arianas Vater. Dallas ist der Playboy der westlichen Welt – oder war es, bis er geheiratet hat. Aber das ist jetzt gar nicht wichtig. Ich wollte bloß sagen, dass in der Zeit etwas geschehen sein muss, etwas Schlimmes, allerdings weiß ich nichts Genaues.«

Ich frage mich, warum sie es mir sagt, wenn sie doch eigentlich nichts weiß, und anscheinend sieht man mir meine Verwirrung an. »Ich habe ihn einmal gefragt, ob er vielleicht die Nummer meines Therapeuten haben wollte;

manchmal halte ich es doch nicht aus, dass Mason weg ist, und dann rede ich mit ihm.«

»Oh.« Ich setze mich gespannt auf. »Und? Wollte er?«

»Nein. Er hat keinen Grund genannt, aber ich bin davon ausgegangen, dass sein Leben in jenem Augenblick nur aus Arbeit bestand, weswegen er es für nicht nötig erachtete, seinen persönlichen Kram auf die Reihe zu kriegen.« Sie kommt auf die Füße und blickt auf mich herab. »Jetzt könnte es ihn aber doch wieder interessieren.«

Ich grinse; natürlich wärmen ihre Worte mich innerlich.

»So«, sagt sie in einem Tonfall, der nahelegt, dass nun Schluss mit den ernsten Themen sein muss, »das hier ist eine Party, und ich will einen Drink. Du auch?«

»Noch nicht, danke.« Ich muss noch ein bisschen über das nachdenken, was sie gesagt hat. Oder eher über Quincy und was ihm zugestoßen ist. Und was ich weiß, Denise aber nicht.

Und über das, worüber Quincy und ich heute Morgen auf der Fahrt zurück nach L. A. nicht gesprochen haben.

Er hat gestern Nacht auf der Couch geschlafen, was wahrscheinlich zu erwarten war, aber ich hatte gehofft, dass wir wenigstens auf der Fahrt weiterreden würden. Er muss sich mit schrecklichen Erinnerungen auseinandersetzen, und ich will ihm helfen. Doch er schwieg die meiste Zeit, und wenn wir redeten, dann nicht über das, was er mir in der Nacht erzählt hatte. Stattdessen sprachen wir über Emma und die Prinzessin und die Ermittlung, soweit es die beiden betraf. Dass die Verfolger die Hütte gefunden hatten, war seltsam. Sie war nirgendwo verzeichnet, es gab keine Straßenschilder, und doch waren die Verbrecher vor uns dorthin gelangt. Das allerdings offenbar nur knapp, wenn man in Betracht zog, dass der Boden noch gequalmt hatte, als wir eingetroffen waren.

»Selbst wenn sie ihr Telefon gehackt haben, konnten sie die Nachricht garantiert nicht entschlüsseln. Nicht einmal Marissa hat sie verstanden, und sie ist schon auf der Ranch gewesen.«

»Möglicherweise wird Emma überwacht«, überlegte Quincy. »Wenn sie schnell waren, nachdem sie die Prinzessin befreit hat, dann ist es ihnen vielleicht gelungen, sie zu beschatten.«

»Und warum sie dann nicht eher schnappen?«

»Keine Ahnung«, gab er zu, und frustriert verstummten wir beide.

Eine andere Frage drängte sich mir auf. »Wieso hat Emma eigentlich Marissa angeschrieben? Warum nicht mich? Allerdings fällt mir gerade ein – vergiss es. Sie glaubt ja, ich bin auf Kreuzfahrt.«

»Aber selbst wenn nicht, schreibt sie vielleicht deshalb nicht, weil sie ihre kleine Schwester aus dieser Sache heraushalten will.«

Ich schnaubte, wusste jedoch, dass er recht hatte. »Hast du etwas von dem Satelliten gehört?« Er hatte noch auf der Ranch jemanden angerufen, und in meiner Vorstellung hatte die NASA die bösen Buben augenblicklich mit einer Art gigantischem Laserpointer ins Visier genommen.

»Leider war das eine Sackgasse. Zu dem Zeitpunkt war kein Satellit auf dieses Areal ausgerichtet, und es bestand auch keine Möglichkeit, noch rasch einen damit zu beauftragen. Unsere Leute werten gerade die Verkehrskameras aus, aber wir sind hier nicht in Los Angeles, die Überwachung ist nicht flächendeckend.«

»Toll.« Enttäuscht ließ ich mich in meinen Sitz zurückfallen.

»Wenigstens wissen wir von dem Pick-up.«

Ich nickte, denn das war tatsächlich gut. Etwa eine halbe Stunde, ehe wir am Schauplatz angekommen waren, hatte der Besitzer des nächstgelegenen Anwesens bei der Polizei angerufen, um zu melden, dass man seinen Ford F-150 direkt von der Auffahrt gestohlen hatte. »Aber Emma ist zu klug, um den Wagen lange zu behalten. Was bedeutet, dass uns dieser Hinweis nicht viel nützt, wenn das Auto nicht bald von irgendeiner Kamera oder der Polizei erfasst wird.«

»Zumindest wissen wir, dass sie das Gelände verlassen haben.«

Ich nickte; das war immerhin beruhigend. Und so fuhren wir schweigend weiter, während Quincy an weiß

Gott was dachte und ich im Geiste lange Gespräche darüber führte, was ihm zugestoßen war, wie er damit umging und wie ich ihm möglicherweise helfen konnte, wenn er mich nur ließe.

In meinem Kopf hörte sich alles wunderbar plausibel an.

Wir hielten kurz bei Quincys Wohnung, um uns umzuziehen, dann fuhren wir auch schon weiter nach Malibu, denn Ryan hatte Quincy per Nachricht über Prinz Michels Ankunft informiert.

Da Emmas Wohnung kein sicherer Ort für mich darstellte, war ich Quincys Hausgast, bis diese Sache vorüber war. Ich hatte ihm das Angebot gemacht, Denise zu fragen, ob ich stattdessen bei ihr bleiben durfte; in Anbetracht der Tatsache, wie der gestrige Abend gelaufen war, hatte ich den Verdacht, dass er mich lieber nicht in seiner Nähe haben wollte.

»Nein«, sagte er jedoch, und diese schlichte Ablehnung hatte meine düstere Stimmung erheblich verbessert.

Nun höre ich Stimmen aus dem Haus und mache mir bewusst, dass die Gäste aus der Garage zurückkommen. Ich stehe auf. Lieber hole ich mir etwas zu trinken, ehe der Ansturm auf die Bar beginnt.

Ich bitte um einen Martini und sehe zu, wie der sehr junge Barkeeper meinen Drink fachmännisch zubereitet. Mir kommt in den Sinn, dass er überprüft worden ist – er mixt Drinks für einen Milliardär, bei dem der Hochadel zu Besuch ist –, und ich frage mich unwillkürlich, ob er so etwas oft macht oder innerlich auf und ab hüpft und es kaum erwarten kann, alles brühwarm seinen Freunden zu erzählen.

»Sie wirken belustigt«, bemerkt Nikki Stark, als ich mich mit meinem Glas in der Hand von der Bar entferne. »Was hoffentlich bedeutet, dass Sie sich wohlfühlen.«

Damiens Frau ist äußerst sympathisch, eine natürliche Schönheit, über die sich die Klatschpresse, als sie mit ihrem Mann zusammenkam, das Maul zerrissen hat, aber damals habe ich die Geschichte nicht wirklich verfolgt, und ich werde den Teufel tun und jetzt alles wieder ausgraben. Dazu mag ich sie zu sehr, und der Gedanke, dass man sie derart durch den Kakao gezogen hat, ist mir zuwider.

Eine andere Frau gesellt sich zu uns, legt Nikki einen Arm um die Schultern und streckt mir die andere Hand entgegen. Ich ergreife sie, bin aber zugegebenermaßen ein wenig eingeschüchtert, nicht nur durch ihre burschikose Art, sondern auch von ihrem Aussehen, denn sie ist atemberaubend schön. Wie ein Filmstar. Und je länger ich darüber nachdenke, umso sicherer bin ich mir, dass ich sie bereits auf der Leinwand oder im Fernsehen gesehen habe.

»Tut mir leid, dass ich so spät komme«, sagt sie. »Ich musste blaumachen, aber das konnte ich mir einfach nicht entgehen lassen.« Verschwörerisch beugt sie sich vor.

»Ich meine – europäischer Hochadel. Ehrlich, Nicholas, du hast es echt weit gebracht.« Sie stößt Nikki mit der Hüfte an.

Nikki schüttelt den Kopf. »James, ich möchte dir Eliza Tucker vorstellen. Ihre Schwester …«

»Ist die Privatermittlerin, die den Menschenhändlern die Prinzessin abgenommen hat. Ich schwör's, diese Story will ich. Ein Live-Interview – stell dir bloß vor, was das für ein Coup wird.«

»Falscher Zeitpunkt, Jamie«, sagt Nikki.

»Sorry, du hast recht. Ich bin übrigens Jamie Archer. Jamie Hunter eigentlich, aber beruflich nenne ich mich noch Archer.«

»Oh, hi.« Jetzt kapiere ich. Ryans Frau.

»Jamie und ich sind schon ewig befreundet«, erklärt Nikki mir. »Keine Sorge, man gewöhnt sich an sie.«

»Wie an einen muffigen Geruch«, sagt Jamie trocken, und ich muss lachen. Die beiden gefallen mir. »Oh, da kommt das Mannsvolk.«

Nikki schüttelt erneut den Kopf und wirkt dabei wie eine entnervte Mutter, und wahrscheinlich beherrscht sie den Gesichtsausdruck deshalb so gut, weil Damien und sie zwei Töchter haben, die, wie man mir erzählt hat, für diese Feierlichkeit bei Tante und Onkel übernachten.

Was das Mannsvolk angeht, hat Jamie recht. Außer Quincy sehe ich Damien, Ryan, Prinz Michel, zwei Leibwachen, Dallas Sykes und einen FBI-Agenten, den man mir vorhin als Ollie McKee vorgestellt hat. Er hatte Quincy und mir berichten können, dass Lassiter nicht nur in Gewahrsam sei, sondern sich auch äußerst kooperativ verhielte. Erstaunlich, was die Aussicht auf ein normales Bundesgefängnis bewirkt, wenn einem eigentlich eine Haftstrafe in Gesellschaft von Mördern, Mafiabossen und dergleichen mehr droht.

Ich habe angenommen, dass die Männer auf einen Drink und ein bisschen Small Talk zu Nikki, Jamie und mir gesellen, und bin daher nicht vorbereitet, als der Prinz schnurstracks auf mich zumarschiert und sich vor mir aufbaut. »Sie, wer ist diese Frau, die meine Nichte entwendet hat?«

»Entwendet?«, wiederhole ich und blicke zu Quincy, dann wieder zum Prinzen. »Ich bitte um Verzeihung?«

Damien tritt zu uns und wendet sich mit einer minimalen Verbeugung dem Prinzen zu. »Ich bin sicher, dass Seine Hoheit sich versprochen hat. Ich könnte mir vorstellen, dass das Wort, dass er suchte, ›befreit‹ ist.«

Der Prinz verschränkt die Arme vor der Brust. Ich habe den Eindruck, dass er nicht oft korrigiert wird.

Er entschuldigt sich nicht und richtet seine Aufmerksamkeit wieder auf mich. »Sie ist Ihre Schwester?«

Ich nicke. »Ja.«

»Es hat gebrannt, wie ich gehört habe. Und dass sie meine Nichte in Sicherheit gebracht hat.«

»Ja, Sir.«

»Warum hat sie sich noch nicht wieder gemeldet?«

Ich werfe Quincy einen Blick zu, antworte aber wahrheitsgemäß. »Das weiß ich nicht.«

»Wohin ist sie unterwegs?«

»Das weiß ich auch nicht.«

»Warum sollte ich darauf vertrauen, dass diese … Frau … meine Nichte beschützt?«

Sein Tonfall ärgert mich genauso wie das, was sein Satz impliziert. »Ich denke nicht, dass Sie eine Wahl haben, Sir, da wir nicht einmal wissen, wo sie sind.«

Er kneift die Augen zusammen, und ich schätze, ich habe ihm auf den Schlips getreten, aber das kümmert mich nicht. Ich mag ihn nicht. Und Ariana tut mir noch ein bisschen mehr leid. Hoffentlich ist ihr Vater netter als ihr Onkel.

Der Prinz starrt mich von oben herab an, nickt zu meiner Überraschung dann aber. »Ich entschuldige mich. Ich mache mir Sorgen um meine Nichte. Selbstverständlich stehen wir tief in der Schuld Ihrer Schwester. Ich fürchte nur, dass die Verfolger den Vorsprung immer weiter verkleinern, je länger sie allein auf der Flucht ist. Ich würde es zu schätzen wissen, Miss Tucker, wenn Sie mir etwas von meinen Sorgen nähmen, indem Sie mir erklärten, was Ihre Schwester befähigt, meine Nichte zu beschützen.«

»Oh.« Okay, vielleicht mag ich ihn doch ein bisschen. »Emma ist eine Überlebenskünstlerin, Sir. Sie hat mich praktisch großgezogen. Sie beherrscht jede erdenkliche Kampfkunst und ist absolut brillant. Sie arbeitet schon eine Ewigkeit als Privatermittlerin. Und sie kann mit Kindern umgehen. Sie wird auf die Prinzessin aufpassen, Sir. Und sie wird auch dafür sorgen, dass sich das kleine Mädchen nicht zu sehr fürchtet.«

Ich hoffe, er fragt nicht weiter. Ich weiß nicht, warum ich nicht erwähne, dass auch Emma viele Jahre im Geheimdienst tätig war. Andererseits weiß er es vielleicht schon; schließlich ist er ja für die Sicherheit eines ganzen Landes zuständig, und tauschen diese Behörden sich nicht untereinander aus? Als mir das in den Sinn kommt, muss ich ein Stirnrunzeln unterdrücken. Ist ihm eigentlich klar, dass ich ihm nicht die ganze Wahrheit sage? Oder kennt er Emmas Geheimnis und schließt aus meiner Antwort, dass ich nichts davon weiß?

Keine Ahnung. Und meine mäandernden Gedanken haben mir nur bestätigt, was ich ohnehin bereits wusste: dass ich nämlich nicht zur Agentin geschaffen bin. Ich habe kein Problem damit, eine Spionin in einer Fernsehserie zu spielen, aber mehr Heimlichtuerei brauche ich in meinem Leben wahrhaftig nicht.

Ich schenke dem Prinzen ein Lächeln, das hoffentlich natürlich wirkt, und konzentriere mich dann auf Quincy. Nicht, weil er mir in dieser Situation helfen kann, sondern weil seine Nähe mich beruhigt.

Der Prinz bedenkt mich mit einem knappen Nicken. »Danke für Ihre Aufrichtigkeit. Zu wissen, dass meine Nichte in guten Händen ist, ist eine große Erleichterung.«

Ryan hat sich ein Stück von der Gruppe entfernt, um auf sein Smartphone zu blicken, und kommt nun zurück. »Eure Hoheit, wir erfahren gerade, dass Marius Corbu verhaftet worden ist. Mit etwas Glück wissen wir bis heute Abend, welcher seiner Leute Ihre Nichte entführt hat.«

KAPITEL 20

Spuck's schon aus«, sagte Dallas, als er neben Quince den Pfad zu Damiens Tennisplätzen entlangschlenderte. »Was geht dir im Kopf rum? Übrigens gefällt mir Eliza. Sie ist schlagfertig und clever und eine echte Schönheit dazu. So wie du damals schon gesagt hast. Wie lange ist das jetzt her? Drei, vier Jahre?«

»Eher fünf«, antwortete Quincy und setzte sich auf die Kante einer Sonnenliege, die am Rand der Plätze stand. Dallas nahm sich einen Campingstuhl, drehte ihn um, setzte sich rittlings darauf und legte die Unterarme auf der Rückenlehne ab. Seine grünen Augen schienen seinem Freund tief in die Seele zu blicken.

Seit ihrer Schulzeit in St. Anthony, einem prestigeträchtigen Internat vor den Toren Londons, waren Dallas und er beste Freunde. Quincy war dorthin gegangen, weil sein gesetzlicher Vormund es einfacher gefunden hatte, das Kind anderswo unterzubringen. Und Dallas war aus den Vereinigten Staaten hergeschickt worden, weil sein Vater der Meinung gewesen war, er müsse lernen, sich am Riemen zu reißen.

Und sie waren noch auf der Schule gewesen, als Dallas

und seine Schwester Jane entführt worden waren. Quincy war sogar Zeuge gewesen, doch er hatte rein gar nichts tun können, um es zu verhindern.

Aus Sicht des Erwachsenen wusste er natürlich, dass jeder Versuch einzugreifen für ihn tödlich ausgegangen wäre. Als Kind hatte er jedoch viele Jahre lang die Last der Schuld mit sich herumgeschleppt, zumal er wusste, dass sein Freund brutal gefoltert, dass er körperlich und seelisch, sexuell und emotional missbraucht worden war. Dallas hatte sich ihm anvertraut, auch wenn Quincy nicht alle grausigen Einzelheiten kannte.

Das war einer der Gründe, warum er ohne zu zögern unterschrieben hatte, als Dallas mit seinem Milliardenerbe Deliverance gründete; er bat sich nur aus, es nicht vor dem MI6 verheimlichen zu müssen. Sein Vater war heimlich zweigleisig gefahren, und Quince würde das ganz sicher nicht tun.

Durch die Aussicht auf zusätzliche Informationen hatte sein Vermittler eingewilligt, und für Quincy wurde eine komplexe doppelte Identität erstellt, durch die er beiden Dienststellen hundertprozentig loyal sein konnte. Mit der Ausnahme von Informationen, die die nationale Sicherheit betrafen, gab er an Dallas weiter, was immer er wusste. Das Einzige, was er seinem Freund vorenthalten hatte, war, was in Berlin geschehen war. Er hatte ihm bloß erklärt, dass die Mission schiefgegangen und er dabei verwundet worden war, weswegen er eine längere Auszeit gebraucht hatte.

Er hatte seinen Freund nicht damit belasten wollen. Dallas hatte schon genug durchgemacht.

Aber nun ….

Nun sah er einen Mann vor sich, der sein Leben im Griff hatte. Er hatte eine wunderschöne Frau geheiratet und würde bald Vater werden. Und Quincy wollte verdammt noch mal verstehen, wie Dallas es geschafft hatte, die Finsternis abzuschütteln.

»Wie geht's Jane?«, fragte Quince. »Schade, dass sie nicht mitkommen konnte. Wir haben uns ewig nicht gesehen.«

Dallas erstrahlte förmlich. »Ihr geht's bestens. Frustriert zwar, weil der Arzt ihr Bettruhe verschrieben hat, aber sie ist hart im Nehmen.«

»Grüß sie von mir.«

Dallas legte sein Kinn auf die Faust. »Mach ich«, sagte er nachdenklich. »Sag mal, was ist eigentlich aus deinem Ausstiegswunsch geworden? Du hast doch eine ganze Weile damit geliebäugelt, dem ganzen Unfug hier den Rücken zu kehren. Hat Stark dir ein Angebot gemacht, das du nicht ausschlagen konntest?«

»So ungefähr«, gab Quince zu. »Und den MI6 habe ich tatsächlich verlassen. Ich denke, es ist besser, nicht zwei Herren gleichzeitig zu dienen. Aber vor allem habe ich festgestellt, dass ich meinen Job mag. Und dass er getan werden muss.« Er konnte nicht einfach aussteigen. Auch wenn Shelley hatte sterben müssen, so hatte er in den vergangenen Jahren doch vielen Menschen helfen können. Die Arbeit war hart, aber sie war auch der Lichtblick, der ihm half, das Monster in ihm in Schach zu halten.

»Tja, freut mich. Du bist zu gut in dem, was du tust, als zu Hause zu sitzen und dir die Zeit mit Puzzles zu vertreiben.«

»Dabei ist das keine schlechte Vorstellung.«

Dallas neigte den Kopf. »Können wir jetzt damit aufhören?«

»Was? Womit?«

»Mit diesem albernen Gefasel. Nicht, dass ich nicht wissen will, wie es dir geht, aber ich habe das dumpfe Gefühl, dass du nicht nur belanglos plaudern wolltest, als du mich fragtest, ob wir ein Stück spazieren gehen würden.«

»Nein.« Quince stand auf und schob die Hände in die Hosentaschen. »Ehrlich gesagt habe ich über Jane nachgedacht.«

Dallas zog runzelte die Stirn. »Über Jane?«

»Hat es dir geholfen? Mit ihr zusammen zu sein, meine ich. Hat es die Erinnerungen vertrieben oder eher noch verstärkt?«

Eine volle Minute lang blieb Dallas stumm. Dann sagte er: »Berlin. Verdammt, was hat man dir in Berlin angetan?«

Quince ließ den Kopf in die Hände sinken, dann schaute er zu seinem Freund auf. »Hat sie dir geholfen?«

»Du hättest es mir damals sagen sollen. Herrgott, Mann. Warum allein damit klarkommen?«

Quince antwortete nicht. Es gab schlichtweg nichts, was er hätte sagen können. Nach einem Augenblick nickte Dallas, stand auf, ging drei Schritte und kehrte dann zurück, als ob die Bewegung notwendig gewesen war, um nicht durchzudrehen.

»Es hat geholfen«, sagte er schließlich und schnaubte dann. »Allerdings mussten wir erst einmal zusammenkommen. Was nicht ganz komplikationsfrei ist, wenn man ausgerechnet die eigene Schwester liebt.« Er blieb vor Quincy stehen und betrachtete seinen Freund mit zur Seite geneigtem Kopf. »Aber genau das ist natürlich der springende Punkt. Wir lieben uns. Liebst du Eliza?«

»Ja«, sagte Quince und erkannte plötzlich, wie jämmerlich es war, es erst Dallas zu sagen statt der Frau selbst.

»Und sie? Liebt sie dich auch?«

»Ja.« Das wusste er. Das hatte er immer gewusst. Und die Tatsache, dass sie es tat, war in seinen Augen ein kleines Wunder.

»Nun, wie ich schon sagte – das ist es, worauf es ankommt. Aber es ist kein Zaubertrank. Du musst mit ihr reden. Dich ernsthaft auf Kommunikation einlassen. Erschreckend, nicht wahr?«

Quince grinste. »Kann man wohl sagen.«

Dallas schenkt ihm das berühmte Lächeln, das schon zahlreiche Zeitschriftentitel geziert hatte. »Wenn man vom Teufel spricht«, sagte er und blickte über Quince' Schulter hinweg.

Quince wandte sich um, sah sie auf sich zukommen, und spürte, wie sich ein warmes Gefühl in ihm ausbreitete. Ja, verdammt, das war Liebe. Ob es ihm gefiel oder nicht, Eliza hatte sich in seinem Herzen eingenistet.

»Nikki meinte, sie hätte euch in diese Richtung gehen sehen.«

Er stand auf. »Brauchst du mich?«

»Immer«, witzelte sie, dann wandte sie sich an Dallas. »Eigentlich wollte ich sogar mit euch beiden sprechen.«

»Nichts dagegen«, sagte Dallas und ließ sich wieder auf seinem Stuhl nieder, während Quince ihr bedeutete, sich auf die Liege zu setzen.

»Ich, ähm, muss zugeben, dass ich nicht ganz ehrlich zu dem Prinzen war.«

Quince begegnete Dallas' Blick und sah dieselbe Wachsamkeit darin, die vermutlich auch in seinem zu sehen war. »Okay«, sagte er langsam. »Inwiefern?«

»Als er nach Emma und ihrer Qualifi kation fragte, für die Sicherheit der Prinzessin zu sorgen. Was ich ihm gesagt habe, entsprach der Wahrheit. Aber ich habe einiges ausgelassen.« Sie verzog das Gesicht. »Ich dachte … na ja, es war nicht an mir, es auszusprechen, allerdings könnte es ein Problem geben.« Sie sah die beiden nacheinander an. »Daher sage ich es jetzt euch.«

Quince hielt ihr seine Hand hin, und sie nahm sie und schenkte ihm ein vertrauensvolles Lächeln.

»Du kannst uns alles sagen. Wir werden es vertraulich

behandeln und uns darum kümmern.« Er blickte zu Dallas, der zustimmend nickte. »Also? Was ist los?«

Sie holte tief Luft. »Wir liefen von zu Hause weg, als Emma fünfzehn war. Sie … na ja, sie hat unseren Vater die Treppe hinuntergestoßen. Wir waren sicher, dass er tot war, und sind abgehauen. Danach lebten wir jahrelang auf der Straße, krochen nachts irgendwo unter, und Emma tat, was immer nötig war, um uns durchzubringen. Ich war noch ziemlich klein.«

Ihre Schultern hoben und senkten sich, als sie tief durchatmete und wieder von einem zum anderen blickte, als wolle sie sich vergewissern, dass sie nicht schockiert waren. Anscheinend war sie zufrieden, denn sie fuhr fort. »Wie ich schon sagte – sie tat, was nötig war, damit uns nichts zustieß, und als sie achtzehn war, da … da brachte sie jemanden um. Es ging nicht anders, ich schwör's, denn er hätte uns ohne mit der Wimper zu zucken beide getötet. Aber die Cops erwischten sie, und ihre Jugendstrafakte war bereits ziemlich dick, und vielleicht wollte man einfach ein Exempel statuieren, ich weiß nicht.« Ihre Stimme brach, und eine einzelne Träne lief ihr die Wange herab. Sie drückte Quincys Hand so fest, dass es wehtat. »Die Staatsanwaltschaft forderte ernsthaft die Todesstrafe. Doch ganz plötzlich war die Klage vom Tisch. Ihr Anwalt erzählte mir, ein Formfehler habe sie gerettet, und ich glaubte es ihm. Ich war erst elf und unfassbar froh, dass meine Schwester wieder freikam. Es war allerdings kein Formfehler. Sie hätte es mir nicht sagen müssen – und sie hätte es auch nicht tun dürfen –, aber wir hatten nie Geheimnisse voreinander, niemals.«

»Man hat sie rekrutiert«, sagte Quince leise.

Sie nickte. »Verdeckte Operation. Im Regierungsauftrag, jedoch unter strengster Geheimhaltung. Ich glaube, es wird mit NSC-Geld finanziert, sicher bin ich mir da allerdings nicht. Ich weiß nur, dass sie ausgebildet und gut bezahlt wurde. Wir hatten ein Haus. Ein echtes Leben. Und Emma mochte den Job. Er passte zu ihr wie die Faust aufs Auge.«

»Und so wurde sie Privatermittlerin?«, riet Dallas. »Als Tarnidentität?«

»Genau. Jedenfalls war sie jahrelang undercover dabei. Meistens für die US-Regierung, aber manchmal auch für andere Staaten, obwohl sie die meisten von diesen Aufträgen ablehnte, bis ich alt genug war, um mich um mich selbst zu kümmern.«

»Du sagst, dass sie jahrelang dabei war«, warf Quince ein. »Ist sie inzwischen ausgestiegen?«

»Ja, schon vor einer Weile. Ab und zu übernimmt sie noch einen Job für die Regierung, arbeitet jetzt aber hauptberuflich als Privatermittlerin.«

»Und warum erzählst du uns das?«

»Weil ich es nicht kapiere. Sie ist auf sich allein gestellt. Sie ist über eine illegale Versteigerung gestolpert, die eine Prinzessin versklaven will. Die Verfolger sind ihr dicht auf den Fersen, und sie ist auf der Flucht. Und die Einzige, an die sie sich wendet, ist Marissa?«

»Warum hat sie nicht einen ehemaligen Kontakt reaktiviert?«, spann Quince ihren Gedankengang in die offensichtliche Richtung weiter.

»Ganz genau. Selbst wenn du ausgestiegen wärest, würdest du doch immer noch wissen, wie man die richtigen Leute erreicht, wenn du in Schwierigkeiten steckst, oder?«

Er nickte. »Mit Sicherheit.«

»Die Frage ist berechtigt«, meldete sich Dallas nachdenklich zu Wort. »Und mir fällt bloß ein Grund ein, der wirklich plausibel ist.«

»Jemand in unserer Branche ist auf der falschen Seite dieser Geschichte«, sagte Quince.

»Eben.« Eliza wirkte erleichtert, dass sie diese Last nicht mehr allein schultern musste. »Ich wollte dem Prinzen gegenüber aber nicht die Pferde scheu machen, ehe ich nicht sicher war.«

»Besser so«, sagte Dallas.

Quincy nickte. »Ich rede mit Ryan, und wir überlegen, wie wir das Ganze etwas eingrenzen, damit wir etwas Handfestes haben, das wir dem Prinzen präsentieren können.«

Sie rückte näher an ihn heran und küsste ihn auf die Wange. »Danke«, sagte sie. »Danke euch beiden.«

»Kein Kuss für mich?«, fragte Dallas.

»Vorsicht«, sagte Quince, und Eliza und Dallas lachten. Doch dann schüttelte er nachdenklich den Kopf. »Da wir schon über Emmas Kontakte reden – ich bin mir nicht sicher, ob es so klug von ihr war, ausgerechnet Marissa anzuschreiben.«

»Wieso nicht?«

»Zum Beispiel wegen der zeitlichen Abfolge. Jemand ist vor uns an der Hütte gewesen, doch sie war die Einzige, die die Nachricht erhalten hatte.«

»Aber sie hat sie nicht verstanden«, wandte Eliza ein. »Ich habe sie erst übersetzen müssen.«

»Und du hast dich gewundert, warum sie das nicht längst getan hatte«, rief Quincy ihr in Erinnerung. »Vielleicht hat sie dir nicht die Wahrheit gesagt. Vielleicht hat sie die Information weitergeleitet. Du hast gesagt, sie steht auf Bares.«

»Nein«, Eliza schüttelte den Kopf, »niemals. Ich kenne das Mädchen, seit sie fast noch ein Baby war, und Lorenzo ist für mich wie ein Vater. Nie und nimmer verrät sie uns, nur weil ihr Stiefvater sie gerade an der kurzen Leine hält.«

»Manch einer tut schlimmere Dinge für weniger«, bemerkte Dallas.

»Ich kenne sie«, sagte Eliza, »ihr beide nicht.«

»El, denk mal drüber nach.«

»Das tue ich«, fuhr sie ihn an. »Du auch? Denn nicht jeder verrät die Menschen, die ihm wichtig sind, Quincy. Nicht jeder ist wie dein Vater.«

Das saß, aber er ließ sich nicht von seiner Meinung abbringen. »Wenn sie es nicht war, woher wussten die Verfolger dann von der Hütte?«

»Weiß ich nicht. Irgendwie sind sie an die Info gelangt.«

Er hielt ihrem Blick stand, und sie gab ein wenig nach. »Ich kenne mich in dieser Branche nicht aus. Wie kommt man denn an solche Informationen?«

»Durch eine Wanze zum Beispiel«, sagte Dallas, und Quincy nickte bedächtig.

»Könnte sein. Wir haben uns unterhalten. Wir haben den Wagen beladen. Sie hätten nur einen kurzen Vorsprung, aber das könnte zu der Faktenlage passen.«

»Seht ihr?«

Er hätte fast gelächelt. Sie wirkte so eifrig. Er holte sein Handy hervor und rief das Büro an. »Mario, schick ein Technikerteam zu Emmas Agentur. Sie sollen den Laden nach Wanzen absuchen und sich wieder bei mir melden.«

Er beendete das Gespräch und reichte ihr das Telefon. »Sag Lorenzo Bescheid, dass sie kommen. Erzähl ihm, dass es sich um reine Routine handelt.«

»Danke«, sagte sie, aber für ihn klang es wie »Ich liebe dich«.

Und das fühlte sich verdammt gut an.

KAPITEL 21

Quincys Telefon klingelt, als wir in seine Wohnung gehen, und er nimmt den Anruf entgegen und nickt mir kurz zu, um mir zu signalisieren, dass es sein Büro ist. »Danke, Mario. Wunderbar. Du kümmerst dich drum? Was? Oh, verdammt, das ist ärgerlich. Aber danke, dass du Bescheid gegeben hast.«

Ich runzele die Stirn. Mario wird Quincy wegen der Durchsuchung von Emmas Büro auf Wanzen angerufen haben, doch was ich da gerade gehört habe, klang nicht allzu gut. Ich kann dennoch nicht glauben, dass Marissa Informationen an Menschenhändler verkauft. Die Marissa, die ich seit vielen Jahren kenne, würde so etwas nie tun, und das sage ich Quincy auch, sobald er auflegt.

»Was?« Einen Moment lang sieht er mich verwirrt an. Dann grinst er, zieht mich zu sich und küsst mich auf die Stirn. »Du hattest recht, Liebes. In eurer Agentur wimmelte es nur so von Wanzen. Unser Putztrupp hat sie allerdings alle an Ort und Stelle gelassen und bloß Marissa und Lorenzo informiert. Besser, wenn die Verfolger noch nicht wissen, dass wir sie verfolgen.«

»Oh, okay, gut. Aber was war ärgerlich?«

»Die Fingerabdrücke des Rothaarigen«, sagt er. »Es gab nämlich keine.« Er wedelt mit seiner Hand. »Säure.«

Ich verziehe das Gesicht.

»Das war also eine Sackgasse, doch wenigstens wissen wir jetzt, dass es, was Emmas Aufenthaltsort betrifft, keine weiteren Lecks geben kann.«

»Was eigentlich kein großes Problem ist«, bemerke ich, »da wir keine Ahnung haben, wo sie steckt.«

»Hey.« Ich bin noch immer in seinen Armen, und er hebt mein Kinn an, sodass ich ihm direkt in die Augen sehe. »Ich bin stolz auf dich, Liebes. Du hast zu dem gestanden, was du glaubst, und du bist deinen Freunden gegenüber loyal. Ich hätte auf dich hören müssen.«

»Danke«, sagt sie, erfreut über sein Lob, »aber du hast auch nur deinen Job gemacht, zu dem es gehört, misstrauisch zu sein. Im Übrigen hast du ja auch auf mich gehört. Sonst hättet ihr die Wanzen gar nicht erst gesucht.«

»Du hast recht«, sagt er. »Wir sind ein gutes Team.«

Er begleitet mich zu einem der Barhocker, dann geht er herum in die Küche. »Wein?«

»Ja, bitte.« Mir ist nach Feiern.

Er schenkt uns beiden ein Glas ein, schiebt mir eins über die Bar und lehnt sich mir gegenüber dagegen. »Ich habe aber nicht bloß in Bezug auf Wanzen auf dich gehört«, sagt er schließlich. »Auch, was gestern Nacht betrifft.«

Ich bekomme kaum noch Luft, denn ich wage es kaum zu hoffen, dass doch noch alles gut wird. »Gestern Nacht?«

»Als du fragtest, ob wir es nicht versuchen könnten. Ob wir nicht gemeinsam mit meinen Albträumen und den Tobsuchtsanfällen, oder wie auch immer man es nennen soll, umzugehen versuchen könnten, um uns beiden eine Chance zu geben.«

Ich schlucke. Meine Finger umklammern den Stiel des Glases so fest, dass ich fürchte, ihn zu zerbrechen. »Du hast gesagt, du weißt es nicht.« Meine Stimme ist kaum mehr als ein Flüstern, und ich wage noch immer nicht, der Hoffnung mehr Raum zu geben.

»Aber jetzt weiß ich es. Wir können es versuchen«, sagt er, kommt aus der Küche zurück und umrundet die Bar. Er bleibt vor mir stehen und dreht den Hocker so, dass ich vor ihm sitze. »Und wir können es hinkriegen. Wir zwei zusammen.«

Mein Herzschlag pocht in meinen Ohren. »Und wie?«

Seine Mundwinkel zucken. »Oh, du willst es ganz genau wissen? Unter anderem mithilfe eines Therapeuten, schätze ich. Und mit Kommunikation.« Er streicht mir über die Wange, und ich begreife, dass er mir eine Träne fortwischt. »Ein Schritt nach dem anderen, okay?«

Ich nickte, viel zu glücklich, um Worte hervorzubringen.

»Ich will das alles hinter mir lassen«, sagt er. »Diese Wut und die Finsternis, denn ich will mit dir zusammen sein. Und glücklich werden. Ich liebe dich, Eliza. Und ich liebe dich schon sehr lange.«

»Quincy, o Gott.« Meine Stimme ist belegt. »Wie schön, das zu hören.«

»Nur zu hören?« In seiner Stimme liegt ein neckender Unterton, als seine Hände abwärtsgleiten und meine Taille packen. »Ich könnte es dir auch zeigen.«

»Tatsächlich?« Selig schlinge ich meine Arme um seinen Nacken und meine Beine um seine Hüften, als er mich hochhebt und ins Schlafzimmer trägt. Er wirft mich aufs Bett, springt hinterher, hält mich fest und macht sich über meinen Mund her.

»Eliza«, murmelt er, und seine Hände fahren rastlos über meinen Körper, und dann zerren wir uns gegenseitig die Kleider vom Leib, bis wir beide nackt sind und uns ungeduldig und leidenschaftlich anfassen und küssen. Vor lauter Freude muss ich lachen, und ich ziehe ihn an mich.

»Du fühlst dich so gut an«, sage ich atemlos. »Gott, das alles hier fühlt sich so gut an.«

Seine Hände sind überall auf meiner Haut, auf meinen Brüsten, zwischen meinen Beinen, und ich biege mich ihm entgegen und schreie auf, als seine Lippen meine Brustwarze umschließen, während seine Finger tief in mich stoßen.

Ja, es fühlt sich gut und richtig an, und doch möchte ich mehr. Ich möchte mich ihm vollkommen hingeben und sehne mich nach der Ekstase, die ich nur durch Unterwerfung erreiche. Aber ich beiße mir auf die Lippen und sage nichts. Denn wenn ich in seinen Armen liege, bin ich im Himmel, und ich will den Moment nicht zerstören oder riskieren, die Finsternis in ihm wieder hervorzuholen. Ich muss mich gedulden.

Und was will ich überhaupt? Denn ich gebe mich ihm vollkommen hin: seiner Berührung, seinen Küssen, unserer Leidenschaft. Einen Schritt nach dem anderen, nicht wahr? Wir werden es zusammen schaffen. Irgendwann gelangen wir wieder dorthin, wo wir einmal waren. Und in der Zwischenzeit nehme ich mir selbst, was ich will.

»Leg dich auf den Rücken«, flüstere ich und schubse ihn leicht dorthin, wo ich ihn haben will.

Seine Brauen wandern amüsiert aufwärts, dann flammt die Glut in seinen Augen auf, als ich mich rittlings auf ihn setze. Mit Küssen wandere ich an seinem Körper abwärts, bis ich ihn in den Mund nehme und die Macht genieße, die ich über ihn ausüben kann. Aber ich will ihn nicht nur schmecken. Ich will ihn in mir spüren, ich will die Verbindung, die Vereinigung. Ich beuge mich vor und küsse ihn tief und ausgiebig, ehe ich ein Kondom über seine Erektion streife, mich auf ihn herablasse und ihn reite. Und das Gefühl, von dem Mann, den ich liebe, ausgefüllt zu werden, ist beinahe mehr, als ich ertragen kann.

»Eliza.«

Mein Name klingt wie ein Gebet, und ich erbebe und

biege den Rücken durch, als er mit einer Hand meine Hüfte fasst und die andere zwischen unsere Körper schiebt und meine Klitoris liebkost. Ich lasse die Hüften kreisen und beiße mir auf die Unterlippe, denn ich stehe kurz davor zu kommen, und das tut er auch, ich kann es spüren. Und ich will ihn auf der Stelle, diesen letzten Stoß, diese grelle Auflösung, obwohl ich gleichzeitig wünschte, das hier würde niemals aufhören.

»Eliza, Liebes. Eliza – verdammt. Das Büro!«

Erst jetzt höre ich den besonderen Klingelton, den er für die SSA reserviert hat. »Mistkerle«, murmele ich und lasse mich auf seinen Oberkörper sinken, während er das Gespräch annimmt.

»Okay«, sagt er und rutscht hoch, um sich ans Kopfende zu lehnen. »Und wir glauben ihm? Der Rabe – im Ernst jetzt? Na schön. Schick es rüber.«

Er beendet das Gespräch und legt das Telefon zurück auf den Nachttisch. »Tut mir leid.«

»Nein, schon gut. Enttäuschend ja, aber was soll's. War das Ryan? Was hat er gesagt?«

»Corbu schwört, dass er mit der Entführung der Prinzessin nichts zu tun hat – so ein Vollidiot sei er nicht, sagt er. Er ist sich aber ziemlich sicher, dass es einer seiner Handlanger gewesen ist. Und weil der Kerl sein Unternehmen in Gefahr gebracht hat und offensichtlich ein Risiko darstellt, bietet Corbu uns Informationen im Austausch für eine Strafmilderung.«

»Was für Informationen?«

»Seinen Codenamen. Und ein Foto.«

»Der Rabe«, sage ich, und er nickt. »Und das Foto?«

»Kommt gleich«, sagt er, als sein Telefon auch schon erneut Laut gibt. Ich krabbele über ihn, um es zu holen, und lache, als er mir einen Klaps auf den Hintern versetzt.

»Benimm dich«, warne ich ihn.

»Bist du sicher, dass du das willst?«

Ich sehe ihn gespielt strafend an, jubele aber innerlich. Die Atmosphäre zwischen uns ist locker und lustig, und vielleicht können wir es tatsächlich schaffen, dieses Biest zu vertreiben, das sich in dem Mann, den ich liebe, eingenistet hat.

Sein Handy ist natürlich gesperrt, also reiche ich es ihm weiter und rutsche wieder an ihn heran, damit wir uns das Foto gleichzeitig ansehen können. Es ist etwas verschwommen, aber man kann den Kerl darauf deutlich genug erkennen. Er steht in einer Tür und blickt fast direkt in die Kamera. Er hat ein kantiges Kinn, tief liegende, dunkle Augen und dichte schwarze Augenbrauen. Er sieht aus, wie man sich einen Italiener vorstellt, und zugegebenermaßen auch noch ziemlich gut, und irgendwie kommt mir das unfair vor, wenn man in Betracht zieht, um was für einen miesen Kerl es sich handelt.

»Wow, Marke sexy Bad Guy«, sage ich. »Ist das bei Corbu Einstellungskriterium?« Ich hätte erwartet, dass Quincy lacht, aber als ich ihm einen Blick zuwerfe, ist er leichenblass. »Quincy? Quince, was ist los?«

Er gibt keine Antwort. Stattdessen schleudert er sein Telefon quer durchs Zimmer, wo es an der Wand zerschellt.

Ich rutsche hastig vom Bett, zerre das Laken mit mir und bedecke mich notdürftig damit. »Was ist?«, sage ich. »Rede mit mir.«

Wachsam beobachte ich ihn auf Anzeichen eines Wutanfalls, wie ich ihn im Hotel am Strand erlebt habe. Aber da ist nichts. Ich sehe nur kalte Berechnung.

Als er mich anblickt, erkenne ich keinerlei Gefühlsregung in seinen Augen. Es ist, als habe er sich vollkommen in sich zurückgezogen, und ich habe keine Ahnung, was mit ihm geschehen ist.

»Wer ist das auf dem Bild?«, frage ich leise und angstvoll.

»Ein Geist«, sagt er, »aus Berlin. Der Geist eines Mannes, den ich umgebracht habe.«

KAPITEL 22

Rot glühender Zorn. Angst und Schmerz. Dunkelheit. In ihm brannte es, ein kaltes, vernichtendes Feuer, das ihn von innen heraus auffraß.

Er hätte sich gewünscht, dass das Monster in ihm aufstieg, dass es ihn verzehrte, damit er diesen Raben finden und dann rupfen, ausweiden und auseinanderreißen konnte.

Aber das Monster war nicht gekommen.

Halb blind stieg er aus dem Bett und zog sich an. Er hatte keine Ahnung, wohin er gehen sollte; er wusste nur, was er zu tun hatte.

Er würde diesen Dreckskerl finden und ihn aufschlitzen.

»Quince. Quincy. Verdammt noch mal, sieh mich an!«

Das tat er. Durch den roten Schleier der Erinnerung sah er sie an. Und schüttelte den Kopf. »Nein.«

»Komm mir nicht so!« Sie stand aufrecht wie ein Soldat vor ihm, nur eingehüllt in ein dünnes Laken. Sie war warm und wunderschön, und er wusste, dass er sie niemals wieder in sein Leben hätte lassen dürfen. Denn nun wäre der Schmerz für sie beide noch schlimmer.

Schmerz.

Der Rabe sollte ihn auch spüren. Quincy würde ihn töten, o ja, aber vorher würde er leiden. In ihm lebte ein Monster, und für den Raben würde Quince es nur allzu gerne freilassen.

Bloß wollte es nicht kommen. Er war zu betäubt, und das Biest schien hinter der Mauer des Schocks gefangen.

»Quincy.«

Wieder schüttelte er den Kopf. »Was war ich doch für ein Idiot. Wie bin ich bloß auf den Gedanken gekommen, dass alles vorbei ist? Dass du und ich lustig durch die Gegend tollen können und alles wie im Märchen ein gutes Ende nimmt? Schwachsinn!«

»Was redest du denn da?«

»Habe ich wirklich gesagt, wir könnten es versuchen? Wie denn? Das hier ist mein Leben. Mein Erbe. Und verdammt will ich sein, wenn ich dich in meine Folterkammer zerre. So ein egoistischer Mistkerl bin ich nicht.«

Er wiederholte sich, konnte kaum klar denken, aber verdammt – er liebte sie. Erkannte sie denn nicht, dass er verflucht war? Als Kind gepeinigt, als Erwachsener gefoltert. Und nun suchte ihn der Geist der vergangenen Weihnacht erneut heim. Es hörte niemals auf. Er würde das Biest niemals loswerden, und das hatte sie nicht verdient. Denn bis der Rabe nicht tot war, hatte er ihr nichts zu geben. Er musste alles vergessen und sich nur noch auf das Wesentliche konzentrieren. Sich auf seine Ausbildung verlassen.

Er musste zum Jäger werden.

Er musste beenden, was er bereits getan zu haben geglaubt hatte. Denn solange der Rabe am Leben war, würde Quince innerlich tot sein.

Er wandte sich wieder zu ihr um. Er musste es ihr erklären.

Doch sie verpasste ihm eine Ohrfeige.

»Stopp! Hör auf!«

Wütend stieß sie die Worte hervor. Sie weinte nicht. Stattdessen starrte sie ihn voller Zorn an. »Ich weiß, dass du durchdrehst. Dass du unter Schock stehst. Aber du musst dich konzentrieren, Quincy, denn ich bin nicht das Problem. Tatsächlich bin ich im Augenblick die Lösung für dein Problem.«

Er runzelte verwirrt die Stirn. »Was meinst du damit?«

»Wenn dieser Kerl wirklich noch am Leben ist – und er die Prinzessin entführt hat –, dann sucht er jetzt gerade nach Emma und Ariana. Wir auch. Wenn du ihn vernichten willst, müssen wir ihm eine Falle stellen.«

Das Brennen in seinen Eingeweiden begann nachzulassen, und er sah sie reglos an. »Sprich weiter.«

»Wir holen sie uns zuerst. Wir finden Emma und Ariana und lassen ihn wissen, dass wir sie haben. Wir locken ihn zu uns.«

»Darauf fällt er nicht rein. Er wird genau wissen, dass wir sie nicht gefunden haben, und …!«

»Nein.« Sie schüttelte den Kopf und schnitt ihm das Wort ab. »Du hörst nicht zu. Wir finden sie. Wirklich.«

Er begann, auf und ab zu gehen. Das anstehende Problem zwang ihn, wieder etwas zu sich kommen. »Eliza, du musst doch einsehen, dass du einen Denkfehler machst. Wir haben nicht einmal eine Ahnung, wo wir die beiden suchen sollen.«

»Doch«, sagte sie mit einem zufriedenen Grinsen, »ich schon.«

Er blieb stehen und starrte sie mit offenem Mund an. Er musste sie missverstanden haben. »Wovon sprichst du? Wir sind seit Tagen auf der Suche. Und du weißt plötzlich, wo sie sind?«

»Nein, aber ich weiß, wie wir es herausfinden. Es ist so offensichtlich, dass ich kaum fasse, wie es mir bisher entgangen ist.«

In seinen Augen war hier gar nichts offensichtlich, und er sagte es ihr.

»Alles stand in der ersten Nachricht, die sie uns geschickt hat. Oder besser, die sie Marissa geschickt hat. Du erinnerst dich: *Sag meinem Freund, der mit den Tieren spricht, nicht wütend zu fahren, sondern die Kombination einzukreisen*. Ich dachte, wütend würde bedeuten, dass wir uns nicht zu beeilen bräuchten.«

»Und?«

»Ich habe mich geirrt. Wütend. Angry. Angry Words.«

Er schüttelte den Kopf.

»Ein Handyspiel. Du kennst Angry Birds, nicht wahr? Aber es gibt ein Wortspiel, ähnlich wie Scrabble, ein Multiplayer. Man bekommt Punkte, wenn man Wörter legt, allerdings besonders viele für Schimpfwörter. Angry Words, verstehst du?«

»Ich nehme an, dass du auf etwas hinauswillst, aber ich begreife es noch immer nicht.« Dennoch fühlte er sich wieder mehr wie er selbst. Geerdeter. Und obwohl er keine Ahnung hatte, wie sich alles entwickeln würde, sah er durchaus den Anfang eines Wegs. Mehr noch – das Versprechen, das er ihr gegeben hatte, schien auf einmal doch nicht mehr so dumm. *Wir können es versuchen*. Ja. Vielleicht konnten sie das wirklich.

Und vielleicht würden sie es sogar schaffen.

Sie schenkte ihm ein Lächeln, das dem keimenden Optimismus weitere Nahrung gab. »Komm her«, sagte sie und holte ihr Handy hervor, »ich zeig's dir.«

Sie tippte auf die App, um sie zu öffnen, und loggte sich aus. »Ich kenne Marissas Usernamen nicht, und falls jemand Emmas Handy hat, will ich nicht meinen regulären Account benutzen. Ich richte einen neuen ein und schicke ihr eine Freundschaftsanfrage. Sie wird ziemlich sicher wissen, dass ich es bin.«

»Was für einen Namen willst du benutzen?«

Sie grinste breit. »Mister Wellington.«

Er brauchte eine Sekunde, aber dann fiel ihm wieder ein, dass der Teddybär ihrer Kindheit so geheißen hatte. Sie erstellte ihr Profil, suchte Emmas Usernamen und schickte ihr eine Anfrage. Sie warteten, doch nichts geschah.

»Wenn sie nicht online ist, kann es eine Weile dauern.«

Sie runzelte die Stirn. »Aber es ist noch nicht besonders spät. Dass sie schon schläft, kann ich mir nicht vorstellen. Sie geht nie vor …«

Ping!

Sie begegnete seinem Blick, und er spürte, wie sein Herz heftiger zu hämmern begann. Auf dem Bildschirm sah man zwei Hände, die einander hielten, darunter die Worte *Friends forever*.

»Jetzt kann ich ihr Nachrichten schicken.«

»Und er bekommt davon nichts mit?«

»Er müsste unter ihrem Namen eingeloggt sein, die App geöffnet haben und dann noch auf die Nachrichten blicken. Eher unwahrscheinlich, aber ich werde mich trotzdem vage ausdrücken.«

Sie tippte etwas ein und zeigte ihm das Display:

Haben einen Angry-Words-Club gegründet. In der Gruppe gewinnt sich's besser. Bist du dabei? Bräuchten nur den Standort. Persönlich macht's mehr Spaß.

»Was meinst du?«

»Probier es aus.«

Sie presste die Lippen zusammen, dann tippte sie auf Senden. Und wieder warteten sie. Und warteten.

Und warteten.

»Sie hält es bestimmt für eine Falle«, sagte er.

»Könnte sein. Ich muss ihr etwas schicken, das …«

Ping!

Beide blickten auf die Nachricht: *RL. Trinkt ein Glas auf mich.*

Frustration machte sich in ihm breit. »Was soll das? Ist das ihre Art, *Verpisst euch!* zu sagen?«

Aber Eliza grinste breit. »Komm«, sagte sie. »Ich weiß genau, wo sie ist.«

Genau entsprach nicht ganz der Wahrheit.

»Sie kennt die Adresse nicht«, erklärte er Ryan übers Telefon, während sie von Los Angeles nach Redlands, einer kleinen Stadt am Fuß der San Bernadino Mountains, brausten. »Aber der Plan ist wirklich gut durchdacht.« Sie saß auf dem Beifahrersitz, und er lächelte ihr zu, nahm ihre Hand und drückte sie.

»Ich war erst acht«, sagte sie. »Wir sind unterwegs dort untergekommen und ungefähr zwei Wochen lang geblieben. Aber es war ein verlassenes Weingut, und so viele gibt es in Redlands nicht. Der Ort liegt nicht gerade in einer Weingegend.«

»Wir gehen also davon aus, dass Emma sich mit der Prinzessin in einem alten Weingut versteckt hält«, fasste Ryan zusammen. »Wir machen sie ausfindig, holen sie da raus, bringen sie ins Hauptquartier und stellen dem Raben eine Falle.«

»So ist es gedacht«, sagte Quincy.

»Okay, hier wird schon auf Hochtouren recherchiert. Wir schicken Denise und Liam sowie Prinz Michel und seine Leute los. Ich fordere zusätzliches Personal von

Stark International an und komme ebenfalls raus. Bleibt erreichbar. Und sobald euch etwas verdächtig vorkommt oder der Rabe sich blicken lässt, melden!«

»Roger.«

Er beendete das Gespräch und wandte sich an Eliza. »Hast du was gefunden?«

Sie scrollte auf dem Handy durch eine Touristen-Site der Gegend. »Es gibt ein berühmtes ehemaliges Weingut, aber da würde Emma nicht hingehen. Sie versteckt sich an Orten, die wenig zugänglich und vielleicht nicht einmal irgendwo verzeichnet sind. Schließlich will sie nicht gefunden werden.«

»Und du hast keine Ahnung mehr, wo es gewesen sein kann.«

»Selbst wenn ich noch etwas wüsste – der Ort muss sich längst stark verändert haben. Mehr Häuser, weniger Orangenhaine. Nichts bleibt, wie es einmal war, sofern es nicht – oh! Da war ein Friedhof, auf dem ich gespielt habe. Friedhöfe bleiben. Und wenn man durch das Tor eintrat, hatte man die Berge im Blick. Okay, das engt die Suche nicht wahnsinnig ein, aber …«

»… jeder Hinweis hilft. Schau nach, was du finden kannst.«

Sie wischte noch ein bisschen durch die Seiten und stieß plötzlich einen kleinen Triumphschrei aus. »Nimm die nächste Ausfahrt, als wollten wir zum Lake Arrowhead. Nach ein paar Blocks biegen wir dann links ab.«

Während er ihren Anweisungen folgte, rief sie Ryan

an, um durchzugeben, wohin sie fahren würden, damit ihre Suche sich nicht mit der der anderen Teams überschnitt.

Zehn Minuten kurvten sie durch ein Wohngebiet und über einige Feldwege, doch schließlich hatten sie den Friedhof gefunden. Das Weingut war in Bauland umgewandelt worden, auf dem nun kleine quaderähnliche Häuschen standen, aber die Kellerei befand sich, heruntergekommen und baufällig, noch immer auf einem großen Stück brachliegendem Land.

Das Gelände war eingezäunt, allerdings hatte jemand die Kette am Tor durchgesägt, und sie drückten das Tor auf und fuhren langsam hindurch.

»Kommt dir etwas bekannt vor?« Er wandte sich Eliza zu, die aus dem Fenster blickte, als befände sie sich gerade in einer anderen Zeit.

»Ja.« Ihre Stimme klang fast ehrfürchtig. »Ich erinnere mich wieder. Unter dem Haus liegt ein Gewölbekeller mit zahllosen Räumen und Gängen – wie ein Labyrinth. Ich lief gerne dort unten herum, aber Emma wurde immer nervös, wenn sie mich nicht mehr finden konnte. Einmal hatte ich mich versehentlich in einem der Keller eingeschlossen. Sie hatten dicke Stahltüren, vermutlich um dort die edleren Weine zu lagern. Als ich die Tür zuzog, wurde ein Schließmechanismus ausgelöst. Und Emma konnte keinen Schlüssel finden.«

»Und wie bist du rausgekommen?«

»Von außen kam man nicht rein, aber von innen hinaus. In der Mauer war ein Riegel verborgen – ich entdeckte ihn durch Zufall. Das war das einzige Mal, dass Emma mir einen Klaps auf den Hintern versetzte. Sie war unfassbar wütend.«

»Wahrscheinlich eher außer sich vor Sorge.«

»Das stimmt.«

Nach ein paar Minuten entdeckten sie den gepflasterten Hof, wo früher der Zugang zum Keller war. »Hier stand ein Gebäude«, sagte sie und fuhr mit der Fußspitze am Boden entlang. »Sieht aus, als sei es abgebrannt.«

»Und hier ist der Zugang.« Er hatte ein paar Stufen entdeckt, die vermeintlich in die Erde führten, was allerdings nur eine optische Täuschung war, denn als sie ein paar Schritte hinabgestiegen waren, befanden sie sich in einem betonierten Gang, der zu einer Reihe von Lagerräumen und Gewölben führte. Ein Labyrinth, wie sie gesagt hatte.

»Sie muss hier unten sein.« Eliza schürzte nachdenklich die Lippen. »Sollen wir uns aufteilen?«

»Ganz sicher nicht.« Es war schlimm genug, dass er sie in diese Geschichte hatte hineinziehen müssen, wenn er auch unter den Umständen keine große Wahl gehabt hatte. Aber wenn ihr irgendetwas zustieß …

Unvermittelt blieb sie stehen und packte seinen Arm. »Hast du das gehört?«

Er lauschte. »Was?«

»Hinter uns. Ich dachte …«

Aber sie brach ab, weil eine fremde, kehlige Stimme fragte: »Eliza?«

»Emma!« Und schon rannte sie los, Quincy auf den Fersen, und stürzte in einen der kleineren Kellerräume. Er sah sie durch die Tür verschwinden, und sein Herz setzte einen Schlag aus.

Doch sobald er hinter ihr eintrat, entspannte er sich. Sie befanden sich in einem kleinen Gewölbe, und Eliza lag in den Armen einer Frau, die wie eine ältere Version Elizas mit rotem statt kastanienbraunem Haar aussah.

Während sie einander umklammerten, entdeckte er ein zartes, hübsches Mädchen im Teenageralter, das auf einem Weinfass saß und die beiden lächelnd beobachtete.

Eliza machte sich los und wandte ihm ihr tränenüberströmtes Gesicht zu. »Wir haben sie gefunden!«, sagte sie, und er musste lachen.

»So sieht's aus.«

»Emma«, sagte die Rothaarige und streckte ihm die Hand entgegen.

»Dachte ich mir. Quincy.« Sie hatte einen festen Händedruck und ein sympathisches Lächeln.

»Dachte ich mir.« Ihre Kleider wirkten staubig und zu lange getragen, ihr Gesicht war von Erschöpfung gezeichnet, doch sie war noch immer schön, und ihr Lächeln tilgte einen großen Teil seiner Sorgen.

Sie gesellte sich zu dem Mädchen und nahm seine Hand. »Prinzessin Ariana.«

Quincy verbeugte sich. »Sehr erfreut, Hoheit.«

Das Mädchen schenkte ihm ein Lächeln und wandte

sich dann Eliza zu, die einen kleinen Knicks machte. »Ihre Schwester hat sich sehr gut um mich gekümmert.« Sie sprach mit starkem Akzent und sehr würdevoll. »Aber ich möchte wirklich gerne nach Hause.«

»Wissen Sie, wer Ihnen das angetan hat?«

Die Prinzessin setzte zu einer Antwort an, verstummte jedoch wieder und riss die Augen auf.

Quincy wandte sich um und sah Prinz Michel hineineilen.

»Ariana! Gott sei Dank, dass du wohlauf bist. Dein Vater und ich haben uns solche Sorgen um dich gemacht.« Er ging auf das Mädchen zu, und es öffnete den Mund und schrie.

Doch Quincy hätte nicht sagen können, ob es sich vor dem Onkel oder dem Mann dahinter fürchtete, der dem Prinzen im gleichen Moment eine Kugel in den Hinterkopf jagte.

Und Quincy kannte diesen Mann nur allzu gut.

KAPITEL 23

Ich höre jemanden schreien und begreife, dass ich es bin. Die Welt um mich herum explodiert, nichts ergibt mehr Sinn. Und dann auf schreckliche Art wieder doch. Es ist ein Moment, wie er in Filmen dargestellt wird, wie Menschen ihn manchmal vor einem Autounfall erleben: Die Zeit verlangsamt sich, man sieht alles klar vor sich, und man kann nichts tun, um das Kommende zu verhindern.

Und doch bleibt das grausige Gefühl, die Zeichen nicht richtig gedeutet und das Offensichtliche übersehen zu haben.

Der Mann, der seine Waffe nun auf Quincy richtet, ist der Rabe, wie ich unschwer erkennen kann, da ich sein Bild erst vor wenigen Stunden gesehen habe.

Und der Rabe ist Quincys Peiniger, den er fälschlicherweise getötet zu haben glaubte.

»Ich schlage vor, du gibst mir deine Waffe, Radcliffe. Denn falls nicht, jage ich deiner hübschen Freundin eine Kugel durch den Kopf.«

Mein Mund wird trocken. Ich bin sicher, er meint es ernst. Und obwohl ich zu gerne heroisch sein und Quincy sagen würde, er soll es nicht tun, bleibe ich still. Ich will nicht sterben. Nicht heute und nicht auf diese Art.

Quincy trägt ein schlichtes weißes T-Shirt; es ist also deutlich zu sehen, dass er keine größeren Waffen bei sich hat. Doch eine kleine Pistole steckt im Bund seiner Jeans, und er zieht sie langsam heraus, geht in die Hocke und legt sie auf den Boden.

»Rüberschieben.«

Quince tritt dagegen, und die Waffe schlittert am Raben vorbei und stoppt erst an der Wand hinter ihm.

»Ups, zu weit«, sagt Quincy. »Tut mir leid.«

Drohend macht der Rabe einen Schritt auf ihn zu, aber Quincy blickt auf die Leiche des Prinzen zu seinen Füßen. »Warum er?«

Der Rabe zuckt die Achseln. »Er hat langsam die Nerven verloren.« Seine Worte klingen zäh und träge in meinem Kopf. »Erst hat er die Idee, seinem Bastard von Bruder einen Denkzettel zu verpassen, und dann fängt er an, nervös zu werden. Über kurz oder lang hätte er sich verraten. Ich hab ihm einen Gefallen getan.«

Während er spricht, beobachtet er Ariana, und vermutlich bin ich die Einzige, die sieht, wie Quincy springt. Am liebsten würde ich ihn anschreien, ihn davon abhalten, weil der Rabe noch immer die Waffe hält, aber nichts kommt aus meiner Kehle. Zu groß ist die Angst, dass der Mann als Reaktion auf meine Warnung schießt.

Und dann wirft Quincy sich auf ihn, und die Waffe segelt durch die Luft.

Augenblicklich gerät Emma in Aktion. Sie packt Ariana am Handgelenk, zerrt sie vom Fass und rennt mit ihr zur Tür.

Der Rabe kann Quincy abschütteln und macht einen Satz auf die Pistole zu, und erst jetzt merke ich, dass sie mir vor die Füße gerutscht ist. Fest trete ich dagegen, sodass sie über den Boden rutscht.

Einen Moment lang triumphiere ich, doch zu früh, denn der Rabe hat sich danach gestreckt, und als Emma die Tür erreicht, reißt er die Pistole hoch und schießt. Emma stürzt, und ich schreie entsetzt auf.

Er hat sie ins Bein getroffen, doch mit schmerzverzerrtem Gesicht hinkt sie mit Ariana hinaus.

Wieder zielt der Rabe, doch Quincy tritt ihn mit voller Wucht gegen die Hand, und die Pistole segelt erneut durch die Luft, rutscht ein Stück über den Beton und plumpst in den Abfluss.

Quincy greift den Raben an, aber er kontert, und beide gehen zu Boden.

»Lauft!«, brüllt Quincy. »Macht die Tür zu!«

Emma taumelt. Sie ist leichenblass. Ihr Blick huscht zu mir. Der Rabe hat Quincy zu Boden gerungen und kommt auf die Knie, und ich weiß, dass ich nicht vor ihm an der Tür sein kann. Ich nicke Emma zu. Sie taumelt erneut, und Ariana packt sie, stützt sie und versetzt der Tür einen Tritt, sodass sie zufällt.

Hoffentlich finden sie schnell Hilfe.

Ich wende mich von der Tür ab. Und mit einiger Verzögerung wird mir klar, dass meine Rolle als reine Beobachterin vorbei ist. Entsetzen packt mich.

Und das ist steigerungsfähig.

Quincy und der Rabe ringen noch immer miteinander. Quincy versucht, wieder auf die Füße zu kommen, doch der Rabe verpasst ihm einen Tritt gegen den Kopf, und Quince geht wie ein gefällter Baum erneut zu Boden. Atemlos warte ich darauf, dass er sich aufrappelt, aber er regt sich nicht.

Das war's also. Er ist bewusstlos, vielleicht sogar tot, doch ich habe nicht einmal Zeit, darüber in Panik zu geraten, denn der Rabe kommt nun langsam und drohend auf mich zu. Ich habe in genügend Actionfilmen mitgespielt, und so sollte es wirklich nicht ausgehen. Gut ausgebildete Geheimagenten werden nicht mit einem gezielten Tritt zu Boden gestreckt. Die bösen Buben gewinnen nicht.

Aber anscheinend denkt das Leben nicht daran, die Kunst zu imitieren, und ich frage mich beinahe nüchtern, wie ich auch bloß den Hauch einer Chance gegen ihn haben soll, wenn es ihm bereits gelungen ist, Quincy k.o. zu schlagen.

Ich habe nur eine Option – raus hier. Doch wenn ich an den verborgenen Riegel gelangen will, muss ich fast den ganzen Raum durchqueren, ohne dass der Rabe mich packt. Und selbst, wenn es mir gelingt, muss ich entweder das Risiko eingehen, dass er mit mir entkommt, oder ihn wieder mit Quincy einschließen.

Dennoch: In Freiheit kann ich etwas tun. Im Keller bin ich bloß ein Opfer, das Quincy zu beschützen versuchen wird. Immer vorausgesetzt, er wacht wieder auf.

Bitte, bitte wach auf!

Ich blicke mich hastig um. Hinter mir an der Wand steht ein Regal mit Flaschen. Ich werde hinrennen, eine Weinflasche als Waffe packen und danach auf den Riegel zustürmen. Dann weiß er natürlich, wo er sich befindet, aber ich wüsste nicht, wie ich das umgehen sollte. Ich muss hier raus. Ich muss nach Emma sehen. Ich muss für Quincy Hilfe holen. Und ich weiß nur allzu gut, dass ich sterbe, wenn ich hier drinnen bleibe.

Ehe ich es mir wieder ausreden kann, renne ich auf die Ansammlung alter Weinflaschen zu, packe eine am Hals und zerschmettere sie, um sie als Waffe zu nutzen. Keine Ahnung, wieso ich geglaubt habe, dass ihn das aufhalten könnte, denn natürlich stürzt er sich dennoch auf mich. Ich schleudere ihm den abgebrochenen Flaschenhals entgegen und treffe ihn zwar, aber es nützt nichts.

Verzweifelt beginne ich, Flasche um Flasche nach ihm zu werfen, allerdings weicht er bloß aus, und sie zerbersten am Boden. Als ich merke, dass es mir nichts nützt, ergreife ich endlich die Flucht, doch er macht einen Satz, packt mich um die Taille und reißt mich zu Boden.

Automatisch versuche ich, mit den Händen den Sturz abzufangen, und schreie vor Schmerz auf, als sich die Scherben tief in meine Handflächen bohren.

»Miststück«, sagt er, und bevor ich noch reagieren

kann, schlingt er einen Arm um meinen Hals, und ich zapple, wehre mich und ringe um Atem, während er mich durch den Raum schleift. Er drückt fester zu, und meine Tritte werden schwächer, und bald wird alles um mich herum grauer und dunkler, bis ich mit dem Gedanken, mich nicht von Emma und Quince verabschiedet zu haben, in tiefes Schwarz versinke.

KAPITEL 24

Quince verlor immer wieder das Bewusstsein, während seine Umgebung sich verschob und bewegte und sein zerschlagener Körper protestierend aufbrüllte. Sein Verstand war vernebelt, aber schließlich bemerkte er, dass er über den Boden geschleift wurde und Scherben in seine Haut schnitten. Seine Handgelenke waren gefesselt, und als er mit den Fingern tastete, konnte er hartes Plastik spüren.

Verdammt – Kabelbinder. Sich daraus zu befreien war fast unmöglich.

Der Rabe grunzte. Er hatte seine Arme durch Quince' Achseln geschoben und zog, während Quince' Hände nutzlos herabhingen.

Oder vielleicht doch nicht so nutzlos.

Er griff in den Schutt am Boden und gab sich Mühe, sich nichts anmerken zu lassen, als seine Finger eine große Scherbe umfassten.

Er konnte bloß hoffen, dass es reichen würde.

Und der Rabe nichts merkte.

Als sie an der Wand ankamen, ließ der Rabe ihn fallen, richtete sich auf und streckte sich. Quincy stöhnte mit

Absicht laut, während er seine Beute in die Kerbe zwischen Boden und Mauer drückte.

Der Rabe trat vor ihn und ging in die Hocke. »Du wärst damals besser sorgfältiger gewesen, als du mich töten wolltest. Denn jetzt habe ich nicht nur dich, sondern auch deine Freundin. Ein niedliches Ding. Das wird sie wohl nicht mehr sein, wenn ich mit ihr fertig bin.«

»Wenn du auch bloß daran denkst, sie anzufassen, bring ich dich um!«, knurrte Quince.

Der Rabe schlug sich gespielt entsetzt die Hand vor den Mund. »Oje, zu spät, denn ich kann an nichts anderes denken. Ich überlege noch, wie ich es machen werde, sodass es richtig wehtut. Ich denke, ich werde sie wohl auch ficken. Aber keine Angst, du darfst zugucken.«

Quincy bäumte sich auf und spuckte ihm ins Gesicht.

Der Rabe wischte sich unbeeindruckt die Wange ab. »Nicht sehr freundlich. Ich werde dran denken, wenn du an die Reihe kommst, und das wirst du. Einen schnellen Tod kriegst du nicht, verlass dich drauf.«

»Man wird uns finden«, sagte Eliza. Ihre Stimme klang schleppend, aber immerhin wusste Quincy nun, dass sie bei Bewusstsein war. »Sie kommen hier nicht raus.«

»Sei nicht albern«, gab der Rabe zurück. »Ich gehöre zum Team des Prinzen, schon vergessen? Und dieses Weingut ist praktisch nirgendwo verzeichnet. Es dauert, bis es jemand findet. Genug Zeit für deine Schwester, um zu verbluten. Und für euch, um zu sterben. Und ich bin natürlich ebenso Opfer Seiner Hoheit. Dass er aber auch so durchdrehen musste! Neidisch auf seinen Bruder. Gewillt, seine Nichte zu verkaufen. Natürlich musste er uns alle umbringen, um seine Tat zu verschleiern. Ich werde bloß ganz knapp überleben.«

Er legte sich die Hand ans Ohr. »Was höre ich da? Ariana kennt die Wahrheit? O ja, sie hat gesehen, wie ich den Mann getötet habe, der sie verkaufen wollte. Dafür gibt es genug Zeugen. Und dann hat sie gesehen, wie ich mich selbst verteidigt habe. Natürlich hat sie Angst gehabt, das arme Ding. Aber ich wollte ihr doch niemals etwas antun. Ich wollte sie retten!«

»Schwachsinn«, sagte Eliza, und Quince war stolz auf sie. Sie hatte Biss, das stand fest.

»Nicht sehr nett.« Er erhob sich und ging zu ihr, wobei er auf dem Weg ein Stück Glas aufhob. »Anscheinend muss ich dir ein paar Manieren beibringen.«

Quince sah die Angst in ihren Augen und versuchte unwillkürlich hochzukommen, aber auch seine Füße waren gefesselt. Er konnte nur hilflos zusehen, wie der Rabe ihr T-Shirt durchtrennte und ihr mit der Scherbe feine Schnitte beibrachte.

Er hörte sie wimmern, und es brachte ihn beinahe um, doch er blieb still. Als sie die Augen zukniff, tastete er nach der Scherbe, die er hinter sich versteckt hatte, und drehte sie in seinen Fingern, damit er damit an seinen Fesseln sägen konnte.

Es war unmöglich zu schaffen, ohne sich selbst zu verletzen, also biss er sich gegen den Schmerz auf die Innenseite der Wange und arbeitete so schnell er konnte. Doch er musste vorsichtig sein. Wenn er sich selbst versehentlich zu tief schnitt, würde er verbluten, ohne Eliza retten zu können.

Immer weiter sägte er an dem Kabelbinder. Und wieder und wieder zog der Rabe Eliza die Scherbe über den Bauch.

Ich bin gleich bei dir, Liebes. Am liebsten hätte er die Worte herausgebrüllt. Hätte ihr gesagt, dass er nicht einmal mehr daran dachte, sie wieder zu verlassen, weil es unsinnig gewesen war, dies hier zuerst erledigen zu wollen. Diese Schlacht zu schlagen und die Finsternis zu bekämpfen, indem er seinem Hass freien Lauf ließ.

Denn was ihm tatsächlich die Kraft verlieh, gegen seine Dämonen zu kämpfen, war sie. Hier in diesem Kellergewölbe im Angesicht seines Erzfeinds. Und jeden Tag, wenn die Erinnerungen ihn überfielen.

Er bereute nur bitter, diese Wahrheit erst jetzt erkannt zu haben, da es vielleicht zu spät war und er nie wieder die Möglichkeit haben würde, es ihr zu sagen. Zu zeigen.

Nein.

Er würde sich befreien. Den Raben töten. Und mit ihr gemeinsam diesen Keller verlassen.

Er durfte nun bloß nicht nachlassen.

»Hübsch«, sagte der Rabe und trat zurück, damit Quince die roten Linien sehen konnte, die sich kreuz und quer über ihren Bauch zogen. Sie sah ihn an, und er konnte sehen, dass sie Schmerzen litt. Aber er sah auch ihre Stärke. Braves Mädchen, dachte er, halt nur noch ein kleines bisschen durch!

»Soll ich sie jetzt ficken?«, fragte der Rabe. »Oder soll ich ihr meinen Namen ins Gesicht ritzen? Schwere Entscheidung, aber ich glaube, ich fick sie zuerst. Und du wirst zusehen.«

Eliza begann sich zu winden, und als er als Reaktion instinktiv die Fäuste ballte, um zuzuschlagen, spürte er, wie die angesägte Plastikfessel durch die plötzliche Belastung riss.

Einen Moment lang erlaubte er sich ein Triumphgefühl, ehe er wieder auf den Boden der Tatsachen zurückgeholt wurde. Seine Füße waren noch immer gefesselt, und er konnte sie nicht durchtrennen, ohne dass der Rabe es merkte. Wodurch er einen entscheidenden Nachteil hatte.

Es sei denn …

Er begann, an der Wand entlang zu rutschen. Wo war die Pistole gelandet? An der gegenüberliegenden Wand kniff Eliza die Augen zu, als der Rabe eine Scherbe zu ihrem Geschlecht herabzog. O Gott, was hat er vor?

»Ich bring dich um, du Dreckschwein«, sagte er, damit der Bastard sich zu ihm umdrehte.

Und es klappte. Er wandte den Kopf, runzelte die Stirn und riss dann erstaunt die Augen auf. Quince hielt die Hände hinter seinem Rücken und schob sich weiter an der Wand entlang. Und natürlich begriff der Rabe sofort, was er vorhatte.

»Wirklich helle bist du aber nicht, was? Wenn du die Waffe mit deinen gefesselten Händen abfeuerst, schießt du dir wahrscheinlich bloß in den Hintern. Nun, mach dir nichts draus. Ich befreie dich von der Versuchung.« Er wich von Eliza zurück – Gott sei Dank! – und setzte sich in seine Richtung in Bewegung. »Böser, böser Junge.«

Quince wartete. Er war schwach, verwundet und körperlich stark mitgenommen, und er konnte sich nicht hundertprozentig auf seine Zielgenauigkeit verlassen. Also musste der erste Versuch sitzen.

Mit dem grausamen Lächeln, das Quincy zur Genüge kannte, kam der Rabe stetig auf ihn zu. Einen Schritt, noch einen. »Ich räume schnell die Pistole aus dem Weg. Wir wollen ja nicht, dass du dir beim Spielen wehtust, nicht wahr?«

Quincy wartete. Als der Rabe ihn fast erreicht hatte, bückte er sich, und das war der Moment. Die Finger fest um seine kleine Ruger geschlossen, riss Quincy den Arm herum, rollte sich auf den Bauch, zielte und feuerte dem Raben dreimal in die Brust.

Wenn die Situation nicht so erschreckend gewesen wäre, hätte man über die Miene des Raben lachen können. Erschrocken blickte er auf das Blut, das aus ihm herausquoll, dann fiel er nach vorne. Seine Glieder zuckten, verharrten, und eine Blutlache breitete sich unter ihm aus.

Der Mistkerl war tot.

So schnell er konnte, sägte Quince mit der Scherbe

seine Fußfessel durch, während er nach Eliza rief und ihr versprach, sofort bei ihr zu sein.

Er holte sein Telefon aus der Tasche, doch hier unten gab es keinen Empfang, also konnte das Team sie nicht aufspüren. Blieb zu hoffen, dass Emma in Ordnung war. Wenn sie es aus dem Gewölbe geschafft hatte, konnten Ryan und die anderen bereits mit einem Krankenwagen unterwegs zu ihnen sein.

Im Augenblick spielte das aber keine Rolle. Stolpernd lief er zu Eliza, die der Rabe an ein eingebautes Weinregal gefesselt hatte, und zerschnitt die Kabelbinder. Ihre Wunden waren nicht tief, und er ergab sich einen Moment lang seiner Erleichterung, als er sein T-Shirt auszog und sie damit bedeckte.

»Ich liebe dich«, sagte sie mit schleppender Stimme, doch ihre Worte erfüllten sein Herz bis zum Bersten. »Ich bin so verdammt müde.«

»Das ist der Schock«, sagte er. »Macht nichts. Ich bin bei dir. Und, Eliza, Liebes, ich verspreche dir, dass ich dich nie wieder gehen lasse.«

EPILOG

Kinderlachen weckte Quincy, und er zog die nackte Frau in seinen Armen an sich und strich ihr vorsichtig über Taille und Hüfte, um ihren verletzten Bauch nicht zu berühren.

Eliza seufzte und schmiegte sich an ihn. »Schön, so aufzuwachen«, murmelte sie. »Und noch schöner, wenn ich mich erst wieder ohne Schmerzen bewegen kann.«

»Du schaffst das«, sagte er. »Und ich auch.«

Er setzte sich auf. Damien und Nikki Stark hatten darauf bestanden, dass Emma, Ariana, Eliza und Quince über Nacht auf ihrem Anwesen blieben, und extra einen Arzt kommen lassen. Emma und Ariana waren drüben im Haupthaus, während Quince und Eliza im Gästehaus untergebracht worden waren.

Nun zogen beide sich an und gingen hinüber zum Pool, wo Ariana mit den beiden Stark-Töchtern plantschte. Auch Emma saß mit verbundenem Oberschenkel am Beckenrand. Der Arzt hatte ihr versichert, dass eine volle Genesung zu erwarten war.

Ryan hatte alle zum Briefing herbestellt, und Denny war bereits da. Liam war nicht zu sehen, aber das hieß nichts. Er war notorisch pünktlich; wahrscheinlich hielt er sich im Haus auf.

»Ich besorge mir einen Kaffee«, sagte Eliza. »Soll ich dir einen mitbringen?«

»Setz dich, ich hole uns welchen.«

»Vergiss es. Das kann ich durchaus selbst. Außerdem ist es das Mindeste, was ich für meinen Helden tun kann.« Sie stellte sich auf die Zehenspitzen, küsste ihn lang und innig und löste sich mit einem Grinsen von ihm. »Und wenn ich wieder auf dem Damm bin, kann ich sogar noch mehr tun.«

Er lachte. »Nichts dagegen. Bis dahin reichen mir Kaffee und Küsse auch.«

Während sie hineinging, setzte er sich zu Denny, die ihm ein strahlendes Lächeln schenkte.

»Ich freue mich so sehr, dass ihr zwei zusammen seid«, sagte sie. »Ihr seid füreinander bestimmt.«

»Das sehe ich auch so«, gab er zurück. »Und ich bin fest entschlossen, es nicht zu vermasseln. Wir werden sogar beide eine Therapie beginnen. Die erste Sitzung findet nächsten Donnerstag statt.«

»Sehr gut. Ich freue mich wirklich für euch.«

Er glaubte ihr, konnte aber ihren sehnsüchtigen Tonfall nicht ignorieren und legte seine Hand auf ihre. »Alles in Ordnung mit dir?«

Sie blinzelte ein paarmal, dann nickte sie. »Ich bin nur melancholisch. Du bist einer meiner besten Freunde, und ich hab dich lieb, also versteh mich bitte nicht falsch, aber ich vermisse Mason so sehr, dass ich im Augenblick einfach bloß entsetzlich neidisch bin.«

»Das tut mir so leid, Denny. Ich wünschte, ich könnte ihn dir zurückbringen.«

Sie nickte. »Ich weiß.« Dann wandte sie sich um und deutete auf Eliza, die mit einem Tablett in den Händen aus dem Haus kam. »Sieht aus, als hätte sie Kaffee für alle besorgt. Du solltest ihr rasch helfen.«

Weil er den Satz als Bitte interpretierte, sie in Ruhe zu lassen, stand er auf und tat, was sie gesagt hatte.

»Mit Denny alles in Ordnung?«, fragte Eliza, als er ihr das Tablett abnahm.

»Sie ist einsam«, sagte er.

Sie lächelte traurig. »Da sieht man es mal wieder. Wir dürfen nichts für selbstverständlich nehmen.«

»Nein«, sagte er ernst, »niemals. Versprochen.«

Er trug das Tablett zum Tisch neben Emma, und sie beide ließen sich unter dem Sonnenschirm nieder.

»Wann reist ihr ab?«, fragte er Elizas Schwester. Trotz ihrer Verletzung hatte Emma darauf bestanden, die Eskorte, die die Prinzessin nach Hause bringen würde, zu begleiten.

»Wir haben noch ein paar Stunden Zeit. Schön, nach gestern ein Weilchen nichts zu tun.«

»Allerdings. Aber wie gesagt: Wenn du das Gefühl hast, du bräuchtest etwas mehr Aufregung in deinem Leben …«

Er ließ den Satz offen. Ryan hatte ihr gestern bereits ein Angebot gemacht, offiziell zur SSA zu stoßen.

Sie lachte. »Ihr seid aber hartnäckig.«

»Vielleicht können wir einfach nur Ausnahmetalente erkennen. Du würdest dich großartig in unserem Team machen.«

»Ich bin kein echter Teamplayer.« Sie warf ihrer Schwester einen Blick zu. »Aber wenn sich etwas ändert, komme ich auf euch zurück.«

Hinter ihnen klingelte Dennys Telefon, und sie stand auf und entfernte sich ein paar Schritte, um den Anruf entgegenzunehmen.

Einen Moment später kehrte sie zurück. Sie war leichenblass.

Eliza stand auf und trat zu ihr. »Denny? Was ist passiert?«

»Das war Colonel Seagrave«, antwortete sie mit dünner Stimme. »Masons Vorgesetzter.« Sie sah die anderen nacheinander an, schien sie jedoch gar nicht wahrzunehmen. »Mason ist zurück«, fuhr sie leise fort. »Und hat keine Ahnung, wer er ist.«

Von J. Kenner sind im
Diana Verlag erschienen:

Dir verfallen (Stark 1)
Dir ergeben (Stark 2)
Dich erfüllen (Stark 3)
Dich lieben (Stark 4)
Dich halten (Stark 5)

Dich befreien (Stark Novella 1)
Dir gehören (Stark Novella 2)
Dir vertrauen (Stark Novella 3)
Nikki und Damien (Stark Novellas 1-3)
Dich begehren (Stark Novella 4)
Dich beschenken (Stark Novella 5)
Dich besitzen (Stark Novella 6)
Nikki und Damien forever (Stark Novellas 4-6)
Dich berühren (Stark Novella 7)
Dich fühlen (Stark Novella 8)
Dich erleben (Stark Novella 9)
Nikki und Damien (Stark Novellas 7-9)

Wanted (1): Lass dich verführen
Wanted (2): Lass dich fesseln
Wanted (3): Lass dich fallen

Closer to you (1): Folge mir
Closer to you (2): Spüre mich
Closer to you (3): Erkenne mich

Secrets (1): Dirty Secrets
Secrets (2): Sexy Secrets
Secrets (3): Dangerous Secrets

Das große J. Kenner Fanbuch

Deep love (1)
Deep Passion (2)
Deep Danger (3)

Zähme mich (Stark Friends Novella 1)
Verführe mich (Stark Friends Novella 3)
Halte mich (Stark Friends Novella 3)

Year of Passion. Januar. Februar. März (1-3)
Year of Passion. Januar (1) – E-book
Year of Passionn. Februar (2) – E-book
Year of Passion März (3) – E-book
Year of Passion. April. Mai. Juni (4-6)
Year of Passion. April (4) – E-book
Year of Passion. Mai (5) – E-book
Year of Passion. Juni (6) – E-book
Year of Passion. Juli. August. September (7-9)
Year of Passion. Juli (7) – E-book
Year of Passion. August (8) – E-book
Year of Passion. September (9) – E-book
Year of Passion. Oktober. November. Dezember (10-12)
Year of Passion. Oktober (10) – E-book
Year of Passion. November (11) – E-book
Year of Passion. Dezember (12) – E-book

Sexy Security (1): Betörendes Feuer